Tief ist der See

Apollonia Beck

W0335876

Copyright © 2023 Apollonia Beck

c/o Block Services, Stuttgarter Str. 106, 70736 Fellbach

www.apolloniabeck.com

Umschlaggestaltung: E.K. Yahoual mit Unterstützung von Marie-Luise Artelt unter Verwendung von Bildmotiven von CanvaPro Stock.

Alle Rechte vorbehalten.

ISBN: 978-3-9825792-1-4

GEWIDMET

dem Club der blinden Neurochirurgen.

INHALT

DANKSAGUNG

Mein herzlicher Dank gilt allen Unterstützerinnen und Unterstützern, die mir ideell und/oder finanziell zur Seite gestanden haben, damit dieser Roman veröffentlicht werden konnte.

Mein besonderer Dank gilt: Anne Bandel, Rudolf Goebel, Marie-Luise Artelt (Club der blinden Neurochirurgen), Amely Dütthorn, Dylan Perry Vaughn, Christine Longaker, René Noncon, Marco Saliht, Tatjana Mischau-Kostareff, Silke Tussing, Maria Kaiser, Micky Bister, Katja Klingeberg, Friedrun Thierfelder, Stephan Goecke, Monika Bister, Rotraut Ludwig, Erika Bachhuber, Marion Lockert, Gabriele Penders-Heider, Eva Schifkowski, Andreas Kaling, Heiko Piske, Karl Godejohann, Irmi Jeuther, Andreas Karaska, Florian Bruckmann, Claudia Kramatschek, Johanna Polley, Johanna Knotte, Anne Schifkowski, Lisa Eder-Held, Sandra Schifkowski, Thomas Moesler, Sandra Poppeck und – last but not least – Kadour Yahoual.

1.

Zwischen Inverness und London liegen nicht einmal ganz sechshundert Meilen. Das sind kaum mehr als zehn Autostunden, selbst wenn man zwei großzügige Pausen mit einrechnet.

So weit, so simpel – aber für mich ist es eine Reise zwischen zwei Leben. Überschaubar das eine, etwas verschroben vielleicht, aber sicher. Blendend dunkel das andere.

Blendend dunkel klingt ziemlich merkwürdig, aber es trifft ins Schwarze.

Lange hielt ich es in diesem Leben aus, weil es das einzige war, das ich kannte. Eines Tages jedoch, und für mich völlig ohne Vorwarnung, legte sich in meinem Kopf ein Schalter um. *Klick* machte es. Laut und vernehmlich. Keine Verstandesentscheidung, keine erleuchtende Erkenntnis – einfach nur *klick*.

Damals befand ich mich gerade am Steuer meines Autos, saß fest im Stau in Finsbury Park. Es war ein schwüler Tag im August. Die stickige Luft machte mich wahnsinnig. In der Hoffnung auf einen erfrischenden Luftzug ließ ich das

Fenster herunter. Aber draußen gab es keine frische Luft, es gab nur wabernde Abgase. Und die ganze Zeit klingelte mein Handy.
Ununterbrochen.
Ich weiß, ich hätte es stumm schalten können, hätte es verbuddeln können tief unter dem Krimskrams im Handschuhfach. Klappe zu, Affe tot.
Aber das tat ich nicht.
Stattdessen grapschten meine Finger plötzlich nach dem Ding. Ich schleuderte es aus dem Fenster. Eine Schrecksekunde lang hielt ich den Atem an, dann bretterte durch die aufgereihten Signalkegel direkt in den Gegenverkehr. Von allen Seiten brüllte wütendes Hupen. Es war mir egal. Ich wendete den Wagen und fuhr straight in Richtung Autobahn. Und nur einen Tag später begegnete ich Carl.

Carl ist mein Ehemann. Jetzt sitzt er neben mir. Er steuert unseren Wagen, legt in diesem Augenblick seine Hand auf meinen Schenkel. Im Fish & Chips Shop sahen wir uns zum ersten Mal, in Inverness. Das ist neunzehn Jahre her, einen Monat und 17 Tage.

„Hattie", er lehnt sich ein wenig zu mir herüber und spricht sehr leise. Die Kinder auf der Rückbank sollen ihn nicht hören. Wie man einem Hund beruhigend die Flanke klopft, so tätschelt seine Hand mein Bein. „Alles okay?"

Jener Tag, als wir uns trafen, war mein erster in Inverness. Am Vormittag war ich dort angekommen, es regnete in Strömen. Ich fand ein Bed & Breakfast, parkte den Wagen und zog an der antiquierten Klingelschlaufe, die neben der grünen Tür von einem Bolzen herabbaumelte. Unerwartet schnell drehte sich der Türknauf, so als hätte drinnen jemand nur darauf gewartet, dass ihr kratziges Schellen ertönte. Eine betagte Dame ließ mich ein und fragte nach meinem Namen.

Ja, ein Name musste her, und zwar sofort.

Auf einem Tisch im Frühstücksraum fiel mir ein Harper-Collins Band ins Auge.

„Collins", antwortete ich und bedauerte es im selben Augenblick. Harper hätte mir besser gefallen – wegen *Harper Lee, Wer die Nachtigall stört.* Diesen Roman hatte ich als Teenager geliebt.

„Und der Vornahme?" Meine Wirtin blickte mich freundlich an.

Ich war drauf und dran *Calpurnia* zu sagen, wegen der jungen Haushälterin von *Atticus Finch.* Wie gerne hätte ich als Mädchen diesen Namen gehabt, in meinen Ohren klang er nach Stärke und Selbstbewusstsein. Aber meine Mutter hatte mich Francesca getauft, und jeder nannte mich Franny.

Jeder, bis auf Qualfati.

„Harriet", antwortete ich. Kein Mensch merkt sich eine Harriet! „Würden Sie mir bitte mein Zimmer zeigen? Ich bin die ganze Nacht durchgefahren. Aus London!"

Ich musste mich nicht einmal verstellen, um einen erschöpften Eindruck zu erwecken, ich war stehend k.o.

Natürlich hatte ich keinen Ausweis für eine Harriet Collins, also zählte ich die Geldscheine für drei Nächte im Voraus auf die nach Möbelpolitur duftende Nussbaum-Anrichte.

„Den ganzen Weg aus London?", fragte sie mitfühlend. „Liebchen! Dann müssen wir Sie schnell nach oben bringen."

Ohne mich nach meinen Papieren zu fragen, führte sie mich die Treppe hinauf. Ich schlief wie eine Tote bis nachmittags um vier. Als ich aufstand, schien die Sonne ins Fenster. Auf der suche nach einem Tee und etwas zu essen, wanderte ich durch die Stadt und versuchte, einen klaren Kopf zu bekommen. Geld war kein Problem, davon hatte ich genug. Aber ich würde auf jeden Fall neue Papiere brauchen.

Auf der Grant Street stieg mir der Duft von Frittiertem in die Nase. Ich betrat den Fisch & Chips Shop, gerade versenkte der Wirt eine Portion Kartoffeln im sprudelnden Fett.

„Hallo", sagte ich und studierte das Angebot auf der schwarzen Tafel über der breiten Dunstabzugshaube.

„Was darf's sein?", fragte er, ohne sich zu mir umzusehen.

„Eine doppelte Portion Heilbutt, bitte."

„Nehm' ich auch! Moin Jack!"

Erschrocken fuhr ich herum. Ein junger Mann war hinter mir zur Tür hereinspaziert. In dem winzigen Verkaufsraum blieb er so nah bei mir stehen, dass ich seinen Pfefferminzatem roch. Er kaute Kaugummi und war das ganze Gegenteil der grauhäutigen, seltsam ausgedörrten Londoner Menschen, die entweder ungesund mager oder ungesund verfettet waren. Wilde schwarze Locken umrahmten sein braungebranntes Gesicht.

Das Fett rauschte laut, als der Wirt die Fischfilets hineingleiten ließ. Endlich drehte er sich zu mir um.

„Fried Mars Bar zum Dessert, Liebchen?"

„Wie bitte?" Ich war irritiert. „Frittierter Schokoriegel?"

„Sie ist nicht von hier, Jack." Der Typ neben mir sprach mit diesem steinharten Akzent, aber seinen Lippen sah ich an, wie weich sie sein mussten. „Stimmt's?" Er streckte mir seine Hand entgegen. „Carl ist der Name."

Wie selbstverständlich gab ich ihm meine und begriff, dass aus uns etwas werden würde.

Jetzt nimmt Carl die Hand von meinem Oberschenkel und schaut nach hinten zur Rückbank. Das ist es, was aus uns geworden ist: ein Ehepaar mit zwei Kindern!

„Wie wäre es mit einem kleinen Stopp, was meint ihr?"

Carls Stimme klingt ermunternd.

Im Rückspiegel fange ich Charlottes fragenden Blick auf. Sie hebt die Augenbrauen, aber die dicken Kopfhörer setzt sie nicht ab. Mit den Lippen forme ich das Wort *Essen* und führe einen imaginären Löffel zum Mund. Ihr Nicken signalisiert, dass sie verstanden hat, wippend quellen ihre schwarzen Locken unter der dunkelbraunen Strickmütze hervor.

Unsere Tochter ist siebzehn. Morgen wird sie auf dem London University College ihren Stipendiumsplatz antreten. Neben ihr sitzt ihr vierjähriger Bruder Ryan und knuddelt seinen geliebten Plüschhasen, der beinahe genauso groß ist wie er selbst.

„Demnächst kommt Stirling, da könnt ihr aufs Klo gehen und was trinken", sagt Carl laut und bedenkt mich mit einem eindringlichen Seitenblick, „und etwas essen, hörst du!"

Als Antwort auf Carls Ermahnung deuten meine Mundwinkel ein Lächeln an. Mit ausgestrecktem Arm taste ich nach der Wasserflasche, die seit gut eineinhalb Stunden zwischen meinen Stiefeln hin und her rollt. Vorsichtig schraube ich den Verschluss auf. Die Kohlensäure zischt angriffslustig, während draußen über den Hügeln die Sonne gleichmütig auf die Guten wie die Bösen scheint. Im goldenen Morgenlicht glüht purpurn das blühende Heidekraut.

Ich bin noch immer eher schlank, aber mein Taint ist schon lange nicht mehr grau. Gesund bin ich und komme dem, was ich mir selbst immer unter einer echten Hattie vorgestellt hätte, sehr nahe. Eine Hattie raucht nicht, trinkt nicht, kümmert sich als patente Ehefrau und Mutter hingebungsvoll um ihre Familie und organisiert federführend die jährliche Marmeladenverkostung vom Hausfrauenbund, Sektion Nord-Ost – Check! Außerdem bringt seit Jahren ganz Inverness seine Kaniden Lieblinge zum Trimmen in meinen Hundesalon.

Wieder sehe ich im Rückspiegel.

„Hast du Hunger Benji?“, fragt Ryan den Hasen. Behutsam befühlen seine Finger die glänzenden Knopfaugen.

„Ja!“, antwortet der Hase mit Ryans Stimme.

Ich beobachte Charlotte, wie sie aus dem Fenster schaut und Musik hört. Niemand wird sie so einfach in ein Leben voller Abgründe zerren können – hinab in Gefilde, in dem einem Menschen nur die Wahl bleibt zwischen Pest und Cholera. Sie weiß, dass ihre Eltern sie lieben. Natürlich ist mir klar, dass sie vielleicht gerade deshalb versuchen könnte, diese Geborgenheit abzuschütteln. Weg mit dem Netz und dem doppelten Boden, endlich erwachsen sein und auf sich selbst gestellt. Will das nicht jeder junge Mensch?

Im Rasthaus bestellt Carl Frühstück für uns. Es gibt Baked Beans und Black Pudding, Hash Browns, Spiegeleier und Toast. Charlotte säbelt an einer gebratenen Tomate herum, sie achtet sehr auf ihre Linie. Und ich beobachte Carl, wie er seine Tochter dabei beobachtet. Er wird sie schrecklich vermissen.

„Ich fahre“, sage ich, als wir aufbrechen. Mein Mann reicht mir den Autoschlüssel über den Tisch.

Auf dem Parkplatz bläst uns ein stürmischer Wind ins Gesicht. Laut kreischend folgt ein Schwarm Lachmöwen dem Traktor, der den abgeernteten Acker neben der Straße in schokoladenbraunen Erdstreifen umpflügt. Wieder und wieder stoßen die Vögel hinab auf das kleine Getier, das dabei an die Oberfläche befördert wird. Unfreiwillig und unerwartet. Heraus aus der schützenden Dunkelheit. Geblendet vom grellen Tageslicht und noch benommen vom Schock kommt es gerade wieder zu sich – nur, um gefressen zu werden.

Einhundert Meilen südlich auf dem M6 kurz vor Carlisle steht an der Autobahn endlich jenes Hinweisschild, auf das ich schon die ganze Fahrt über voll Unbehagen gewartet habe. *The South* steht da, weiß auf grün in übergroßen Lettern. Wie eine Warnung. Von der Fahrbahn aus sieht man die Bucht im Sonnenlicht liegen. Der Wattboden glitzert silbern, es ist Ebbe. Man spürt nichts davon, dass man hier eine Grenze überquert. Es ist die Grenze zwischen Schottland und England.

Ab jetzt taucht die Strecke ein in ein langgezogenes Tal. Gespannt halte ich Ausschau nach der Stelle, wo ich damals auf meinem Weg von London herauf hier eine Pause eingelegt hatte. Tiefste Nacht ist es gewesen. In einer Nothaltebucht stoppte ich meinen Wagen und stellte den Motor ab. Dann stieg ich aus, kletterte über die Leitplanke und erklomm einen Hang. Mühselig war es, weil überall

Gestrüpp wucherte. Weit oben stieß ich schließlich auf einen Steinwall. Ich hockte mich hin, um zu verschnaufen. Hinter mir in der Dunkelheit waren Schafe zu hören. Sie rupften Gras. Unablässig mahlten ihre Mäuler, und es duftete nach warmen Tierleibern und Kräutern.

Ich lauschte. Der Wind war nur ein leises Raunen, sanft strich er mir durchs Haar. Mein Körper ließ locker, gab nach, sackte langsam ins Heidekraut. Über der Hügelkette im Osten war der Mond aufgegangen. Unwirklich mild schien sein gelbes Licht, goss seinen goldenen Schimmer über die nächtliche Welt und erfüllte mich mit einem ungekannten Frieden. Am liebsten wäre ich dort sitzengeblieben. Die Schafe. Mein Atem. Sonst nichts. Aber dann war da ein Grollen, kaum hörbar zunächst.

Ich suchte den Himmel ab nach Gewitterwolken. Immer lauter wurde das Geräusch, immer deutlicher. Schließlich entdeckte ich, woher es kam. Tief unter mir auf der Autobahn rollte von Norden eine Fahrzeugkolonne heran. Ein Lindwurm aus gelben und weißen Lichtern, glänzend und funkelnd. Gemächlich glitt er vorüber und zog schließlich als rot leuchtendes Band fort nach Süden. Jeeps waren es, Jeeps und Lastwagen. Die Armee unterwegs zu einer Übung, oder was auch immer. Ich blieb an meinem Steinwall hocken, bis sie außer Sicht waren. Dann stolperte ich den Hang hinab zurück zu meinem Auto und war froh, dass mein Weg in genau die entgegengesetzte Richtung führte.

Auf der Rückbank halte ich unseren schlafenden Sohn im Arm, Carl sitzt am Steuer. Aus Vormittag ist Mittag geworden, aus Mittag Nachmittag. Am Himmel hängen dichte graue Wolken, es sieht nach Regen aus. Auf dem Beifahrersitz hat Charlotte sich kerzengerade aufgerichtet. Die Coolness, die sie so gern zur Schau trägt, ist einer kindlichen Aufregung gewichen.

„Aber wir fahren zuerst zum College, denk dran Papa!"

Ja, so haben wir es gestern Abend besprochen: Zuerst werden wir sie dort absetzen, danach fahren wir weiter zum Hotel.

„Ich hab's nicht vergessen!" Carl hat vollauf damit zu tun in diesem Verkehrsdickicht den Überblick zu behalten. Wir sind am Eutson Square.

„Benutzen Sie die beiden rechten Spuren", säuselt die Frauenstimme des Navigationsgerätes. Carl hat die Stelle verpasst, wo er die Spur hätte wechseln müssen. Er flucht nicht, aber sein Gesicht spricht Bände. Hinter der nächsten Kreuzung stoppt er. Protesthupen vom Wagen hinter uns. Carl nützt eine winzige Lücke im Gegenverkehr, um zu wenden.

„Lass mich raus Papa, ich geh den Rest zu Fuß!"

„Die Route wird neu berechnet", informiert uns das Navigationsgerät gewissenhaft.

„Quatsch!" Carl zieht die Augenbrauen zusammen und schüttelt den Kopf. „Und deine Sachen? Glaubst du, wir schleppen dir alles hinterher?"

„Die zwei linken Spuren verwenden, um links abzubiegen auf Gower Street."

„Links ab Papa! Hör doch, sie hat gesagt: Links abbiegen!"

„In zweihundert Metern links abbiegen", mischt das Navi sich ein.

„Ich hab's gehört, Charlotte. Jetzt beruhig dich mal, das ist doch erst da vorne.

Ryan ist längst aufgewacht. Wie ein Äffchen hüpft er aufgeregt auf meinem Schoß hin und her.

„Wow! Mama, der Bus! Und noch einer. Guck mal: Krankenwagen!“ Begeistert imitiert er die Sirene: „Kraaan-Keeen–Waaa-Geeen!“

Ich martere mein Hirn. Früher kannte ich eine Menge Schleichwege, aber die scheinen alle nicht mehr zu existieren. Blumenkübel versperren ehemalige Straßeneinfahrten. Sowas versteht man wohl unter verkehrsberuhigenden Maßnahmen. Und jetzt gibt es Radwege! Ich kann mich nicht daran erinnern, dass ich oder Clarence oder Goy je mit dem Fahrrad gefahren wären. Niemand tat das damals in London, höchstens ein paar lebensmüde Irre.

Mir ist flau im Magen. Seit Wochen begleitet mich das. Genauer gesagt seit jenem Abend, an dem ich das große Kuvert mit den Aufnahmepapieren für Charlottes Stipendium geöffnet hatte. Wir saßen beim Abendessen. Ich blätterte durch die beiliegende Hochglanzbroschüre der Universität und auf Seite fünf traf mich der Blitz. Das Gesicht eines Mannes, den man nicht nur wegen des schmalen Oberlippenbartes mit Jimi Hendrix hätte verwechseln können.

C. Montague, so stand darunter zu lesen. Koordinator Sportabteilung. Ich erkannte Clarence sofort. Sein Haar war nicht mehr ganz so rabenschwarz wie früher, ansonsten sah er unverändert aus.

Dass ich im Hundesalon meiner Tante gearbeitet hätte, die dann unerwartet verstorben sei, ich daraufhin den Salon verkauft und diese Stadt, die mir nie gefallen habe, sofort verlassen hätte, um mir so weit weg wie möglich ein neues

Leben aufzubauen – dies ist die Geschichte, die mein Ehemann für mein Vorleben hält.

Er biegt links ab. Wenige Minuten später erreichen wir das zentrale Hauptgebäude der Uni. Selbstredend ist parken hier verboten, Carl lässt den Motor laufen. Sofort reißt Charlotte die Beifahrertür auf. Sie flitzt ums Auto herum, öffnet den Kofferraum und wuchtet sich ihren riesigen Rucksack auf den Rücken. Ich beeile mich zu ihr zu kommen, um ihr zu helfen, aber schon steht sie abmarschbereit auf dem Bürgersteig.

Wie kann ich ihr eine Umarmung mitgeben, die für mindestens ein paar Wochen vorhält?

Ich drücke sie fest. Sie macht sich los, umarmt Carl und streicht Ryan flüchtig über den Kopf.

„Ciao Leute!“

Sie winkt uns, dreht sich um und überquert den Hof. Gebannt starre ich ihr hinterher. Die automatischen Eingangstüren öffnen sich, lassen sie ein, schließen sich hinter ihr.

Das war's.

Sie ist fort, meine Tochter.

„Wohnt Charlotte jetzt hier?“, fragt Ryan. Er schmiegt sich an Carls Hosenbein.

„Nicht in diesem Haus.“ Ich höre den Kloß, den Carl im Hals hat. „Sie zieht in ein Wohnheim irgendwo auf diesem Gelände. Aber das werden wir ja nachher alles sehen.“

„Ja, nachher“, bestätige ich heiser. „Nachher sehen wir, wo sie wohnt.“

Ich fühle mich taub, kann nicht aufhören, an Clarence zu denken, an das Foto von ihm in der Broschüre und daran, dass Charlotte und er sich eventuell begegnen werden.

Eventuell?
Höchstwahrscheinlich werden sie das! Charlotte hat einen Faible für Sport.

2.

Für die heutige Nacht haben wir uns ein wenig Luxus geleistet. Vielmehr: Carl hat ihn sich für uns geleistet. Mit dem Laptop hatte er am Küchentisch gesessen, um eine dem Anlass angemessene Unterkunft für uns auszusuchen. „Unsere Erstgeborene geht hinaus ins Leben!" Er bestand darauf, dass wir es *krachen lassen*.

In der Tiefgarage des Hotels stoppt er kurz den Wagen, um sich zu orientieren. Mit einem Mal fängt mein Herz an zu rasen wie verrückt.

„Ich checke uns ein!" Spontan öffne ich die Beifahrertür. Carl schaut mich erstaunt an, aber ehe er etwas erwidern kann, bin ich bereits ausgestiegen. „Bis gleich!" Ich werfe die Tür zu, hetze zwischen den Reihen geparkter Fahrzeuge in Richtung Fahrstuhl.

„Mama!"

Ich drehe mich um. Ryan klebt mit der Nase an der Scheibe. Für einen Moment befürchte ich, dass Carl ihn aussteigen lassen wird. Aber das tut er nicht, er steuert den Wagen die Rampe hinunter zum nächsten Parkdeck.

Ein Druck auf den Rufknopf, die Stahltüren des Lifts gleiten mit einem leisen Schleifgeräusch zur Seite. Die Kabine ist vollständig verspiegelt. Ich sehe mich eintreten, sehe, wie die Türen sich hinter mir schließen. Auf der Bedienungsleiste suche ich das Wort *Rezeption.* Mein Magen rumort. Der Fahrstuhl setzt sich in Bewegung. Ich hatte noch nie Probleme in engen Räumen, aber diese Kabine kommt mir winzig vor. Und die Luft ist stickig hier drin, oder etwa nicht? Elend lange Sekunden später fühle ich sanftes Bremsen, dann stoppt die Fahrt. Begleitet von einem hellen Glockenton gleiten die Türen auseinander, ein Nebel aus gedämpfter Klaviermusik quillt zu mir herein. Ich drehe mich um, schaue mich an – diese Frau im blauen Mantel – schüttele den Kopf und wende mich ab.

Der Teppichboden des Hilton Euston kommt mir uferlos vor, eine Unendlichkeit regelmäßiger Karos in Rot und Gold. Wie ferngesteuert wandelt mein Körper vorbei an eleganten Sitzmöbeln. Dort halten sich Menschen auf, sie trinken Tee, starren auf Smartphones, tippen auf Laptoptastaturen. Schließlich erreiche ich die Rezeption. Am Counter steht eine hübsche Frau. Mitte zwanzig, würde ich sagen. Sie hebt den Blick.

„Guten Tag. Ich bin Francesca McPh… " Ich unterbreche mich mit einem Räuspern. „Pardon. Harriet Jenkins ist mein Name. Wir hatten ein Zimmer bestellt für eine Nacht."

„Jenkins", ihre Lippen lächeln, während ihre Augen konzentriert den Bildschirm des Computers absuchen. „Für eine Nacht."

Auf dem kleinen, goldfarbenen Anstecker an ihrem Revers lese ich ihren Namen: Yasminda Khan.

„Carl und Harriet Jenkins aus Inverness plus Kind?"

„Richtig."

„Ihren Ausweis, bitte!" Beinahe lautlos tippt sie etwas auf der Tastatur. „Haben Sie Gepäck? Wünschen Sie einen Hausdiener?"

„Danke, nein. Das heißt: ja, wir haben Gepäck, aber mein Mann und mein Sohn kümmern sich darum. Es ist nicht viel."

Frau Khan klemmt zwei Schlüsselkarten in ein Pappheftchen und schiebt es mir hin. Als ich danach greifen will, drückt sie es mit dem linken Zeigefinger fest auf ihr Pult. Mit einem Stift notiert sie darauf die Ziffern 4, 7 und 0. Überkopf wohlgemerkt, so dass ich sie aufrecht lesen kann.

„Sie haben Zimmer Nummer 470, Mrs. Jenkins. Frühstück servieren wir sonntags von sieben bis elf, auf Wunsch selbstverständlich gern auf dem Zimmer." Nun gibt ihr Zeigefinger das Pappheftchen frei. „Einen angenehmen Aufenthalt in unserem Hause."

Oben im vierten Stock halte ich das Pappheftchen ans Türschild unseres Zimmers. Eine Leuchtdiode blinkt grün, die Klinke lässt sich herunterdrücken. Groß ist der Raum, sauber und hell. Ein breites Doppelbett rechts an der Wand, daneben ein Zustellbett, auf jedem Kopfkissen ein Kärtchen mit der Aufschrift *Willkommen.* Durch das

Panoramafenster sehe ich zwei Liegestühle auf dem kleinen Balkon. Es gibt Aussicht auf Bäume, Häuser, Stadt. Alles, wie es sein soll.

Ich inspiziere das Bad. Aus dem Spiegel taxiert mich Frannys aufmerksamer Blick.

Ist es die Stadt, die das mit mir macht? Sind es die Menschen? Genauso plötzlich, wie sie mich eben im Parkhaus überfallen hat, ist die merkwürdige Panik jetzt verschwunden. Vielleicht, weil mir all dies hier nur zu vertraut ist? Die gepflegten Hände von Frau Yasminda Khan, ihre Nägel peinlich exakt lackiert in nichtssagendem Puderrosa.

Entschlossene Harmlosigkeit!

Für normale Menschen ergibt ein solcher Begriff überhaupt keinen Sinn, aber ich weiß, genau darauf kommt es an: Entschlossene Harmlosigkeit bis in die Knochen. Und Frau Kahn weiß es auch.

Entweder ist sie Besitzerin einer Spülmaschine, oder sie wohnt noch bei ihrer Mutter. Auf jeden Fall weiß sie, wie wichtig ihre Hände sind für ihren Job. In ihrem Alter hatte ich auch solche Hände. Und dazu einen Kleiderschrank mit der passenden Garderobe für jeden Auftrag, den ich für Qualfati erledigte.

Zu dritt arbeiteten wir für ihn: Goy, Clarence und ich. Und Qualfati verstand es meisterhaft, jeden von uns entsprechend unserer Fähigkeiten für spezielle Aufgaben einzusetzen. Goy kam immer dann zum Einsatz, wenn Organisation und eine harte Hand gefragt waren, Clarence erledigte die Jobs, die Tempo erforderten, und ich war da fürs *Feine.* „Jung, adrett und Mainstream“, sagte er gern, unser Alter Mann, „es gibt keine bessere Tarnung!“

Ich habe die Zimmertür einen Spalt breit offengelassen für Carl und Ryan. Jetzt höre ich sie kommen. Reflexhaft betätige ich die Spülung. Warum eigentlich? Kann ich nicht vorm Spiegel stehen, solange es mir Spaß macht?

Die schnellen Schritte unseres Sohnes poltern dumpf über den dicken Teppichboden.

„Ma-ma!“

„Bin im Bad!“

Ich höre, wie der Reißverschluss unserer Reisetasche geöffnet wird. Jetzt klappern Kleiderbügel. Carl hängt unsere Festtagskleidung auf.

„Was hältst du von Tee?“, ruft er.

Noch immer erforsche ich mein Gesicht im Spiegel, beobachte meine Pupillen, die sich zu winzigen Stecknadelköpfen zusammengezogen haben.

„Gute Idee!“

Carl telefoniert mit dem Zimmerservice, meine Pupillen weiten sich wieder. Ich atme einmal tief durch, gebe mir einen Ruck und öffne die Badezimmertür. Ryan steht vor mir und sieht mich mit großen Augen an.

„Musst du mal, Schätzchen?“

Mein Sohn zieht die Stirn in Denkerfalten. Gute Güte, er ist so süß! Ich schnappe ihn mir, drücke ihm einen Kuss auf die pralle Kinderwange. „Komm, mein Großer, wir gehen schnell.“

Zum ersten wirklich einschneidenden Anlass in unserer Familie hat Carl für ihn einen Anzug gekauft. Dunkelblau ist er. Dazu gehören ein weißes Hemd und eine niedliche Fliege im Inverness Tartan. Er hat extra diese Kleiderbügel in Kindergröße mitgebracht. Vom Badezimmer aus sehe ich, dass er die Schranktür offenlässt. Seine Tochter, die nun das College besucht, der erste Anzug seines kleinen Sohnes – gleich wird er sich in einen der Sessel setzen und andächtig unsere Garderobe betrachten.

Zehn Minuten später kommt der Tee. Ein sehr junger Kellner manövriert den Servierwagen geübt zur Sitzgruppe am Fenster. Er deckt den kleinen runden Tisch mit einem blütenweißen Tischtuch und Wedgwood Geschirr. In der Mitte platziert er eine mit Blumen und Obst garnierte Etagere. Adrett geschnittene Sandwiches in Reih und Glied auf der unteren Platte, darüber Scones mit Erdbeermarmelade und Clotted Cream. Ich müsste mich schon sehr täuschen, wenn er diesen Teeaufguss hier nicht mit einer ordentlichen Portion Dünkel zelebriert.

Dienen heißt Herrschen. Sagt man doch so, nicht wahr.

Carl eskortiert ihn zur Tür und drückt ihm einen Fünfer in die Hand. Nach zwei Tassen Tee und mehreren Sandwiches legt er sich voll bekleidet ins Bett. Ryan schlüpft zu ihm unter die Decke.

Ich bleibe im Sessel am Fenster sitzen und nippe an meiner Teetasse. In einem Frauenmagazin überfliege ich einen Artikel darüber, wie man den Überblick über seine Vermögensverhältnisse behält. Ungeduldig blättere ich weiter. Von jeder Seite schauen mich makellose Frauen an, vermutlich höchstens so alt wie meine Tochter. Sie präsentieren die Kreationen der kommenden Saison von Vivian Westwood und Stella McCartney, sitzen in lässigen Tartan-Shorts zwischen Obdachlosen auf schmutzigen Straßen oder paradieren in clean geschnittenen weißen Wollmänteln entlang der Docks.

Entnervt lege ich das Magazin aus der Hand, öffne die

Balkontür und lasse mich auf einem der Deckchairs nieder. Nichts wünsche ich mir jetzt sehnlicher als eine Zigarette. Und ja: seit zwei Jahrzehnten rauche ich nicht mehr.

Ich starre in den Himmel, versuche, mich zu entspannen. Aber man kann nicht versuchen, sich zu entspannen. Entweder ist man entspannt oder nicht. Ich gebe auf, begebe mich zurück ins Zimmer und lege mich zu Carl und Ryan.

3.

Ich muss fest eingeschlafen sein. Jetzt schrecke ich hoch aus einem merkwürdigen Traum, in dem mich ein Igel verfolgt hat. Ganz vorn in einem Kahn lag er, lehnte sich weit heraus und streckte seine kleinen Pfoten nach mir aus. Hinter ihm im Heck des Bootes eine graue Wölfin, aufrecht auf den Hinterbeinen. Ich bin sicher, es war eine Wölfin, kein Wolf! Mithilfe einer langen Stange steuerte sie den Kahn über einen Kanal mitten im tiefen Wald. Das dunkle Wasser reichte mir bis an die Schultern. Ich versuchte zu rennen, aber ich kam nicht vom Fleck.

„Mama!"

Mit beiden Händen tätschelt Ryan mein Gesicht.

„Mama, aufwachen!"

Seine feuchten Finger duften frisch gewaschen.

„Wie spät ist es denn?"

Im Bad höre ich Carl singen.

„Es ist schon Abend", antwortet mein Sohn.

Mein Blick wandert zum Fenster, die Vorhänge sind zugezogen. Richtig. Heute Abend steht das *zwanglose Abendessen* an, so hieß es im Einladungsschreiben. Für die neuen Erstsemester, ihre Tutoren und die Eltern. Das Ganze findet in der Mensa des Colleges statt.

Sobald etwas als zwanglos angekündigt wird, ist Vorsicht geboten. Ziemlich sicher handelt es sich dabei um eine Veranstaltung, bei der alle krampfhaft bemüht sind, sich von ihrer besten Seite zu präsentieren – oder vielmehr das, was sie dafür halten. Ein guter Grund, dem ganzen Zirkus fernzubleiben.

Und dann Clarence … Keine Ahnung, ob er auch anwesend sein wird.

Am liebsten würde ich eine Migräne vortäuschen und Carl und Ryan allein losschicken, aber das kann ich Charlotte nicht antun. Ich raffe mich auf, ziehe mich um und richte vorm Garderobenspiegel mein Haar. Und wieder dieser Druck in der Magengrube.

„Seid ihr dann soweit?", fragt Carl und zieht sich in aller Seelenruhe die Socken an. Frisch geduscht, rasiert und parfümiert hockt er auf der Bettkante. Ryan steht startbereit an der Zimmertür, Benji fest im Arm. Während ich meinen Mantel anziehe, gelingt es mir, Ryan dazu zu überreden, den Plüschhasen im Hotel zu lassen.

„Na endlich, ich steh schon ‘ne halbe Stunde hier!"

Vor der Mensa wartet Charlotte auf uns. Vom Hotel sind wir den kurzen Weg hierher zum College zu Fuß gegangen und haben uns wohl ein bisschen in der Zeit verschätzt – aber eine halbe Stunde?

„Exakt sieben Minuten!", antwortet Carl mit einem prüfenden Blick auf seine Armbanduhr.

Ich verstehe meine Tochter. Sie ist aufgeregt und möchte, dass ihr neues Leben ohne unnötige Verzögerungen startet.

Sie drückt die Schwingtüren zum Speisesaal auf. Neugierig drängt sich Ryan an ihr vorbei. Ich lasse Carl den Vortritt. Er ist das, was man einen stattlichen Mann nennen würde, einer, der sofort alle Blicke auf sich zieht. In seinem Schatten kann ich mich leicht unsichtbar machen, ganz wie ein Mauerblümchen.

Ich bin Keines, aber für eines gehalten zu werden, erweist sich oft als praktisch. Im Schutze seines breitem Rückens spähe ich in alle Ecken des holzgetäfelten Saals. Ich spüre, wie mir winzige Schweißperlen auf die Oberlippe treten, aber Clarence ist nirgends zu entdecken.

Vielleicht müsste ich mir seinetwegen gar keine Gedanken machen, es wäre gut möglich, dass er mich gar nicht wiedererkennt. Heutzutage trage ich knielange Tweedröcke, laufe in flachen Schuhen herum, lege kaum Make-up auf. Mein Haar ist brünett gefärbt und schulterlang, mit je einer Spange an der Seite, um es aus dem Gesicht zu halten. Nichts ist geblieben von der erdbeerblonden Lady-Di Frisur aus den Neunzigern, zu der Qualfati mich verdonnert hatte, und erst recht nichts von dem Igel Mecki in gleißendem Platin aus unserer Punkerzeit. Dennoch husche ich vorsichtshalber hinter Carl geduckt mit den anderen zur Essensausgabe. Jedem von uns drückt er ein Tablett und Besteck in die Hand. Am Buffet lasse ich mir Suppe geben und Roastbeef mit Rosenkohl, Yorkshire Puddings und Bratensauce.

„Hi Frans!“

Ein Schauer läuft mir über den Rücken.

Diese Stimme ist mir so vertraut, als hätte ich sie erst gestern zum letzten Mal gehört. Ich drehe mich um. Clarence schaut mir gerade in die Augen. Mit einem beladenen Tablett vor der Brust steht er da. Wie konnte ich ihn übersehen?

„Hi."

Mehr bringe ich nicht heraus. Neben ihm eine junge Frau in schwarzem Talar. Ihr Lippenstift leuchtet wie Blut. Givenchy, schätze ich. Mit der blassen Haut und dem langen schwarzen Haar hat sie etwas von Schneewittchen. Sie mustert mich eingehend, taxiert meinen Körper, mein Gesicht. Clarence ignoriert ihre Blicke.

„Wie kommst du denn hierher?", fragt er mich.

Das letzte Mal, dass wir gemeinsam etwas unternommen haben, da ging es um diesen unseligen Paul Harterekter.

Harterekter – was für ein Name!

Eigentlich war er der Auftraggeber gewesen. Um in das Haus zu gelangen, wo er im Penthaus wohnte, musste ich meinen ganzen Charme einsetzen. Dem Portier erzählte ich ein Märchen von einem verpassten Geburtstag und einem Überraschungsbesuch und zog zum Beweis ein liebevoll geschmücktes Geschenkpäckchen aus meiner Handtasche. Es enthielt nichts als Luft, aber woher sollte der arme Portier das wissen.

Oben angekommen, postierte Clarence sich so neben der Tür, dass er durch den Spion nicht zu sehen war. Ich klingelte.

Keine Reaktion.

Ich klopfte und rief zur Sicherheit Harterekters Namen.

Keine Antwort.

Geräuschlos knackte Clarence das Schloss. Wir betraten die leere Wohnung und schlossen hinter uns die Tür. Dann warteten wir. Nach einer Stunde hörten wir endlich den Fahrstuhl heraufkommen. Aus seiner Jacke zog Clarence die Beretta mit dem aufgeschraubten Schalldämpfer. Das schleifende Geräusch der sich öffnenden Fahrstuhltür, das Drehen des Schlüssels im Schloss. Dann erschien die dunkle Silhouette eines Mannes im hellen Karree der geöffneten Wohnungstür. Augenblicklich fiel der Schuss. Ein leiser, dumpfer Schlag – wie mit der flachen Hand auf ein Sofakissen.

Clarence wusste genau, wie man sowas richtig macht. Kein Blutbad, lediglich wenige unvermeidliche Spritzer, die sich mit einem Spezialreiniger mühelos entfernen ließen. Anschließend schleppten wir die Leiche in einem vorbereiteten Baustoffsack über Harterekters Dachterrasse zum Nachbarhaus. Dort hatte Clarence im Kellergeschoss seinen Wagen geparkt. Wir hievten den Sack in den Kofferraum. Clarence fuhr davon und ließ den toten Körper verschwinden.

Im Verschwindenlassen war Clarence ein Meister.

„Ich hab dich gleich erkannt!", sagt er und nickt.

„Du findest nicht, dass ich mich verändert habe?"

„Dich würde ich immer erkennen, ganz gleich, wie du zurechtgemacht bist."

Carl dreht sich zu mir herum. „Was hast du gesagt, Hattie?" Sein Blick wandert zu Clarence, fragend hebt er die Augenbrauen.

„Clarence Montague, angenehm!" Clarence lächelt verschmitzt. „Ich würde Ihnen sehr gerne die Hand geben, aber mit dem vollen Tablet … Ihre Frau und ich kennen uns von früher."

Gespanntt beobachte ich, wie sein Lächeln bei Carl ankommt. Es kommt nicht gut an, ich ahnte es.

„Das ist mein Mann Carl." Ich lege Carl die Hand auf die Brust. „Du musst jetzt Mrs. Jenkins zu mir sagen, Clarence!"

Sofort hat er kapiert, dass mein Mann nicht das Geringste von uns weiß. „Ah, dann sind Sie Mr. Jenkins. Schön, Sie kennenzulernen." Ohne zu lächeln, sieht er Carl in die Augen.

„Ganz meinerseits", antwortet Carl und schaut jetzt die Frau im Talar an, aber Clarence macht keine Anstalten, sie uns vorzustellen. „Ich glaube, wir halten hier den Verkehr auf. Setzen Sie beide sich doch zu uns an den Tisch, Mr. Montague."

„Das wird nicht möglich sein, leider. Meine Kollegin Carol hier", Carol lächelt erlöst, „und ich, wir sind auf dem Weg zu einer Teambesprechung und bereits spät dran. Aber wir sehen uns doch sicher noch, oder? Ein Glas auf die alten Zeiten. Wie wäre es später im *Thieves Kitchen*? Vielleicht gegen neun?" Clarence schaut Carol an. „Könntest du bitte mal … "

Sie nimmt ihm das Tablet ab. Ich müsste mich sehr irren, wenn diese Frau nicht in Clarence verliebt wäre. Er kritzelt eine Telefonnummer auf eine Papierserviette und drückt sie Carl in die Hand.

„Ich würde mich sehr freuen."

Clarence dreht sich um, nimmt das Tablett wieder an sich. Die beiden gehen zum Ausgang. Mir wird bewusst, wie ich ihnen hinterher starre, schnell drehe ich mich weg.

„Hattie, du bist dran beim Dessert! Wir suchen schon mal einen Platz."

Carl und die Kinder ziehen los. Wie gebannt stehe ich vor der Dessert-Vitrine. Die Dame dahinter sieht mich erwartungsvoll an.

„Es gibt Pie und Obstsalat. Was darf's sein, Darling?"

Meine Blicke irren über die Schüsselchen in der Auslage. Pie und Obstsalat. Ich verspüre alles Mögliche – alles, außer Appetit. Hinter mir ein Stau hungriger Gäste.

„Pie", antworte ich.

„Custard dazu?"

„Custard bitte, ja."

Die Dame nimmt einen hohen Porzellankrug von einer Warmhalteplatte, umgießt das Pie-Stück mit dickflüssiger Vanillesauce und reicht mir den Teller herüber. Ich nehme ihn an und starre auf das voll bepackte Tablett in meinen Händen. Unvorstellbar, dass ich das essen soll! Am liebsten würde ich den ganzen Kram irgendwo abstellen und gehen.

„Junge Frau, machen Sie doch mal Platz!"

Ich gehe zwei Schritte zur Seite, damit der Mensch hinter mir endlich zu seinem Recht kommt. Am liebsten würde ich weitergehen, weiter zum Ausgang, weiter durch den Korridor und hinaus vor die Tür. Am liebsten wäre mir, es würde in Strömen regnen. Ich ginge allein durch die Straßen, hin zum Bahnhof, würde einfach in einen Zug einsteigen, in irgendeinen.

Stattdessen sehe ich mich nach meiner Familie um. Dort hinten an der Fensterfront steht Ryan und winkt mir zu.

„Habt ihr schon probiert?", frage ich und stelle mein Tablett auf den Tisch. Ich glaube, ich bekomme die Grippe. „Ist es genießbar?"

„Setz dich." Carl kaut. „Ist es."

„Mum, woher kanntest du *den* denn?", fragt Charlotte.

Natürlich fragt sie das.

„Aus meiner Schulzeit." Ich schaue meine Tochter nicht

an, nehme stattdessen einen ersten Löffel Suppe. „Ich finde das hier ziemlich fade. Hoffentlich bringen die für euch ab und zu auch mal etwas Besseres auf den Tisch."

Charlotte lässt sich nicht ablenken. „Und? War er dein Freund?" Sie kichert.

Ich ziehe die Augenbrauen zusammen und schüttele den Kopf. „Freunde, das waren wir! Ich hatte ihn schon völlig vergessen."

„Und? Was tut er hier?", fragt Carl in diesem Ton, den ich genau kenne. Ohne hinzusehen weiß ich, wie er mich jetzt anschaut. Konzentriert fixiere ich die Suppentasse.

„Er hat mit Sport zu tun", antwortet Charlotte, „ich hab sein Bild in der Broschüre gesehen."

„Oh!"

Himmel! Nichts ist leichter zu durchschauen als gespielte Überraschung! Ich esse geschäftig weiter. Mir ist klar, dass dieses *oh* ein Fehler war. Carl saß doch mit am Abendbrottisch, als ich die Broschüre las. Er hat sie ebenfalls durchgeblättert. Und natürlich hat er das Foto gesehen und ganz sicher auch die Bildunterschrift gelesen. Ich hebe den Kopf, für einen Wimpernschlag treffen sich unsere Blicke, dann schlägt er die Augen nieder.

„Hauptsache ist ja, dass es dir hier gefällt, Charlotte!"

„Tut es Papa!", antwortet unsere Tochter und schiebt zufrieden ihren Teller von sich fort.

4.

„Zivilisiert sind wir geworden, nicht wahr?“ Clarence ist vom Tisch aufgestanden. Er küsst mir die Wangen und lächelt. Kein Mensch auf dieser Welt kann mit einem solchen Ernst lächeln wie er.

In diesem Lärm, den ein paar Irre gerade an der Theke veranstalten, gehen seine Worte beinahe unter. Lauthals singen sie den Schlussrefrain von *Chiquitita.*

„Was möchtest du trinken?“

„Ich glaube, zur Feier des Tages wäre ein Cider durchaus angemessen. Ist das hier dein Stamm-Pub?“

Ihm hier gegenüberzustehen, mit ihm zu sprechen – es fühlt sich völlig anders an als vorhin in der Uni. Dabei hatte ich eigentlich nicht herkommen wollen, schon gar nicht ohne Carl.

Clarence nickt. Gleich einem Schwimmer in tosender Brandung taucht er beherzt in die Menge ein und bahnt sich einen Weg vor zum Bartender. Nur sein Kopf schwebt über den bierseligen Abba-Fans. Die inbrünstigen Stimmen schwingen sich empor in die Höhen der finalen Akkorde, um endlich schmachtend mit dem Schlusston zu verklingen.

Ich setze mich, atme auf, aber das Samstagabend-Partyvolk um mich herum bricht in frenetischen Jubel aus. Und nun gibt es kein Halten mehr: Der ganze Pub schmettert *Waterloo*. Vor mir auf dem Tisch steht Clarences halb ausgetrunkenes Glas Bitter. Die Oberfläche der braunen Flüssigkeit vibriert im Takt der vielen Füße, die den Rhythmus stampfen.

Ich hatte Angst davor, mich mit ihm zu treffen. Das konnte ich Carl natürlich nicht offenbaren und versuchte, ihn dazu zu bewegen, mitzukommen. Ich versteifte mich auf das Argument, Clarence habe schließlich uns beide eingeladen. Charlotte könne gut für ein oder zwei Stunden auf ihren kleinen Bruder aufpassen.

„Ist das dein Ernst?" Carl sah mich verständnislos an. „Wir können doch Charlotte nicht ihren ersten Abend in Freiheit vermiesen!"

„Dann gehe ich auch nicht."

„Sei nicht albern. Mit Ryan in Schlepptau war von vornherein klar, dass es heute keine rauschende Ballnacht wird für uns zwei. Geh wenigstens du dich amüsieren!"

Den ganzen Weg hierher habe ich mich gefragt, was er in Wirklichkeit davon hält, dass ich mich mit Clarence treffe. Muss ich es merkwürdig finden, dass er mich förmlich weggeschickt hat?

Meine Finger streichen über die glatte Tischplatte, folgen den feinen Linien der Altersringe. Ein Leuchten wie dunkler Honig, ein Licht aus der Tiefe, das von weither kommt. Aus den Augenwinkeln erkenne ich Clarence. Seine lange, schlaksige Gestalt löst sich aus der singenden Menge. In der einen Hand hält er eine Flasche Cider, in der anderen ein Glas. Er faltet sich neben mich in die Eckbank.

„Franny!“ Er stellt das Glas auf den Tisch und gießt mir ein.

Ich schaue sein Gesicht an. Dieses Gesicht! Er erwidert meinen Blick. Ich glaube, ich werde rot, schließe die Augen und koste vom Cider.

„Fran-Ny! Weißt du, wie verrückt es ist, dich zu sehen? Un-fass-bar!“

Ja, das ist es: unfassbar. Vorhin in der Mensa sind wir beide angespannt gewesen, aber jetzt … Die Wahrheit ist, ich weiß nicht, was ich sagen soll. Auf dieser Eckbank ist er mir so nah, dass ich durch meine Kleidung hindurch seine Körperwärme spüre.

„Wie ist es dir ergangen, Frans? Wie geht‘s dir?“

Hilflos nippe ich an meinem Glas. Ich könnte ihm alles Mögliche erzählen. Davon, wie ich nach Inverness kam, von meiner Familie, von unserem Leben dort. Aber es kommt mir bedeutungslos vor. Nicht, weil es bedeutungslos wäre, aber was besagt das denn, wenn man einfach Ereignisse aufzählt?

„Gott, Clarence.“ Ich atme tief.

Er grinst. „Fang irgendwo an, egal wo. Zumindest weiß ich schon mal, dass du ein Muttertier geworden bist.“

Ein Muttertier, so ist es. Diesen Ausdruck benutzte ich früher oft und er war keineswegs nett gemeint.

„Ja, das bin ich. Und ich hoffe, ihr werdet meine Tochter gut behandeln! Muttertiere sind gefährlich, das wisst ihr sicher!“

Clarence lacht laut. Köpfe drehen sich zu uns um.

„Ach du!“ Er winkt ab. „Du bist immer gefährlich gewesen, auch ohne Kinder!“ Er hebt sein Glas. „Stoßen wir darauf an.“

Verrückt – ich war gefährlich! Eine Million Jahre muss das her sein. Ich stupse mein Glas sanft gegen seines.

„Und deinen Ehemann, woher hast du *den*?"

Er fragt nicht, warum Carl nicht mitgekommen ist.

„Aus einem Fish & Chips Shop in Inverness. "

„Dort lebst du jetzt?"

„Ja."

„Und er weiß von nichts." Ein diebisches Grinsen versucht sich in seinen Augenwinkeln zu verstecken.

Ich nehme schnell einen Schluck Cider. Ich will nicht lächeln. „Carl ist kein Mensch, der nachbohrt! Vermutlich, weil er Fischer ist."

Clarence zieht fragend die Augenbrauen zusammen.

„Meine Theorie!" Jetzt lächele ich doch. „Wenn Fischer nichts fangen, nützt es ihnen nichts, mit den leeren Netzen zu hadern. Sie nehmen sie hin, behalten das Meer im Auge und steuern ein anderes Fanggebiet an." Auf dem Weg vom Hotel hierher habe ich mir fest vorgenommen Clarence das Sprechen zu überlassen und selbst möglichst wenig zu sagen, aber hier sitze ich und rede drauf los, als wäre zwischen uns beiden alles wie früher. „Tausendmal hab ich überlegt, ob ich Carl nicht von mir erzählen soll. Weißt du, er hatte überhaupt keinen Sinn für so etwas wie Vergangenheit, als wir uns kennenlernten. Das war gleich an meinem ersten Tag in Inverness und sechs Wochen später waren wir verheiratet."

„Oh-la-la, das ging schnell!"

„Er war ein junger Mann damals, gerade zweiundzwanzig, ungeheuer dynamisch und ganz und gar darauf versessen, sich mit mir eine Zukunft aufzubauen. Und dann war ich schwanger mit Charlotte und Carl machte sich selbständig mit einem eigenen Boot."

„Die Zeit rast.", sagt Clarence versonnen und trinkt von seinem Bier.

„Das stimmt, sie verging wie im Flug. Es wurde immer schwieriger, mit diesem Thema anzufangen, verstehst du?"

Clarence nickt.

„Irgendwann hielt ich es einfach für klüger, Franny McPhie zu vergessen. Strich drunter."

„Aber sie war schon sehr besonders, diese Franny McPhie!" Clarence sieht mir in die Augen. Da ist eine Wärme in seinem Blick, die mich völlig aus dem Konzept bringt.

Hatte ich nicht sehr gute Gründe für meine Entscheidung? Carl hätte wissen wollen, warum ich ihm nicht von Anfang an reinen Wein eingeschenkt hatte, und zwar mit Recht. Seine Liebe war mir vorgekommen wie ein unverdientes Geschenk nach all dem Irrsinn. Auf keinen Fall wollte ich, dass ein Schatten darauf fiel. Damals wusste ich noch nicht, wie sehr ihn zu jener Zeit noch der Freitod seines Vaters belastet hatte – ebenfalls ein Fischer wie auch schon dessen Vater. Carl war achtzehn gewesen, als es geschah, und seine wunderschöne griechische Mutter – so formulierte er es eines Abends sehr betrunken – war schon wieder verheiratet, bevor sein alter Herr noch richtig unter der Erde lag. Bis auf den obligatorischen Weihnachtsbesuch einmal im Jahr ließ sie sich kaum mehr bei ihrem Sohn blicken.

All das geht Clarence nichts an.

„Als Mutter muss ich an die rechtlichen Konsequenzen denken, die so eine Offenbarung haben könnte!"

Darf man ernsthaft von seinem Ehemann erwarten, ein

solches Geständnis für sich zu behalten? Ich meine: Neunundzwanzig Tote! Kann man erwarten, dass er da bei einem bleibt, dass er nicht zur Polizei geht?

Ich fühle, wie ich die Lippen zusammenpresse, lasse sie locker. „Sagt man nicht: Schweigen ist Gold?“

„Das sagt man.“ Clarence hebt wieder sein Glas. „Dann trinken wir auf ihn. Auf deinen Ehemann!“ Sein Glas ist leer, als er es auf den Tisch stellt.

„Dasselbe?“, frage ich und stehe auf, um die nächste Runde zu besorgen.

„Ich glaube, ich nehme einen Kaffee.“ Er lacht. „Ich habe das Gefühl, heute Abend sollte ich möglichst bei Bewusstsein bleiben.“

Ich wühle mich durch die Menge. Beim Barkeeper bestelle ich zwei Kaffee, das löst bei den Umstehenden Gejohle aus.

„Zwei Kaffee für die Dame, Nathe! Sie muss noch fahren!“

Nichts wissen sie, die Dummköpfe hier, haben eine große Klappe, weil sie sich auf Heimatboden wähnen, weil sie glauben, sie wüssten, wer sie sind. Mit einem vielsagenden Blick für seine Freunde fängt einer an zu singen.

„*Gimme, gimme, gimme a man after midnight …* “

Seine Kumpels stimmen grölend mit ein. Gar nichts wissen sie, diese Abba-Menschen!

Uns hat Abba nie zugesagt, Clarence und mir. Wir liebten U2. Damals, 1985. Und damals hatte er gerade seinen pechschwarzen Afro mit Wasserstoffsuperoxyd gebleicht, um ihn anschließend kreischend Grün einzufärben. Goy zog ihn deshalb gerne auf.

„Alter“, sagte er, „du siehst aus wie ein schwarzes Streichholz mit grünem Zündkopf!“

Mir gefiel sein Look. In derselben Nacht teilten wir uns die Kopfhörer seines Walkmans und landeten knutschend im weichen Gras zwischen den Gräbern auf dem All Saints Churchyard. Es war warm, die Linden blühten. Jetzt noch habe ich diesen Duft in der Nase. Wieder und wieder hörten wir den einen Song: *Where the Streets have no Name.* Diese flirrenden Gitarrenlicks von *The Edge* – für mich waren sie wie ein fliegender Teppich, der mich ins Morgenland meiner ersten echten Liebe trug, und als es hell wurde schlenderten wir Hand in Hand zur Putney Bridge zurück. Dort hatten Goy, Clarence und ich am Tag zuvor unser Lager aufgeschlagen.

Der Weg führte an einer Bäckereifiliale vorbei, die soeben mit Gebäck beliefert worden war. Auf einem hohen Roll-Regal stand es mutterseelenallein auf dem Gehweg herum. Clarence steckte ein paar von den frischen Vanillebrötchen ein. Auf einer Bank an der Themse ließen wir sie uns schmecken. Wie zwei feucht gewordene Buchseiten klebten wir aneinander und fütterten uns gegenseitig mit soften Teighäppchen.

Dann kehrte Goy von seinem nächtlichen Beutezug zurück. Er musterte uns, grinste wissend. „Wie die Turteltäubchen", frotzelte er und zwängte seinen harten Hintern zwischen uns auf die Bank.

Mit einer großspurigen Geste langte er in die Innentasche seiner schwarzen Lederjacke, die er weder bei Tag noch bei Nacht auszog. Wenn er sich bewegte, gab sie dieses typische Knatschen von sich, dass mir jedes Mal eine Gänsehaut bescherte. Er holte ein kleines Briefchen aus Silberfolie hervor und hielt es uns triumphierend unter die Nase.

„Aber ihr wisst ja“, jetzt zog er die Augenbrauen hoch, „entweder alle oder keiner!“

Geübt falteten seine kräftigen Hände die Alufolie auseinander, das weißliche Pulver darin war fein wie Puderzucker. Er portionierte es mit dem langen Nagel seines kleinen Fingers, den er extra zu diesem Zweck *gezüchtet* hatte. Drei gleichlange magere Streifen. Dann drückte er mir eine Kugelschreiberhülse in die Hand.

„Alle oder keiner“, wiederholte er. Sein Lachen hallte blechern vom Beton der Brückenpfeiler wider. „Das gilt für Dope genauso wie fürs Ficken!“

5.

Jedenfalls ist Kaffee jetzt genau das Richtige.

Clarence rührt in seiner Tasse. Er sagt, er sei nicht verheiratet, habe keine Kinder.

„Zumindest nicht, dass ich wüsste."

Durch eine Bekanntschaft sei er zum Cricket-Team gekommen, als Trainer, und war bald Koordinator für den gesamten Uni-Sportbereich.

„Und Carol?", frage ich.

Er grinst. „Eine Kollegin, weiter nichts."

Ich erzähle von meinen Kindern und von Inverness.

„Also bist du nun glückliche Hausfrau und Mutter von Beruf?"

Ist da wieder dieser Zug um seine Mundwinkel?

„Nö", antworte ich und streiche mir eine Haarsträhne aus der Stirn. „Du weißt doch, es gibt exakt *zwei* Sachen, mit denen ich mich *wirklich* gut auskenne."

Jetzt macht er große Augen.

„Ich betreibe einen Hundesalon."

„Einen *Hundesalon*?"

Hah! Ich wusste, dass das sitzt. Fasziniert starrt er mich

an., es ist eine Augenweide. Einen genussvollen Moment lang lasse ich ihn zappeln, dann lache ich ihn aus.

„Ich lebe in Inverness, Clarence! Wer braucht dort einen *Hundesalon*!"

„Keine Ahnung", protestiert er. „Habt ihr nicht Milliarden Liter Öl da oben in eurer Nordsee? Das weckt doch Begehrlichkeiten!"

„Quatsch nicht! Außerdem läuft das in Aberdeen."

Wir kichern ein bisschen. Jetzt rührt er Zucker und Milch in seine Tasse.

„Und du? Schwarz, wie früher?"

„Yep!"

Wir trinken Kaffee und rücken noch ein bisschen näher zusammen auf unserer Bank. Schweigend beobachten wir die Feierwütigen in ihrem Habitat.

„Rauchst du noch?", frage ich nach einer ganzen Weile.

Er nickt. „Ich möchte es mir nicht abgewöhnen."

Es gefällt mir sehr, wie er das sagt.

„Wenn du *jetzt* rauchen wollen würdest, dann würde ich sogar mal an deiner Zigarette ziehen."

„Dazu müssten wir rausgehen", antwortet er.

„Ja. Schade. Wir haben niemanden, der uns die Plätze hier freihält. Hatten wir nie, oder?"

Sein Blick wandert hoch zur Decke. Nach einer Weile sieht er mich an. „Doch, das hatten wir."

„Du hast Recht. Füreinander haben wir das immer getan, damals." Eine Flasche Cider reicht, schon bekomme ich feuchte Augen.

„Und du, Frans, du hast auch jetzt jemanden. Sogar mehr als einen."

„Schlimm?" Ich räuspere mich.

Er atmet tief ein, legt mir den Arm um die Schulter, schaut wieder zu den dunklen Holzbalken hinauf. Dann atmet er lange aus.

„Im Gegenteil. Das wünscht man doch jemandem, den man gern hat." Er nimmt seinen Arm wieder fort. „Noch 'n Kaffee?"

„Einen noch."

Schon ist er aufgestanden und zieht los. Ich lege die Hand dahin, wo er gesessen hat. Warm fühlt sie sich an, die Stelle. Es ist schön, zu wissen, dass er da ist, dass er gleich wiederkommen wird.

Im Hotel hat Carl unseren Sohn sicher längst ins Bett gebracht. Vielleicht sitzt er in diesem Moment gerade auf dem Balkon und gönnt sich einem Drink aus der Mini Bar. „Ich bleibe nicht lange, vielleicht ein Stündchen", sagte ich, als ich ging, und Carl antwortete: „Nein, bitte, lasst euch Zeit! Ihr habt euch bestimmt viel zu erzählen."

Ich wische sie fort, die Gedanken an Carl. Clarence kommt zurück, außer zwei Kaffees hat er noch eine Flasche Ginger Ale dabei und ein Glas. „Wir teilen, oder?"

Ich nehme meine Hand von seinem Platz, er setzt sich. „Klar!" Was soll sein? Wir sitzen hier, trinken Kaffee und Ginger Ale.

„Tolles Panorama", murmelt er mit einem Blick auf die Bar. Er nimmt einen Schluck von der Ingwer-Brause und schiebt mir das Glas hin. Einen Augenblick lang überlege ich, ob er verlegen ist.

Verlegen oder irgendetwas anderes.

„Weißt du, wir haben dich gesucht, Franny!"

Mir ist, als habe mir jemand einen Eimer eiskaltes Wasser über den Kopf gekippt.

„Über Wochen!“ Jetzt sieht er mir in die Augen, unumwunden und direkt. Ich schaffe es nicht, seinem Blick auszuweichen. „Wir dachten uns ja, dass irgendwas sein musste, dass du vermutlich keinen Bock mehr hattest. Wir wussten nur nicht weshalb!“

Goodness! Genau deshalb hatte ich Angst, mich mit ihm zu treffen! Angst davor, dass er auf diesen Punkt zu sprechen kommen könnte.

„Frans!“

Seit Jahren vermeide ich es strikt, an diese grässlichen Tage zu denken. Aber seitdem ich sein Gesicht in der Broschüre gesehen habe, tue ich es jeden Tag.

„Schon ein paar Worte hätten uns gereicht. Einfach eine läppische SMS.“

Ich würde gern im Boden versinken, mich unsichtbar machen. Natürlich hat er ein Recht auf eine Antwort, aber wo soll ich anfangen?

„Ich konnte einfach nicht“, höre ich mich stammeln. Warum kann ich nicht normal sprechen, selbstbewusst wie eine erwachsene Frau? Ich muss mich für gar nichts rechtfertigen. „Es war alles so verfahren.“ Wie sieht er mich denn an? Was denkt er? „Und dann vergingen die Wochen und Monate derartig schnell und ich wollte … “

Am Tresen stimmen sie jetzt irgendeinen Fußball-Scheiß an, laut, schief und inbrünstig.

„Ich konnte einfach nicht, verstehst du?“

Er schaut zur Bar, nickt, trinkt von seinem Kaffee.

„Weißt du, dass Goy tot ist?“, fragt er und schüttelt dann den Kopf. „Woher solltest du das wissen!“

„Wann denn? Wie?“

„Ertrunken. 2001. Im Kanal.“

„Goy?"

Goy ist immer ein Kraftpaket gewesen und ein hervorragender Schwimmer dazu. Was muss passieren, damit ein Mann mit seiner Konstitution ertrinkt? Ich halte mir die Tasse unter die Nase, atme den bitteren Duft. „Schrecklich!"

Der Tresen Chor wechselt die Tonlage, andächtig singen sie: „*When you walk through a storm* … "

„Habt ihr noch lange zusammengearbeitet?"

„Gut zwei Jahre." Einen Moment lang presst Clarence die Kiefer aufeinander. „Es wurde sehr schwierig, weißt du."

„Zu viele Aufträge? Zu wenig Manpower?"

„*And don't be afraid of the dark* … ", tönt es von der Bar herüber.

„Das auch."

Ich warte, aber Clarence macht keine Anstalten, weiterzusprechen. „Was denn sonst noch?"

Er zieht die Brauen hoch. „Schwer zu sagen – Streit, immer wieder."

„Worum ging es dabei?"

„Ach, um alles Mögliche. Um Geld, um Qualfati, um dich." Auf seiner Nasenwurzel steht eine steile Falte. „Vor allem ging es um das *Wie*! Du kennst doch Goy – diese ewige Alphatier-Nummer. Alles musste nach seiner Nase gehen. Irgendwann hatte ich einfach genug."

An der Theke steigt wieder die Inbrunst und mit ihr die Lautstärke: „*Walk on through the wind, walk on through the rain* … "

Clarence sieht mir fest in die Augen. „Das verstehst du doch, oder? Wer, wenn nicht du!"

Ich schlucke einmal trocken. „Schon. Aber ohne ihn

hätten wir den Kram vielleicht nicht so gut überstanden, ich meine, als Qualfati krank wurde."

Er nickt, fixiert wieder die Sänger an der Bar. Jetzt kommen sie dort zum Höhepunkt: *„And you'll never walk alone*!"

Ich erschrecke, so abrupt hebt Clarence plötzlich seine Tasse in die Luft. „Auf Goy!" Er schreit quasi, dennoch verstehe ich ihn kaum. „Auf Goy und auf den Alten Mann!" Der Gesang verstummt, eine Sekunde andächtige Stille. Jetzt folgt Applaus, ohne Gejohle. Clarence und ich stoßen an, er schaut melancholisch. „Aber das ist alles vorbei. Ewig her, oder? Das ist es." Mich fröstelt, er atmet tief ein. „Du und ich, Frans, *wir* sind übrig – und *wir* leben!"

Das eine kleine Bier und seitdem zwei Tassen Kaffee – Clarence kann unmöglich betrunken sein.

„Ich glaube, ich will jetzt wirklich rauchen", sage ich und stehe auf. „Gehen wir?"

6.

Ich schnappe mir meinen Mantel und zwänge mich durch die Menge zum Ausgang, Clarence folgt mir hinaus vor die Tür. Auf dem Gehsteig ist das Gedränge noch größer als drinnen. Hier gibt es zwei Standaschenbecher, die Stadt-Indianer vom Stamme der Marlboro scharen sich darum wie um ein Lagerfeuer. Clarence nimmt meine Hand. Quer über den Fahrdamm zieht er mich auf die andere Straßenseite. Am Schaufenster einer Buchhandlung befindet sich in Kniehöhe ein breiter Sims.

„Nimm Platz."

Wir setzen uns. Ich hänge mir den Mantel um die Schultern. Aus seiner Jackentasche holt er ein Päckchen Zigaretten hervor und ein Feuerzeug. Er zündet eine Zigarette an, zieht kräftig und reicht sie mir. „Gut so?"

Ich nehme sie ihm aus der Hand. „Durchaus. Kommst du oft hierher?"

„Nur noch selten. Ich bin kein großer Pub-Gänger mehr, weißt du."

Ich ziehe, puste den Rauch aus, ohne zu inhalieren. Die weiße Schwade schwebt im gelben Licht der Straßenlaterne gen Himmel.

„Und du?"

„Qualme immer noch wie ein Kind, wie du siehst", ich puste ihm Rauch ins Gesicht. Clarence lacht. „… und gehe noch immer nicht gerne in Pubs. Zu Carls Leidwesen muss ich sagen, denn er geht gerne und regelmäßig und meckert manchmal, weil ich ihn kaum je begleite. Nur ganz ausnahmsweise mal – zu Weihnachten oder so."

„Unsere kleine Spaßbremse." Ich weiß, es soll lustig klingen. Clarence grinst mich an. „Immer ernst, ganz wie früher."

„Ich hab Kinder!", protestiere ich. Auch das soll lustig klingen, tut es aber genauso wenig wie seine Bemerkung.

„Und damit hast du einen besonders guten Grund, oder?"

„Völlig richtig, mein Lieber! Und welchen hast du? Früher bist du mehr oder weniger jeden Tag im Pub versackt, es sei denn – du weißt schon."

„Wenn ich einen Job hatte, meinst du?"

„Hm-Hm." Ich nicke, und die Art, wie er mich jetzt anschaut – irgendwo ganz weit im Hintergrund, im Ungefähren zwischen dem Rauschen des Verkehrs und meiner Aufregung darüber, nach so vielen Jahren wieder diese Nähe zwischen uns zu spüren, da läutet etwas.

Eine Alarmglocke?

Da ist etwas Kühles in ihm. Gibt es eine kühle Form der Verzweiflung?

„Das ist richtig", erwidert er und weicht meinem Blick aus. Er nimmt mir die Zigarette aus der Hand und zieht. „Nachdem du weg warst, da hat sich viel geändert, Frans. Sehr viel und sehr schnell. Goy hat einen irren Stress verbreitet, im Geschäft standen wir schwer unter Druck.

Du warst nicht mehr da, Qualfati gestorben. Was wir vorher zu viert gestemmt hatten, musste plötzlich zu zweit funktionieren." Er schüttelt den Kopf, nimmt einen weiteren Zug. „Ich musste erwachsen werden, irgendwie von jetzt auf gleich. Und Goy und ich mussten Entscheidungen treffen!" Jetzt sieht er mich wieder an.

„Ich kann mir vorstellen, dass es schwer war." Beinahe falle ich ihm ins Wort, so schnell sage ich das, aber ich will, dass er weiß, dass ich an ihn gedacht habe – an ihn und an Goy.

„Oh ja", gibt er ebenso schnell zurück, „das war es!"

Muss ich mich elend fühlen dafür, dass ich gegangen bin? Wir waren keine Kinder mehr, auch wenn Clarence sich vielleicht noch nicht wirklich erwachsen gefühlt haben mag. Wenn ich zurückdenke – mir selbst ging es nicht viel anders. Aber wir waren erwachsen, das ist die Wahrheit. Immerhin waren wir achtundzwanzig Jahre alt. Dennoch: könnte ich die Zeit zurückdrehen …

Clarence sitzt neben mir und raucht unsere Zigarette zu Ende mit seinem schönen Mund.

Niemand kann die Zeit zurückdrehen.

Damals an dem Tag rief Eluisa Harterekter mich zum x-ten Mal an, weil sie Angst hatte um ihren Ehemann, von dem sie nicht mal ahnte, dass der bei Qualfati ihre Ermordung in Auftrag gegeben hatte, und zwar durch mich! Ich musste handeln. Nicht eine einzige Tränen war er Wert, dieser Mensch, aber sie liebte ihn. Sie verstand nicht, wo er geblieben war, warum er auf keine ihrer zahlreichen Nachrichten antwortete. Inständig bat sie mich, sie in seine Wohnung zu begleiten.

Ich fühlte mich irgendwie verantwortlich für sie, denn auf

gewisse Weise waren wir so etwas ähnliches wie Freundinnen – ich hatte dafür gesorgt, dass sie den Mistkerl los war. Aus eigener Erfahrung wusste ich, was für eine Qual es ist, mit einem gewissenlosen Arschloch verheiratet zu sein. Der Gedanke an meinen ersten Ehemann macht mich jetzt noch fertig: Gordon McPhie. Bis auf meinen Nachnahmen hatte ich ihm nichts Gutes zu verdanken.

Es war kurz vor Mittag, als Eluisa und ich die Wohnung betraten. Den Ort, an dem Clarence und ich ihrem Ehemann aufgelauert hatten. Eluisa rief nach ihm und ich machte mit. „Paul, sind Sie da?" Es war so strange, ich fühlte mich gleichzeitig vernünftig und verrückt.

Ich schaue Clarence an, er lässt Rauchringe aufsteigen.

Innerlich sehe ich mich in Harterekters Wohnung die Wendeltreppe hinaufsteigen, während Eluisa unten im Wohnzimmer nach Hinweisen suchte. Sie fand nichts. Es war mir unerträglich, dass so ein Schwein wie er in einer so wunderschönen Maisonette Wohnung gelebt hatte. Auf Eluisas Kosten natürlich.

Am Nachmittag desselben Tages rief sie mich wieder an, aber ich nahm das Gespräch nicht an. Ich stand gerade mit Goy in unserem Hundesalon, wir keiften uns an wegen der Sache mit ihrem Ehemann. Gott, ich war so wütend und enttäuscht.

„Es war auch für mich eine sehr schwierige Zeit, Clarence.", höre ich mich sagen. Er zieht wieder an der Zigarette, schaut seinen Rauchringen hinterher. „Ich wollte euch nicht hängenlassen, aber irgendwie konnte ich auch nicht mehr so weitermachen. Alles lief aus dem Ruder und … "

„Verstehe ich doch, Frans". Jetzt schnippt er die Kippe

mit zwei Fingern unter die parkenden Autos. „Aber Goy hat getobt. Wir mussten die bestehenden Aufträge abarbeiten, den ganzen geschäftlichen Kram regeln und außerdem den Alten Mann unter die Erde bringen." Er schlägt den Mantelkragen hoch und wendet mir das Gesicht zu. „Und es gab Nachforschungen, Frans, dich betreffend! Wegen des Typen, bei dem ich dir geholfen hab, seine Frau hat nach dir gesucht. Irgendwoher hatte sie die Adresse unseres Salons. Du seist ihre Freundin, hat sie behauptet, und plötzlich verschollen, genau wie ihr Ehemann. Guter Gott, das hat richtig Staub aufgewirbelt. Wir hatten einen Polizisten in unserem Laden, der jede Menge Fragen stellte. Letztendlich haben sie vermutet, du und Harterekter, ihr wäret zusammen durchgebrannt." Er schnauft. „Harterekter! Den Namen werde ich mein Lebtag nicht vergessen!"

„Das ist ja entsetzlich."

„Oh ja!" Clarence schnauft noch einmal. „Wir haben die Geschichte gerade so abgebogen bekommen!"

Nicht eine Sekunde habe ich an so etwas gedacht. Ich erinnere mich, wie ich in Enfield an meinem Küchentisch saß und heulte. Aus Trauer um Qualfati, aus Wut auf Goy, aus Angst vor meinem eigenen Leben. Und plötzlich tauchte aus dem Nichts ein Gedanke an Rosmund auf – das Lämmchen aus Kingussie, dass mir an dem einzigen wirklich unbeschwerten Wochenende meiner Kindheit zwei Tage lang wie ein Hündchen überallhin gefolgt war. Der Typ, mit dem meine Mutter damals abhing, hatte uns dorthin zu einem Ausflug eingeladen. Rosmund war ein echter Lichtblick. Ich begriff, dass ich so eine Zukunft für mich wollte. Ein Leben an einem guten Ort.

„Frans." Clarence fasst meine Hand. „Ich weiß ja, für dich war es sicher auch schwer. Aber … " Eine Sekunde lang schließt er die Augen. Er sieht aus, wie ein Mann, der gegen den Wind rennt. „… warum bist du einfach verschwunden? Ohne ein einziges Wort. Wir waren doch Freunde!"

Was soll ich darauf antworten?

„Waren wir Arschlöcher?", fragt er. „Fandest du, dass ich eines war?"

„Gott, Clarence." Der Kloß in meinem Hals macht mir das Sprechen fast unmöglich. Ich schüttele den Kopf, kann nicht verhindern, dass mir Tränen über die Wangen rollen. „Du doch nicht Clarence! Doch nicht du!"

Von uns dreien war es Clarence, der am meisten an unserem Alten Mann hing. Und er war es, der nicht wusste, was Goy und ich geplant hatten, ahnt nicht, dass ich es bin, die ihm seinen Alten Mann weggenommen hat. *Ich muss dir was sagen* – eine Sekunde lang liegen mir diese Worte auf der Zunge. Aber auf keinen Fall! Auf gar keinen Fall!

Clarence fährt mir mit der Hand übers Gesicht, er wischt meine Tränen fort.

„Wie hätte ich dich denn für ein Arschloch halten können?", frage ich. „Ausgerechnet dich."

Ich kann nicht mehr sitzen bleiben, muss mich bewegen, ich stehe auf, muss laufen. Ein paar Schritte hin und her – gegen das Gefühl, wie ein schwarzer Monolith durch das Pflaster Richtung Erdmittelpunkt zu sinken.

„Du warst kein Arschloch!" Ich wandere vor dem Schaufenster auf und ab. „Goy war keines und auch nicht der Alte Mann. Das war nicht der Grund."

Clarence sieht mir zu. Ganz ruhig sitzt er da.

„Wirklich Clarence. Wir alle hatten unsere Probleme

damals. Das mit Qualfati hat mich völlig fertig gemacht."

Jetzt kramt er eine weitere Zigarette hervor, zündet sie an und schlägt die Beine übereinander.

Mich durchfährt ein furchtbarer Schreck. Hat Goy ihn vielleicht irgendwann doch ins Vertrauen gezogen? Vielleicht haben sie sich am Ende deswegen entzweit?

„Dich hat sein Tod auch schlimm getroffen", höre ich mich sagen. Warum vertiefe ich dieses Thema, anstatt einfach die Klappe zu halten? „Weißt du noch, wie du mich anriefst", mein Mund spuckt die Worte ungebremst aus, „wie wir auf den Arzt gewartet haben, du und ich?"

Unter Tränen hatte er mich angerufen. Den ganzen Tag lang habe er vergeblich versucht Qualfati zu erreichen. Dann sei er zu seiner Wohnung gefahren und habe die Tür mit einem Dietrich geöffnet.

Leblos fand er ihn im Bett, unseren Alten Mann. Mit einem friedlichen Gesichtsausdruck. Er hatte nicht leiden müssen, dafür hatte ich gesorgt.

„Selbstverständlich weiß ich das noch. Sowas würde niemand vergessen.", antwortet Clarence tonlos.

„Und dann mein Streit mit Goy, erinnerst du dich? Im Salon – du bist auch dabei gewesen mit diesem großen Hund. Wie hieß er gleich?"

„Bob. Der irische Wolfshund."

„Genau, Bob! Er war so ein schönes Tier." Wir alle mochten Bob, aber Clarence war regelrecht vernarrt gewesen in ihn. „Jedenfalls Eluisa – Harterekters Frau – nachdem ihr Mann verschwunden war, rief sie mich an, immer wieder. Sie ließ nicht locker. Wir kannten uns doch aus der Schule. Sie wollte, dass ich mit ihr zur Polizei gehe. Sie dachte einfach, ich sei ihre Freundin, ununterbrochen klingelte mein Telefon."

Mein Herz schlägt immer schneller, ich muss in Bewegung bleiben, laufe auf und ab. Clarence folgt mir mit den Augen wie ein Zuschauer beim Tennis. „Und?" Er zieht an der Zigarette.

„Und?" Jetzt bleibe ich vor ihm stehen. „Ich habe es aus dem Fenster geworfen. Im Stau, in Finsbury Park."

„Du hast dein Blackberry aus dem Auto geworfen?"

Ich nicke.

Clarence schaut mich an, dann auf die qualmende Glut seiner Zigarette. „Und weiter?"

„Ich hab aus dem Fenster gesehen, es lag auf der Straße, der Deckel war abgesprungen, der Akku herausgefallen. Auf einmal fuhren die Autos vor mir an. Eine Sekunde lang überlegte ich, ob ich schnell aussteigen und es wieder einsammeln soll, dann drehte ich um … ", ich schaue Clarence an, er sagt nichts, „ … ich fuhr nach Hause, nach Enfield. Ich dachte, ich warte erst mal ab, trinke erst mal einen Tee. Aber es ging mir echt mies. Mir wurde klar, dass ich wegwollte, einfach nur sehr weit weg, Ich hatte keinen besonderen Plan, packte einfach ein bisschen Zeugs zusammen."

Clarence streckt die Beine aus, lehnt sich mit dem Rücken ans Schaufenster. Erst jetzt werde ich auf mein Spiegelbild aufmerksam. Vor mir steht eine Endvierzigerin in einem biederen dunkelblauen Tuchmantel, halblanges Haar mit herausgewachsenen Spitzen. Ein Muttertier. Ich denke an Rosmund.

„Ich weiß nicht", sage ich, mehr zu der fremden Frau im Fensterglas als zu Clarence. „Vielleicht stimmt das so nicht. Vielleicht hatte ich zu dem Zeitpunkt doch schon vor, für immer fortzugehen, keine Ahnung. Es ergab sich irgendwie, verstehst du?"

„So war das also."

Clarences Stimme holt mich zurück in die Gegenwart.

„Ja, so war's", antworte ich.

Er fährt sich mit den Fingern durchs Haar, kneift die Augen zusammen, hebt den Kopf und wendet das Gesicht zum Himmel, als erhoffe er sich von dort irgendetwas. „So war das also", wiederholt er beinahe feierlich. „Wow!"

Ich setze mich wieder zu ihm auf den Fenstersims, die Hände in den Manteltaschen vergraben. Er ist sichtlich bewegt, schweigt, blickt nach rechts, blickt nach links, dann überall auf der Straße herum. Mich schaut er nicht an. Nach einer ganzen Weile räuspert er sich. „Weißt du … " Wieder eine lange Pause. „Weißt du, ich habe mir Gott weiß was vorgestellt." Jetzt sieht er mich an. „Wir wussten nicht mal, ob du lebst!" Wieder eine Pause.

Ich lausche, warte darauf, dass er weiterspricht.

„Irgendwie … ", fährt er fort, räuspert sich noch mal und schaut plötzlich auf seine Armbanduhr. „Guck mal, wie spät es schon ist. Halb eins! Ich glaube, ich muss langsam gehen." Er nickt mit dem Kopf. Ob zur Bekräftigung für mich oder für sich selbst – keine Ahnung, vielleicht beides. „Ihr seid doch morgen noch da zum Einführungsgottesdienst, oder?"

„Sind wir."

„Okay – soll ich dich zum Hotel begleiten?"

7.

Ich habe im Zimmer kein Licht gemacht. Carl liegt still im Bett, sein Atem geht ruhig und gleichmäßig. Ryan hat sich dicht an seinen Vater gekuschelt mit Benji im Arm. Lautlos schlüpfe ich ins Bad und schließe die Tür hinter mir. Ich knipse die Beleuchtung an und sofort wieder aus. In wenigen Sekunden würde die Lüftung lärmend einsetzen. Auf keinen Fall möchte ich, dass die zwei nebenan aufwachen. Allein sein, das möchte ich, nicht sprechen. Eine Tasse Tee wäre jetzt gut, aber um diese Uhrzeit …

In einem breiten Streifen fällt rotes Licht auf die weißen Kacheln. Die Außenbeleuchtung des Hotels scheint durchs Fenster. Ich schaue hinaus. Eben noch standen wir da unten, Clarence und ich, im tiefen Schatten der buschigen Eiben. Den ganzen Weg vom Pub hierher sind wir schweigend nebeneinander hergegangen, dann haben wir angefangen einander anzusehen. So richtig und ohne Worte. Die kühle Nachtluft hat etwas Heilsames.

Er zog mich unter die Bäume. Eng aneinandergedrängt lehnten wir an der Hauswand. Ich war nicht einmal überrascht. Der Duft seiner Haut, seine Hände in meinem

Nacken, unter meinem Mantel, wie sie meine Bluse öffneten. „Du schmeckst so gut“, hat er leise gesagt.

Im Spiegel über dem Waschtisch sehe ich mein Gesicht. Da ist sie noch, die Frau mit den Perlen-Orhsteckern und dieser langweiligen Frisur. Ist es möglich, dass sie nie jemand anderes gewesen ist als Franny? Franny der Profi, die es versteht sich im Fundus des Lebens zu bedienen, um wie Hattie auszusehen?

Ich lege den Mantel ab, ziehe mich vollständig aus. Wie eine verlassene Schlangenhaut liegen meine dunklen Kleider auf dem hellen Boden. Meine Haut leuchtet rosa im Widerschein des Lichts. Die, die da im Spiegel vor mir steht, ihre dunklen Augen, die langen Arme mit den Narben am Handgelenk, die vorstehenden Rippen und die großen Füße, das ist Franny, keinen Tag älter als fünfzehn. Und der, der sie hinter jeder Verkleidung erkennt, das ist Clarence.

Ich schrecke zusammen – plötzlich öffnet sich hinter mir die Tür.

„Du kommst spät“, flüstert Carl und macht sie leise wieder zu. Er schaltet das Licht ein. „Was tust du?“

„Ich wollte noch duschen.“

„Soll ich mit hineinkommen?“

Eine rhetorische Frage. Er umarmt mich, zieht mich in die Duschkabine, temperiert das Wasser. Ich lasse mich streicheln von seinen vertrauten Händen, lasse mich küssen von seinen Lippen. Sein Zeigefinger dringt in meine Vagina. Er atmet schwer. Ich schließe die Augen, fasse sein steifes Glied, reibe es, führe es in mich ein. Unter der warmen Dusche reite ich auf seinen Schoß auf, umschlinge seinen Körper mit Armen und Beinen – ganz wie immer. Er hält mich, stemmt mich mit seinen Händen auf und ab. Nicht lang und er kommt. Er lässt mich absteigen, duscht mich, duscht sich. Dann verlässt er die Kabine.

Mit einem blütenweißen Frottiertuch um die Lenden reicht er mir die Hand. „Morgen ist ein wichtiger Tag."

Ich stelle mich auf den Duschvorleger. Summend läuft die Lüftung. Ich frage mich, ob wir Ryan geweckt haben. Carl trocknet mich ab, dann gehen wir hinüber. Der Kleine schläft fest. Wir schlüpfen zu ihm ins Bett.

„Gute Nacht", flüstert Carl und legt den Arm schützend über mich.

Natürlich.

Ich gehöre zu ihm.

Sechs Stunden später scheint die Sonne durch das geöffnete Badezimmerfenster. Von draußen klingt das Frühgeläut eines blitzblanken anglikanischen Sonntags herein.

Ich habe kaum ein Auge zugemacht in dieser Nacht. Um Ryan und Carl mit meiner Unruhe nicht zu wecken, zog ich leise in das Beistellbett um. Nun sitzen sie nebenan beim Frühstück, während ich mir die Zähne putze. Mit richtig viel Zahnpasta. Schneeweiß tropft der Schaum ins Waschbecken.

„Bist du fertig, Mama?"

„Gleich!", nuschele ich und spüle mir den Mund aus. Ich reinige die Zahnbürste und lege sie zur Seite.

Was soll's, wir gehen einfach hin zu diesem Gottesdienst. Für Charlotte! Tausende Eltern tun das jedes Jahr. Außerdem habe ich mir zu diesem besonderen Anlass extra ein hübsches Etui-Kleid gekauft, dunkelblau mit roten Blüten bestickt.

„Hattie“, Carls Kopf taucht in der Türöffnung auf, „wir sollten langsam los.“

Ich lege einen Hauch Lippenstift auf, werfe einen letzten prüfenden Blick auf mein Gesicht. Das fünfzehnjährige Mädchen von gestern Abend ist verschwunden. Mein Mann und mein Sohn sitzen fertig angezogen auf dem großen Bett und zappen sich durch das Trickfilmangebot im Pay-TV. Ich nehme meinen Mantel von der Garderobe. „Na dann los!“

Carl küsst mich auf die Stirn. „Wird schon.“ Er zieht die Zimmertür ins Schloss. Ryan stürmt den langen Flur entlang zum Fahrstuhl. Wir fahren hinunter in die Halle. Auch heute gehen wir zu Fuß. Auf dem Campus gelangen wir über verschlungene Wege zum Arthur Tattersall House. Der langgestreckte dreistöckige braune Klinkerbau stammt aus der Zeit der Jahrhundertwende. Hier ist Charlotte untergebracht.

„L27“, murmelt Carl.

Gestern hatte sie uns beschrieben, wie wir ihr Zimmer finden können. Wir steigen zwei Treppen hinauf, dann geht es links durch die Glastür, dann vorbei an zwei Toiletten und zwei Duschen.

„Hier ist es: L27!“

Ryan klopft, Charlotte öffnet.

„Kommt rein, ich zieh nur noch schnell meine Jacke an.“

Mit geübtem Mutterblick scanne ich das winzige Regal an der Wand und den schmalen Schrank, dessen Tür sperrangelweit offen steht.

„Du hast ja schon all deine Sachen verstaut. Und diese Patchworkdecke macht sich richtig gut auf deinem Bett.“

„Ja, find ich auch.“

Sie hatte sie entdeckt, als wir für ihren Umzug ein paar Sachen einkauften. Sie wünschte sich neues Bettzeug für das Wohnheim. Ich war ziemlich überrascht, als mein modernes Mädchen sich so etwas altmodisches aussuchte.

Das Geläut zur Andacht für die Erstsemester hat bereits eingesetzt. Es begleitet uns den ganzen Weg bis zur Kapelle. Herbstlich frisch ist die Luft, klar und kühl, wie in der vergangenen Nacht. Drei breite Stufen führen hinauf zum Portal. Die Kapelle ist gut gefüllt. Wir schieben uns gleich neben dem Eingang auf vier der restlichen freien Plätze. Die Orgel beginnt zu spielen. Ich sehe mich um, suche die Reihen nach Clarence ab, aber er ist nirgends zu sehen.

Ein gemischter Chor stimmt eine Hymne an. Um uns herum greifen die Leute nach den geklammerten Liederheftchen, die auf den Bänken ausliegen. Carl nimmt ebenfalls eines zur Hand. Auf Seite zwei findet er den Text. Jetzt singt er leise mit. Sein Vater war Presbyterianer. Ab und zu besucht Carl in Inverness die Messe – eher aus Liebe zu seinem Alten Mann als aus echter Religiosität. Noch einmal wandern meine Augen über die Bankreihen. Nein. Clarence ist nirgends zu entdecken. Vermutlich geht es in Ordnung, dass ein Sportlehrer einer religiösen Veranstaltung fernbleibt. Außerdem wäre es zu merkwürdig, ihn bei einer Andacht zu sehen.

Die Orgel verstummt, der Dekan erhebt sich von seinem Platz. Seitlich des Chors ist ein Rednerpult aufgebaut. Gemessenen Schrittes begibt er sich dorthin. Seine Haltung soll wohl Würde ausstrahlen und Feierlichkeit.

„Ich wünsch Ihnen allen einen guten Morgen!“, beginnt er, und dann wendet er sich explizit zuerst an die *jungen*

Damen und Herren, die heute ihre *Reise in die Welt der universitären Ausbildung* beginnen.

„Die Welt der Wissenschaft steht Ihnen offen. Eine Welt, deren Reichtümer Sie sich zu eigen machen können. Eine Welt, zu deren Reichtum Sie ebenfalls selbst etwas beitragen werden.“

Ich vermute, in diesem Augenblick ist es ihm ernst mit dem, was er sagt. Aber ich bin mir sicher, dass er sich vor allem gerne selbt reden hört. Für *die lieben Eltern*, die sich jahrelang *um das schulische Fortkommen ihrer Sprösslinge* bemüht haben, findet er ebenfalls erhebende Worte.

„Das dürfen Sie sich selbst hoch anrechnen. Ja, das müssen Sie sogar, denn dies ist Ihr Erfolg. Wo wäre unsere Gesellschaft ohne Ihren Einsatz und Ihre Fürsorge. Wo wäre das Vereinte Königreich?“

Carl schüttelt den Kopf und zieht die Augenbrauen hoch.

„Dafür sind wir Ihnen zu Dank verpflichtet, und diesem Dank möchten wir Ausdruck verleihen mit dem folgenden Choral … “

Um welchen Choral es sich handeln soll, höre ich nicht. Gebannt starre ich auf die zehn dunkel gewandeten Gestalten, die in diesem Augenblick durch eine Seitentür die Kapelle betreten. Jede der Gestalten trägt unterm Arm eine übergroße dunkelrote Mappe. Weil ich fürchte, dass mir der Mund offen stehen bleiben wird, presse ich die Lippen fest aufeinander. Dort schreitet Clarence zusammen mit den anderen im Gänsemarsch zum Chorgestühl. In einem weiten Halbkreis stellen sie sich auf.

„… vorgetragen vom Dozenten Chor der Universität.“, höre ich den Dekan ankündigen.

Die Zehn öffnen ihre Notenmappen, die Orgel beginnt zu

spielen, dann setzt der Chor ein. Mein Blick klebt an Clarence, an seinen Lippen, sie formen unverständliche Silben. Es dauert einen Moment, dann begreife ich: er singt auf Latein!

Natürlich hat Charlotte in der Schule Latein gelernt, aber immer, wenn ich diese Sprache höre, denke ich nur an Weihnachten. Ausschließlich zu Weihnachten besuche ich Gottesdienste. Ryan baumelt mit den Beinen. Er ist drauf und dran aufzustehen, aber Charlotte wirft ihm einen entnervten Blick zu. Sie macht Eindruck auf ihren kleinen Bruder, er bleibt still sitzen. Aber nur eine Minute lang, dann schwingen seine Beine wieder munter drauflos. Polternd stoßen die Kinderschuhe gegen die Bankreihe vor uns. Carl legt ihm die Hand auf die Knie, das Gebaumel hört auf. Jetzt lehnt er sich zu mir herüber. „Ist das nicht Clarence da vorn?“

Ich nicke stumm, kann meinen Blick nicht von ihm losreißen. Clarence und Latein! Er singt und die Orgel spielt und es scheint eine Ewigkeit zu vergehen, bis dieses Stück endlich zu Ende ist.

Endlich klappen die Zehn ihre Mappen zu und nehmen platz im Chorgestühl. Ein Vikar tritt ans Pult und lässt sich in seiner Predigt über das höchste Privileg der Jugend aus. Es sei das Lernen. Nicht nur, dass sein salbungsvoller Ton mir auf die Nerven geht, ich finde auch, dass er mit dieser Meinung völlig falsch liegt. Wäre das Lernen ein Privileg der Jugend, dann wäre unsere Welt ruck zuck am Ende. Aber vielleicht wird sie das sein – weil er vielleicht doch Recht hat. Weil man als erwachsener Mensch eigentlich doch immer nur weitermachen will, wie man es gewöhnt ist. Alles soll laufen wie immer, alles soll bleiben wie es war.

Ich verstehe nicht, warum ich zornig bin, aber ich bin's. So, wie ich es als Teenager war. Und ich kann einfach nicht aufhören, Clarence anzustarren. Erst jetzt nehme ich wahr, wer da links neben ihm sitzt. Es ist Carol. Wieder schlenkert Ryan mit den Beinen, allerdings ein bisschen zurückhaltender.

Von seinem Pult aus fordert der Vikar nun die Erstsemester auf, vorzutreten. Unsere Tochter steht auf, tritt aus der Bank heraus in den Mittelgang. Ich war nie gut darin die Anzahl von Personen einzuschätzen, aber fünfzig junge Leute sind es sicher, die sich vor dem Altar versammeln. Der Vikar hebt die Hände zum Segen über ihre Köpfe. Jetzt kommt auch der Dekan dazu. Er führt Charlotte und die anderen durch die Seitentür hinaus, die zehn Chor-Dozenten folgen ihnen. Mein Herz sackt mir in die Magengrube.

8.

Für mich war's das mit dem Gottesdienst. Carl sehe ich an, dass es ihm genauso geht – allerdings wohl nicht aus denselben Gründen wie meinen. Wir verzichten auf die Eucharistie und das *gehet hin in Frieden* und den ganzen Rest und verlassen mit unserem Sohn die Kapelle.

Beim Mittagessen in der Mensa sind wir unter uns: die verwaisten Eltern. Wenige Paare haben jüngere Kinder dabei, so wie wir. Ryan sitzt auf Carls Schoß, mit Genuss verspeist er eine Portion Mousse au Chocolat. Über den Rand seiner Teetasse hinweg zwinkert Carl mir tapfer zu.

„So ein Gottesdienst mit Weihrauch und Orgel, gut und schön, aber TV-Reife hat die Show nicht gehabt."

Ryan stimmt mit hellem Kichern ein in das tiefe, glucksende Lachen seines Vaters. „Was ist Weihrauch, Papa?"

„Das Zeugs, das so gequalmt hat, das so stark riecht."

„Das mochte ich!" Strahlend schaut Ryan ihn an.

Sie haben beide denselben geraden Nasenrücken, in einer edlen Linie tritt er zwischen den Augenbrauen hervor. Hier zeigen sich die griechischen Gene meiner Schwiegermutter.

Ryan wendet sich wieder seiner Nachspeise zu und ich stehe auf und gehe zum Teetablett, um mir eine weitere Tasse einzugießen. An den dunkel getäfelten Wänden hängen die Porträts ehemaliger Dekane. Ehrwürdige Männer im Talar, ehrwürdige Männer im Anzug – nicht eine einzige Frau ist darunter. An der Stirnseite des Saals prangt das Wappen der Universität. Eine Institution mit jahrhundertealter Tradition. Bedeutend. Charlotte ist nun ein Teil davon.

Ich nehme einen Schluck im Stehen, sehe hinüber zu unserem Tisch, an dem Ryan sich jetzt auf einen eigenen Stuhl gesetzt hat. Er hat ein Stück Yorkshire-Pudding auf die Gabel gespießt, schwenkt es über seinem Kopf herum, während er Carl etwas erzählt. Carl hält schützend seine Hand unter den segelnden Bissen und antwortet ihm.

„Steck es in den Mund, oder leg die Gabel zurück auf den Teller!“, lese ich von seinen Lippen.

Ryan gehorcht.

In diesem Augenblick schwingen die Speisesaaltüren auf. Mit einem Pulk junger Leute kommt Charlotte herein, sichtlich gut gelaunt.

„Mom!“ Sie umarmt mich. „Schön, dass ihr noch da seid. Es hat länger gedauert, als wir dachten, aber es war klasse! Die meisten sind echt cool. Übrigens: Dein Freund war auch da.“

„Mein Bekannter!“, verbessere ich sie.

„Egal! Jedenfalls hat er eine gute Einführung gegeben in die diversen Uni-Sport Angebote. Wo sind Papa und Ryan?“

Mit der Hand zeige ich in Richtung unseres Tisches. „Wir sitzen da drüben.“

Carl hat Charlotte entdeckt, er winkt herüber.

„Bringst du mir einen Tee mit?", fragt sie und geht los, ohne meine Antwort abzuwarten. In meiner Brust rührt sich ein ziehender Schmerz. Ohne jeden weiteren Gedanken kann meine Tochter davon ausgehen, dass ich ihr selbstverständlich einen Tee an den Tisch bringen werde. Jetzt setzt sie sich neben ihren Vater, umarmt ihn, und er streicht ihr entzückt übers Haar.

Was hätte aus uns werden können, aus Clarence, Goy und mir? Wenn wir so aufgewachsen wären -- so geliebt, umsorgt und unterstützt. Unwahrscheinlich, dass wir auf der Straße gelandet wären. Vermutlich hätten wir einander niemals kennengelernt und auch Qualfati nicht.

In den achtziger Jahren gab es unzählige leerstehende Gebäude in London, dank Frau Thatcher hatten Spekulanten freie Bahn. Wir drei fanden Unterschlupf in einem alten Wohnhaus. Eine Bruchbude zwar, aber wenigstens war es trocken und geschützt – vier Wände eben und eine Tür, die man hinter sich zu machen konnte. Wir trieben ein paar Matratzen auf und richteten uns ein. Aber einen Haken hatte das Ganze: Man musste ständig auf der Hut sein vor Schlägertrupps.

Üblicherweise engagierten die Eigentümer irgendwelche Hooligans, die sich für ein paar schäbige Pfund gerne die Hände schmutzig machten. Sie sollten die Punks und die Obdachlosen vertreiben, die sich wie Straßentauben in den leerstehenden Gebäuden einnisteten. Es kursierten üble Geschichten darüber und eines Tages erwischte es uns. Am frühen Morgen schlugen sie die Tür zu unserem Zimmer ein. Vier Typen, kaum älter als wir selbst, fingen an, uns mit

Cricketschlägern zu bearbeiten. Goy ließ sich grundsätzlich nichts gefallen und setzte sich hart zur Wehr. Das gefiel ihnen gar nicht, einer verpasste ihm einen brutalen Schlag gegen den Schädel. Sein Gesicht war blutüberströmt.

Ich weiß gar nicht warum, denn ich machte mir gar keine Hoffnungen, aus Leibeskräften schrie ich um Hilfe. Wie aus dem Nichts stand plötzlich Qualfati im Zimmer, ein kleiner, schmächtiger Mann mit dunklem Schnurrbart und einem braunen Barett. Er sagte nicht einmal etwas, aber der Typ, der mir den Arm verdrehte und mich im Schwitzkasten hielt, gab mich augenblicklich frei. Auch die drei anderen ließen sofort von meinen Jungs ab. Wir begriffen zwar nicht, warum, aber wir waren unglaublich froh, dass die furchtbare Attacke beendet war.

Qualfati holte uns zu sich nach Haus und päppelte uns auf, wie streunende Katzenbabys: ein mageres rothaariges Mädchen mit geringelten Strumpfhosen, einen jamaikanischen Schlacks mit Neon-Afro und einen für sein Alter ziemlich athletischen Punk mit Sicherheitsnadeln in den Mundwinkeln. Es war Clarence, der damit anfing, ihn *unseren Alten Mann* zu nennen. Goy und ich machten es ihm nach. Eine Woche verging, es können auch zwei gewesen sein, wir kamen zu Kräften. Eines Abends ließ Qualfati uns nach dem Essen in seinem Büro antreten.

„Ich könnte euch weiter durchfüttern.“ Er machte eine kleine Pause, klopfte dann mit den Fingerknöcheln auf den Tisch. „Das will ich aber nicht. Ich will, dass ihr etwas lernt.“ Ich erinnere mich sehr genau an seinen Gesichtsausdruck. Streng sah er aus und gleichzeitig freundlich. Wie ein Vater, fand ich. Dann musterte er uns über den Rand seiner goldfarbenen Lesebrille. „Ich will, dass ihr etwas aus euch macht und ich werde euch dabei helfen."

Am nächsten Tag kapierten wir, worauf er hinauswollte. Er gründete einen Hundeausführdienst. Drei Teenies, die sich ein kleines Taschengeld verdienen, erregen keinen Verdacht. Sie eignen sich hervorragend für Kurierdienste.

Schon damals hatte Goy eine tiefe Stimme, er konnte sehr erwachsen klingen. Nach nur einer Woche übertrug Qualfati ihm den Telefondienst. Damit er seine Zeit im Büro nicht allzu locker absitzen konnte, musste er zusätzlichen *Schreibkram* übernehmen. Er lernte Anzeigen zu schalten, Dienstpläne und Routen zu organisieren und die Buchhaltung zu führen. In dieser Hinsicht erwies er sich als echtes Talent.

Clarence und ich blieben im *Außendienst.* Wir führten weiterhin die Hunde aus und stellten dabei die jeweiligen Sendungen zu. Meistens handelte es sich um dickere Kuverts aus Packpapier, ab und zu war auch ein kleines Päckchen dabei. Das lief etwa zwei Jahre lang so. Eines Tages dann konfiszierte Qualfati unsere Punk-Klamotten, schickte uns zum Friseur und stattete uns von Kopf bis Fuß neu aus. Aus dem Ausführdienst wurde ein Hundesalon, den wir selbstständig führten.

Dass Qualfati wirklich ein Italiener war, davon bin ich nie restlos überzeugt gewesen, selbst wenn überall an den Wänden seiner Wohnung Gemälde von römischen Sehenswürdigkeiten hingen. Nie erwähnte er seine Familie, nie sprach er darüber, wo er aufgewachsen war. In der Nachbarschaft befand sich ein Restaurant: *The Lucky Spot.* Dort gab es Spaghetti und Pizza. Einmal im Monat führte er uns dahin zum Essen aus. Es war quasi ein Ritual. Wir durften die Speisekarte rauf und runter bestellen, und wenn das Essen kam, zwinkerte er uns zu und verschwand mit dem Wirt in der Küche. Gewöhnlich dauerte es eine halbe Stunde, bis er wieder zurückkam. Ein Kellner stellte ihm dann einen Espresso hin, er trank ihn und wir brachen auf. Einmal aber wurde es laut in der Küche, Qualfati und der Wirt waren zu hören und noch zwei weitere Männer. Ein bedrohlich klingender Wortwechsel entspann sich. Clarence, Goy und ich sahen uns an – Italienisch war das nicht.

Nach diesem Ereignis besuchten wir das Restaurant nie wieder. Und hatten wir bis dahin in unserem Hundesalon vor allem größere Geldpakete entgegengenommen, deren Inhalt wir umsortierten und anschließend in kleinere Päckchen verpackt an bestimmte Kunden abgaben, konzentrierte sich unser Alter Mann jetzt darauf, uns all das beizubringen was man wissen muss, um als *Cleaner* zu arbeiten. Allerdings benutzte er nicht dieses Wort. Er nannte uns *meine Sicarii.* Er lehrte uns, wie man sich unauffällig macht, wie man mit unvorhergesehenen Ereignissen zurecht kommt, wie und welche Waffen man am besten einsetzt und möglichst geräuschlos und spurlos arbeitet.

Auf einem verlassenen Fabrikgelände im Osten der Stadt brachte er uns das Schießen bei. Clarence war ein echtes Naturtalent und auch Goy erzielte solide Ergebnisse. Aber ich merkte schnell, dass mir das Schießen nicht lag. Der harte Rückstoß im Arm machte mir Schwierigkeiten und außerdem kam ich nicht mit der Vorstellung zurecht, jemandem beim Sterben zuzusehen.

„Überrasch mich, Schätzchen“, sagte unser Alter Mann,

„denk dir was Vernünftiges aus.“

Ich war gerade achtzehn Jahre alt geworden und verstand genau, in welche neue Dimension sich das alles entwickelte. Was wir bis dahin in unserm Hundesalon abgewickelt hatten, war harmlos dagegen. Aber die Welt der normalen Bürger da draußen, sie erschien mir wie ein fremder Planet. Dort wartete kein Mensch auf mich. Ich hatte nur die Jungs und Qualfati.

Morgens um fünf hockte ich am Küchenfenster. Regentropfen klatschten an die Scheibe. Ich hatte nicht geschlafen, zermarterte mir das Hirn, was ich dem Alten Mann würde anbieten können, damit er mich nicht rauswarf. Ja, er war immer nett zu mir gewesen, aber er würde mich nicht durchfüttern, wenn ich nichts zum *Geschäft* beizutragen hätte. Meine müden Augen folgten dem Fluss der feinen Rinnsale übers Fensterglas.

Mir fiel meine Mutter ein. Nach durchzechter Nacht war sie früh morgens nach Haus gekommen, im Schlepptau diesen schweinsgesichgtigen Arzt, der sich damals gerne mit ihr amüsierte. Die beiden wollten sich noch einen Absacker genehmigen. *Beefeater*, das war ihre angestammte Gin Sorte, davon hatte sie immer einen Vorrat im Haus. In einer der leeren Flaschen bewahrte sie Spiritus auf, mit dem sie in regelmäßigen Abständen die Blattläuse auf den kümmerlichen Rosenbüschen neben der Haustür zu vertreiben versuchte.

Gerade noch rechtzeitig, bevor sie selbst davon trank, bemerkte sie ihren Irrtum, weil Dr. Schweinsgesicht losbrüllte wie ein Tier. Gierig wie er war, hatte er sein Glas in einem Zug hinuntergestürzt. Im Krankenhaus pumpten sie ihm den Magen aus, und obwohl ihm niemand Gewalt angetan hatte, blieb sein Zustand tagelang kritisch.

Ich wurde Stammgast in unserer Stadtteil-Bibliothek.

Weil ich befürchtete meine Auswahl an Büchern könne verdächtig sein, lieh ich wahllos aus allen Abteilungen etwas aus. Es war eine elende Schlepperei. Wenn ich heute daran denke, muss ich über meine Naivität lachen. Ganz sicher hat sich keine einzige der Angestellten darüber Gedanken gemacht.

Die ersten Fachbücher, die ich mit nach Haus nahm, entpuppten sich als völliger Fehlgriff. Geschrieben in Fachchinesisch und angefüllt mit chemischen Formeln. Damit konnte ich damals überhaupt nichts anfangen. Mir sank der Mut und ich dachte schon, ich müsste mir was anderes überlegen, als ich endlich auf ein Nachschlagewerk stieß, das genau die Informationen enthielt, die ich suchte: *Das Manual der Vergiftungen und giftigen Substanzen.*

Zwar war die Sprache ein wenig angestaubt, immerhin stammte die Erstausgabe von 1915, aber für meine Zwecke passte es haargenau. Und mit den altmodisch gezeichneten Bildtafeln diverser Pflanzen fand ich es dazu noch schön. Ich entdeckte weitere einschlägige Werke und sog all das Wissen auf wie ein trockener Schwamm.

Qualfati überließ mir eine Ecke seines Wintergartens. Statt Zimmerpflanzen umzutopfen, übte ich auf dem alten Pflanztisch kalte Auszüge aus Fingerhut herzustellen. Ab und zu steckte unser Alter Mann interessiert den Kopf in die Tür, aber er sagte nichts, er ließ mich machen. Eines Tages war ich bereit für mein erstes Experiment.

Im Nachbarhaus terrorisierte ein bösartiger Rentner seine erwachsene Tochter und ihre süßen Zwillinge. Ein junger Mann, dessen Eltern nach der Teilung des indischen

Subkontinents vor den Unruhen in Pakistan nach London geflüchtet waren, hatte die Stirn gehabt, sein einziges Kind zu schwängern. Die Beziehung war in die Brüche gegangen, seine Tochter blieb mit den Söhnen allein.
Weil ihre *verdammten Paki-Mischlings-Bratzen* jetzt seine *Rente auffraßen*, so schimpfte er gerne, könne er sich als *waschechter Engländer, der sein Leben lang hart geschuftet* hat, *im Pub kaum noch ein Pint leisten*. Und das sei *ja wohl das Allerletzte!*

Von einem auf den anderen Tag verschwand der Mann. Akutes Herzversagen, so hörten wir. Die Nachbarn fanden, es sei kein Wunder, er habe sich ja immer so aufgeregt. Niemand betrauerte ihn. Unser Alter Mann war sehr zufrieden.

Erschreckt zucke ich zusammen. Geräuschvoll räumt eine Frau in Kittelschürze die Tabletts mit dem benutzten Geschirr aus den Ständern. Ich nehme eine frische Tasse für Charlotte vom Regal, fülle sie mit Tee und Milch. Erst jetzt fällt mein Blick auf die geschnitzte Holztafel an der Wand hinter dem Teebehälter. Diverse Namen sind hier eingeschnitzt, die Anfangsbuchstaben mit Goldfarbe ausgemalt.

Ich muss zweimal hinschauen. Wirklich: da steht *C. Montague*! Diese Tafel sieht aus, als hinge sie seit hundert Jahren hier. *1957 A.D. In Dankbarkeit und Verbundenheit den großzügigen Unterstützern*, heißt es in der Überschrift. Unmöglich also, dass dieser C. Montague mein Clarence sein kann. Andererseits: Hat er nicht gesagt, er sei durch Bekannte zu seinem Posten gekommen? Vielleicht waren es keine Bekannten, vielleicht waren es Verwandte?

Mit zwei vollen Tassen in der Hand kehre ich zurück zu

unserem Tisch. Charlotte erzählt gerade von den Kursen, die ab morgen beginnen werden. Ihre Augen leuchten vor Begeisterung. Mein lebendiges Mädchen füllt den Raum, aber ich schaffe es nicht ihr zuzuhören. Meine Gedanken kleben am gestrigen Abend. Keine Ahnung, was das gewesen sein soll. Wenn mein Kind wüsste, wie ihre Mutter mal gelebt hat, was sie alles getan hat – ich bin nur froh, dass sie Clarence nicht mehr erwähnt.

Stunden später sitzt Carl neben mir und döst. Sein Körper ist an die Beifahrertür gekippt. Hinter mir auf der Rückbank schläft Ryan tief und fest.

Die Monotonie, das Eintönige, das Nichtige und das Graue.

Ich steuere den Wagen und denke an Inverness. Einerseits möchte ich nach Haus. Andererseits …

Was denn andererseits?

Längst sind wir an Perth vorbei. Mit den Fingern streiche ich mir durchs Haar, kneife die Augen zusammen und öffne sie wieder. Im Mondlicht liegen die Grampians da wie buckelige Drachen, dunkelgold blitzen ihre Schuppen an den Rändern. Sie wachen über die Straße und alles, was sich auf ihr regt. Nichts und niemand entgeht ihrem Blick.

Carl rührt sich, schlägt die Augen auf. „Wow, hier sind wir schon?" Er legt mir die Hand aufs Bein. „Gut gefahren, Liebes!"

Ich bekomme eine Gänsehaut. „Noch eine gute Stunde bis nach Haus."

Gestern Nacht im Bad des Hotelzimmers, da habe ich gehadert. Dann kam Carl dazu und ich sagte mir, dass das mit Clarence in Wirklichkeit nichts bedeutet. Ich schaue die

Drachen an, sie schauen zurück. Sie wissen es und ich weiß es auch: Es ist von Bedeutung!

Carl lächelt mich an. „Umso besser, ich bin wirklich hungrig."

Ich sehe auf die Uhr, es ist nach zehn. „Wir haben sicher was eingefroren, das sich schnell warmmachen lässt."

Carl nickt und dreht sich zu Ryan um. „Schau ihn dir an. Jetzt ist er der Einzige, der uns bleibt."

Es ärgert mich, dass er sowas glaubt. Wer weiß denn schon, was kommt? Niemand kann das wissen.

Die Lichter einer Ortschaft fliegen vorbei. Nieselregen setzt ein, überzieht die Windschutzscheibe mit einem nebelfeinen Film aus winzigen Wassertröpfchen. Ich schalte den Scheibenwischer ein, die Wischblätter schieben den glitzernden Vorhang beiseite – wieder und wieder.

Gestern Nacht, Clarence und ich, Worte waren überflüssig – würde nicht jeder verstehen, dass wir uns küssen mussten, dass wir …

Jedenfalls jeder, der das Leben kennt.

Aber vielleicht niemand, der glücklich verheiratet ist. Und vielleicht niemand, der seine Familie liebt.

„Ich liebe dich", sage ich zu Carl, und das ist keine Lüge.

„Ich dich auch, mein Herz. Lass uns schnell nach Hause kommen."

9.

Gegen Mitternacht kamen wir zu Hause an. Ich brachte Ryan ins Bett, er wurde nicht einmal wach, legte mich zu ihm und schlief sofort ein. Als ich heute morgen aufstand, war Carl schon unterwegs. Ich fuhr unseren Sohn in den Kindergarten und anschließend gleich zum Salon.

Letzte Woche hielt ich es für eine gute Idee für heute keine Kundentermine anzunehmen. Ich hielt es für möglich, dass ich wegen Charlotte zu traurig sein würde, um zu arbeiten. Aber ich wünschte, es wäre im Geschäft zugegangen wie in einem Taubenschlag. Von mir aus hätten die Kunden sich die Klinke in die Hand geben können, und je widerspenstiger ihre Hunde sich gebärdet hätten, desto besser. Stattdessen war ich den ganzen Tag lang allein mit mir und meinen Gedanken. Ich zwang mich dazu, die Buchhaltung auf den neuesten Stand zu bringen – jeden Posten musste ich dreimal überprüfen. Bis um hab sechs quälte ich mich durch, dann schloss ich den Salon zu, erledigte den Einkauf und holte Ryan ab.

Carl steht am Herd, er brät Fische für uns.

„Und?“

Dies ist seine Standard-Frage. Ich glaube, ich kann es an den Fingern einer Hand abzählen, dass er irgendwann mal auf eine andere Weise ein Thema eingeleitet hätte, dass ihn beschäftigt.

Und?

Das ist wunderbar unkonkret, es kann alles bedeuten. Damit legt man keine einzige Karte offen auf den Tisch, gibt keinen Gedanken preis und – ganz besonders wichtig – schafft definitiv keine Tatsachen.

Wir beide wussten es immer zu schätzen, dass der andere nicht so mir nichts, dir nichts mit der Tür ins Haus fällt und einen frontal mit seinen Überlegungen oder gar Befürchtungen konfrontiert. Wir haben einander unser Wort gegeben, alles, was auch immer es sein möge, ohne unnötiges Gerede miteinander durchzustehen. Unausgesprochen war eines immer klar: Unsere Ehe ist unantastbar. Aber heute Abend macht sein *Und* mich wirklich zornig. Nicht ein einziges Mal hat er mich gefragt, ob es vorgestern Abend nett gewesen ist.

„Morgen wieder alles back to normal, oder?!"

Es ist eher eine Feststellung als eine Frage an mich. Mit einem bedeutsamen Kopfnicken hebt er sein Weinglas und trinkt einen Schluck. „Wir werden es überleben, Hattie."

Seine kräftigen Hände hantieren mit der Majolika Servierplatte. Sie stammt von seiner Großmutter Despina und ist eines der wenigen Stücke, die seine Mutter ihm aus ihrem Hausrat überlassen hat. Für gewöhnlich kommt sie nur zu besonderen Anlässen zum Einsatz.

Aus Carls Sicht ist heute wohl so ein besonderer Anlass. Behutsam stellt er sie auf die Arbeitsplatte und legt sie mit frischen Salatblättern aus. Summend wendet er die brutzelnden Fischleiber, bestreut sie mit Meersalz, richtet sie dann an mit frittierten Kapern und geviertelten Zitronen. Ich hab ihm schon oft dabei zugesehen. Lange hat mich die Ausführlichkeit gerührt, mit der er zuweilen so gewöhnliche Dinge tut wie zum Beispiel ein Abendessen zuzubereiten. Ich hielt sie für einen Ausdruck der Liebe für uns. Vielleicht war es das ja auch, aber irgendwann habe ich kapiert, dass dies seine Strategie ist. Sobald er sich unsicher fühlt, erreicht seine Akkuratesse einen Grad von pingeliger Langatmigkeit, die mich nervt. Das ist seine Art, den Elefanten im Raum zu ignorieren. Immer schön um den heißen Brei herum. Und dann noch dieser Satz: *Wir werden es überleben.*

„Werden wir", antworte ich trotzig.

Vielleicht geht Carls Art mir heute auch nur deshalb besonders auf den Geist, weil ich noch nichts von Clarence gehört habe. Zugegeben, auch ich habe mich bislang nicht bei ihm gemeldet – und einer der Gründe dafür steht hier gerade am Herd. Aber ich denke pausenlos an ihn.

Tatsächlich pausenlos!

Die kommende Woche ist vollgestopft mit Terminen. Für morgen sind im Salon sechs Kunden angemeldet. Am Mittwoch hat Ryan einen Schulausflug, für den ich als Eltern-Aufsicht eingeteilt worden bin, am Donnerstag findet das monatliche Treffen des Hausfrauenbundes statt, am Freitag habe ich einen Zahnarzttermin und am Samstag sind Carl und ich beim Hafenmeister zum fünfzigsten Geburtstag eingeladen.

Ich setze auf die Zeit – sie vergeht zuverlässig. Und jeder Tag bringt mich weiter fort von Samstagabend.

„Aber nicht ohne Besteck!"

Ich starre auf den Tisch, den ich gerade gedeckt habe. Das Besteck fehlt. Carl platziert die Fischplatte in der Mitte, daneben eine Schüssel mit Butterkartoffeln. Ich öffne die Besteckschublade.

„Ryan“, ruft er, „Abendessen!“

Unser Sohn kommt auf Socken über den Flur gerutscht und setzt sich auf seinen Platz.

„Hast du dir die Hände gewaschen?“, frage ich, während ich Messer und Gabeln auflege. Ryan springt vom Stuhl auf, flitzt zum Spülstein. Dort steht ein Hocker für ihn, damit er besser an den Wasserhahn kommt. Er lässt das Wasser laufen, spielt mit dem glitschigen Seifenstück. Carl schenkt mir ein Glas Wein ein. Zufrieden betrachtet er die goldbraun gebratenen Fische. „Wie man sie sich wünscht! Möchtest du einen oder zwei?“

Ryan hat sich die Hände abgetrocknet und sitzt wieder am Tisch. Er glaubt, die Frage gilt ihm. „Einen, bitte.“ Carl legt ihm einen Fisch auf den Teller und schaut mich an. „Zwei?“ Ich nicke, nehme sie von der Platte, die er mir hinhält, und lege sie ihm auf seinen Teller. Für mich selbst nehme ich einen.

Carl zieht die Augenbrauen hoch. „Und?“, fragt er wieder.

Ich spüre, wie sich in mir etwas zusammenzieht, starre auf seine Finger, die für Ryan die Filetstücke von der Gräte lösen und sie ihm vorlegen. „Kommt er dich mal besuchen?“

„Wer?“ Dies ist die dämlichste aller möglichen Gegenfragen, denn es ist klar, wen Carl meint, und er weiß, dass ich es weiß.

„Na, Clarence!“ Seine demonstrative Gelassenheit kann einen die Wände hochtreiben, aber er braucht nicht zu glauben, dass ich mich heute damit aus der Reserve locken lasse. „Natürlich.“, antworte ich und trenne meinem Fisch den Kopf ab.

„Ja?“ Überrascht schaut er auf. „Wann kommt er denn?“

Ich lasse mein Messer zwischen Haut und Filet gleiten, den Blick fest auf meinen Teller geheftet. „Ich meinte: Natürlich meinst du Clarence! Keine Ahnung, ob er kommt. Vielleicht irgendwann mal.“

„Er soll nur kommen.“ Carl beträufelt Ryans Kartoffeln mit Buttersauce. „Wir haben genug Platz hier.“

„Falls er kommt, wird er sicher in ein Hotel gehen wollen.“

„Natürlich geht er in ein Hotel, das versteht sich doch von selbst!“ Mit Bestimmtheit schiebt Carl die Servierte in Ryans T-Shirt Ausschnitt. „Wir leben hier schließlich nicht außerhalb der zivilisierten Welt, oder, mein Sohn?“

Um diese Art der Unterhaltung weiterzuführen, fühle ich mich zu konfus und zu erschöpft. Für den Rest des Abendessens schweige ich. Carl bringt unseren Sohn zu Bett. Ich räume die Spülmaschine ein, putze den Herd, gieße die Kräutertöpfe vorm dem Fenster. Bei all dem lasse ich mir viel Zeit. Anders als ich, diejenige, die, sobald sie im Bett liegt, oft erst so richtig ins Grübeln kommt, schläft Carl gewöhnlich sofort fest ein. Um drei Uhr wird diese Nacht für ihn zu Ende sein. Er wird aufstehen, ohne mich aufzuwecken, wird sich ein Frühstück zubereiten und um vier Uhr das Haus verlassen. Er wird mehrere Tage auf See bleiben, wie viele genau, das lässt sich nie ganz vorhersagen. Es kommt darauf an, wie die Fänge ausfallen, und es gibt Quoten, an die er sich halten muss. Zwei oder drei Tage wird es sicher dauern, bis er zurückkommt – bis dahin hat der Sturm sich hoffentlich gelegt.

Die Browns haben einen neuen Hund, Melody heißt die junge Langhaardackel-Dame. Sie steht vor mir auf dem Trimmtisch, blinzelt mich an aus ihren dunkelbraunen Augen, als könne sie kein Wässerchen trüben. Aber sobald draußen jemand mit einem Hund am Salon vorbeigeht, wird sie zum Rottweiler. Sie knurrt und kläfft in einer Lautstärke, dass ich mir Ohrstöpsel eingesetzt habe. Das Tier erträgt die Gegenwart anderer Hunde nicht. Genauso war es damals auch bei Gilda.

Am Tottenham Court war ich die Treppen zur U-Bahn hinabgestiegen. Ich weiß es noch, wie gestern. Ich nahm die grüne Linie zum Islington Angel. Es war Nachmittag, Zeit für einen Tee, ich hatte ein paar süße Buns dabei.

Unser Salon befand sich am Chapel Market. Schon von weitem sah ich Clarence auf dem Gehweg stehen. Er trug den blau karierten Dufflecoat, der mir so gut gefiel. An seiner Seite wartete Bob, der große Irische Wolfshund.

„Lassen sie euch nicht rein?“

Clarence grinste nur. „Gilda ist drinnen!“

„Dann hat Bob keine Chance!“ Wir lachten. „Möchtest du einen Sweet Bun? Ich würde dir auch einen Tee ‘rausbringen.“

„Unbedingt! Lass mal sehen, was du hast.“

Ich hielt ihm das Papptablett unter die Nase. Behutsam öffnete er das Einwickelpapier und begutachtete das Gebäck.

Ich erinnere mich, dass er ein Marzipanbrötchen wählte. Davon pflückte er gleich einen Brocken ab und hielt ihn Bob vor die Nase. Dann hob er den Zeigefinger. Bob machte *Sitz*. Clarence platzierte das Stückchen auf der Hundenase, trat mit einem stolzen Seitenblick auf mich einen Schritt zurück und schnipste mit den Fingern. Mit einer schwungvollen Kopfbewegung schleuderte Bob das Leckerchen in die Luft und schnappte es auf. „Guter Junge!" Clarence streichelte ihm das struppige Fell und grinste mich zufrieden an. „Wir warten dann auf den Tee!"

Ich öffnete die Tür zum Salon und Gilda flippte aus. Bobs Anblick brachte sie total in Rage.

„Mach bloß die Tür zu!", rief Goy. Er hatte den Telefonhörer zwischen Hals und Schulter geklemmt und versuchte erfolglos, die kläffende Dackeldame auf seinem Arm in den Griff zu bekommen. „Nimm sie mir ab!"

Ich nahm Gilda zu mir und setzte mich. Auf meinem Schoß beruhigte sie sich sofort und ließ sich ausgiebig das rotbraune Fell von mir kraulen. Ich ahnte, dass es Qualfati sein musste am anderen Ende der Leitung, denn Goy hatte diesen Zug um den Mund.

Sein voller Vorname war Gregory Duncan. Irgendwann hatten wir mal gehört, dass *Goy* eine jiddische Bezeichnung für einen Nicht-Juden ist. Weil er aber grundsätzlich nie über seine Familie oder seine Herkunft sprach, bekamen Clarence und ich nie heraus, ob er sich deshalb so nannte.

Jedenfalls war Goy wütend, das sah ich. Dennoch hatte er seine Stimme gut unter Kontrolle. Mit einem verbindlichen „Okay" legte er auf.

„Was ist?"

Er wehrte ab. „Ach! Jetzt gibt's erstmal Tee!"

Goys Lunte konnte sehr kurz sein, wenn er sauer war. In diesem Zustand empfahl es sich nicht, ihn mit Fragen zu bombardieren.

„Sehr gut. Ich verdurste und Clarence da draußen auch."

Still sah ich ihm dabei zu, wie er den Wasserkocher befüllte. Dann schaltete er ihn ein, nahm drei Tassen aus dem Schrank und gab in jede einen Teebeutel.

„Was hast du uns denn Leckeres mitgebracht, Frans?" Er runzelte die Stirn und warf einen Blick in das Kuchenpäckchen. „Ah! Sweet Buns und sogar Scones! Du bist ein Schatz!"

„Das bin ich!"

Für mich war das eine gute Zeit damals – diese Jahre in unserem Salon. Wir lebten ein ziemlich friedliches Leben, wie eine richtige Familie eigentlich. Man musste nur dazu fähig sein, die unangenehmen Seiten unseres Jobs auszublenden, das war das ganze Geheimnis. Und ich war fähig dazu. Wir alle waren das. Solange Qualfati gesund blieb, lief alles wie am Schnürchen, aber das hatte sich geändert.

Langsam kam das Wasser auf Temperatur, es wurde lauter und Goy blichte ernst. „Wir müssen reden."

Ich spürte, wie er mich anschaute. Darum hielt ich die Augen fest auf Gilda gerichtet, zusammengerollt lag sie auf meinem Schoß.

„Wann wird sie denn heute abgeholt? Es wäre nicht schlecht, wenn Clarence endlich 'reinkommen könnte."

Ich wollte nicht über das sprechen, worüber Goy sprechen wollte, aber es war unstrittig, dass wir eine Lösung brauchten für unser Problem. Endlich kochte das Wasser, Goy goss es dampfend heiß in die Tassen.

Ich fahre zusammen, weil Melody plötzlich laut fiept. Ihr Schwanz wedelt wie verrückt. Meine Türharfe klingelt, Mrs.

Brown betritt den Salon.

„Immer herein, Mrs. Brown. Da wartet jemand schon sehnsüchtig auf Sie.“

Inverness im Winter. Das Wetter ist stürmisch und grau. Die alte Dame faltet ihren tropfnassen Regenschirm zusammen. „Es tut mir leid.“ Sie nimmt die durchsichtige Regenhaube von ihrem Haar. Sie trägt sie grundsätzlich immer, selbst bei gutem Wetter. Der Wind zerwühle ihr sonst das Haar, erklärte sie mir einmal, dazu sei ihr der Friseur zu teuer. „Ich habe mich ein wenig verspätet, der Bus … “ Sie hebt den Dackel vom Tisch und schließt ihn in die Arme. „Meine Hübsche! Da bist du ja!“

Jetzt weiß ich es wieder: Gladstone, so hieß der Mann, dem Gilda gehörte. Er tauchte genau in dem Moment auf, als ich Clarence den Tee vor die Tür brachte. Überschwänglich entschuldigte er sich für die Verspätung und ließ uns fünf Pfund Trinkgeld da.

Fünf Pfund! Das war damals wirklich viel Geld.

Clarence und ich betraten mit Bob den Salon.

„Goy Darling“, Clarence zwinkerte ihm zu, „dein Beutel Tee ist wie immer ein Gedicht.“

„Ich weiß, Liebchen, PG-Tips sind unübertrefflich!“

Mrs. Brown hat eine hübsch gepolsterte Hundetasche. Ihre Hündin springt hinein und lässt sich von Frauchen in eine ausgediente Babydecke hüllen. Nur an einem Zipfel ribbelt ein Faden, ansonsten ist sie noch gut in Schuss.

„Ja, halten Sie sie schön warm bei dem Regen.“

„Er lässt langsam nach.“, antwortet Mrs. Brown. Sie kramt ihr Portemonnaie aus der Manteltasche, zählt mir mit steifen Fingern die Banknoten auf den Tisch und steckt es wieder ein.

„Einen Tee auf den Weg?“

„Heute nicht, Mrs. Jenkins, danke schön.“ Sie hebt die Transporttasche vom Trimmtisch. „So, Schätzchen, dann wollen wir mal!“

Ich gehe ein paar Schritte vor, um der alten Dame die Tür aufzuhalten. Sie tritt hinaus auf den Gehweg und öffnet ihren Regenschirm. Der Wind treibt die kalten Tropfen in mein Gesicht. Ich schließe die Tür und schalte in meiner winzigen Küchenzeile den Wasserkocher ein.

Mit Begeisterung haben Clarence und ich uns immer über Goys Vorliebe für Beuteltee lustig gemacht. Mein Blick wandert zum offenen Regal über der Spüle. Jetzt benutze ich ihn selbst hier im Salon. Beutel sind einfach praktisch.

„Der alte Mann macht mir Sorgen“, hatte Clarence damals gesagt, als Mr. Gladstone und Gilda fort waren und wir endlich in Ruhe unseren Tee schlürfen konnten. Aus seinem Mund klang dieser Satz besonders gravierend. Nachdem er das Marzipanbrötchen vernichtet hatte, machte er sich über einen von den Scones mit Clotted Cream und Erdbeerkonfitüre her. Er biss hinein, rot und weiß quoll die Füllung zu den Seiten heraus.

„Uns auch, stimmt‘s Goy?“

„Ja. Ich habe eben mit ihm telefoniert. Mit deinem letzten Klienten neulich ist es ja richtig knapp geworden.“ Er sah Clarence an, der kauend nickte.

„Yep. Wenn mir nicht aufgefallen wäre, dass der Ort nicht mit der Adresse übereinstimmt, die er mir eine Woche vorher im Briefing genannt hatte … Das hätte richtig ins Auge gehen können.“

„Und der Klient, für den ich gebucht bin … “ Ich spürte diese Wut in mir hochkochen. „Ich meine: Wie soll man denn da vernünftig arbeiten? Da geht es um die Ehefrau und ich kapiere einfach nicht, was der Alte Mann sich dabei denkt, so einen Auftrag überhaupt anzunehmen. Der Klient hat ihm noch nicht einmal ein brauchbares Foto gegeben. Soll ich etwa raten, wer meine Zielperson ist?"

Goy schnaufte.

„Ich bräuchte Einzelheiten von ihrem Tagesablauf, das habe ich ihm klar gesagt. Und da wurde er wütend auf mich. Er blaffte mich an, als wäre ich ein bescheuertes Kind."

Clarence sah mich an, nahm dann einen Schluck von seinem Tee. „Er wird ein bisschen tüdelig, unser Alter Mann."

Wieder klingelt meine Türharfe. Diesmal ist es Mrs. Walters, die Witwe unseres ehemaligen Bürgermeisters. Sie hat ihre Bobtail Hündin an der Leine, die kaum mehr aus den Augen gucken kann, so zugewuchert ist ihr Gesicht. Bei dieser Rasse wächst das Fell schneller, als die meisten Leute es sich leisten können.

„Mrs. Walters! Immer herein." Ich stehe auf. „Da ist ja unsere Trixie!"

In der Teeküche gibt mein Telefon hörbar ein Signal von sich. Textnachricht.

„Gehen Sie ruhig dran, Mrs. Jenkins."

„Nicht nötig. Jetzt ist erstmal ihre Trixie an der Reihe."

Fünf Minuten später ist Mrs. Walters aus der Tür und ihre Hündin steht auf meinem Tisch. In meiner Hand surrt die Schermaschine. Nachdem ich Trixie von der gröbsten Wolle befreit habe, springt sie in das Duschbecken. Unter ihrem Gewicht gibt die Wanne nach. Ein dumpfes Ächzen, quietschend kratzen die Hundekrallen auf dem Metall. Nun folgt die *Waschung* – so nannten wir es früher. Ich stelle die Brause an, temperiere mit der Hand das Wasser.

„Leute“, sagte Clarence, „Bob braucht seine Waschung.“ Er stand auf, führte den Hund in den hinteren Raum, wo unser Duschbecken installiert war und der Trimmtisch stand. „Mach ihn wieder hübsch, unseren Großen!“ Goy zwinkerte mir zu. „Und du, Clarence, beiß ihn nicht!“

Lachend schloss Clarence die Tür. Goy und ich hörten, wie Bob geräuschvoll in die Wanne sprang. Wir ließen uns vorne am Schreibtisch nieder.

„Was machen wir?“ Goy rührte in seiner Tasse. „Langsam wird's gefährlich.“

Ich betrachtete den karamellfarbenen Tee, dachte an unseren Alten Mann. Äußerlich war ihm gar nichts anzusehen, aber seine Aussetzer häuften sich bedrohlich. Ich nickte. „So laufen lassen können wir es nicht.“

„Das meine ich doch!“ Goy sah mich an, schlug dann die Augen nieder. „Du bist doch sein Mädchen!“

Sein Mädchen …

„Weißt du, wenn uns früher klar gewesen wäre, dass er so rapide abbaut … “, sagte er.

Ich nahm einen Schluck Tee und stellte die Tasse auf den Schreibtisch. Dort klebten unter einer Schutzfolie all die handgeschriebenen Notizen von Qualfati. Merksätze, die er sich für uns ausgedacht hatte. „Damit ihr das Wesentliche nicht aus den Augen verliert!“, hatte er gesagt. *Gut ist gut, aber besser ist besser!* stand da und *In der Ruhe liegt die Kraft!*

„Mein Garten hat es bitter nötig – bevor der erste richtige Frost kommt.“

Ich wollte nicht darüber nachdenken, welche Lösungen es für Qualfati geben könnte. Viel kam kaum in Frage. Und schon gar nicht wollte ich diejenige sein, die es aussprach. Im hinteren Zimmer begann das Wasser zu rauschen. Bob bellte verspielt. Goy sah mich wieder an. „Scheiß auf deinen Garten, Frans. Wir müssen äußerst bedacht vorgehen. Was ist mit Clarence?“

„Der wird wie immer hinter uns stehen.“ Das behauptete ich, obwohl ich mir keineswegs sicher war. Offenbar plagte Goy derselbe Zweifel.

„Vielleicht wäre er uns diesmal dankbar, wenn wir ihn nicht einweihten. Was meinst du?“ Er sah zur Tür des Hinterzimmers, das Wasser rauschte laut. Dann blickte er wieder zu mir.

„Wäre möglich“, antwortete ich.

Goy stand auf, ging mit seiner Tasse zum Sideboard und schaltete den Wasserkocher wieder ein.

„Auch noch einen, Frans?“

„Von deinem exzellenten Beutel Tee?“ Waren wir Profis oder nicht? Ich versuchte ein Grinsen. „Aber immer!“

Nebenan fing Clarence an zu singen, Bob stimmte jaulend mit ein.

„Die zwei passen wie Arsch auf Eimer!“ Eigentlich wollte ich lachen, aber es kam nur ein Krächzen aus meinem Hals.

„Genau deshalb, Franny! Genau deshalb!“

In mir sträubte sich alles, aber wir waren Profis.

„Okay?“ Goy nahm zwei Teebeutel aus der PG-Tips Box. „Du und ich – und gut?“

Es kam mir vor, als stünde die Zeit still.

Eine Sekunde lang.

Dann holte ich Atem. „Okay!“

Bereitwillig lässt Trixie sich von mir das Fell shampoonieren. Jedes Mal, wenn ich sie dabei im Nacken kraule, schließt sie genießerisch die Augen. Gerade spüle ich den Schaum aus, da höre ich wieder die Salontür. Ich hebe den Kopf. Carls Gestalt erscheint im Türrahmen – einen Tag früher als erwartet. Er trägt einen kleinen Karton vor sich her.

„Scones!“ Freudig streckt er ihn mir entgegen. „Zwei Stück! Mit Clotted Cream und extra viel Erdbeerkonfitüre.“

Ich brause den Hund fertig ab und stelle das Wasser aus. Trixie schüttelt sich, tausende Wassertröpfchen fliegen funkelnd durch die Luft.

Carl tritt einen Schritt zurück. Normalerweise besucht er mich nie im Salon, Hunde sind nicht seine Sache. „Du bist noch nicht fertig?“

„Beinahe“, antworte ich und frottiere das Tier. „Nur noch ein bisschen föhnen und nachschneiden. Lief es so schlecht, dass du heute schon zurück bist, oder lief es so gut?“

„So gut! Freust du dich?“

„Wie spät ist es denn schon?“

Ergibt diese Gegenfrage Sinn? Ich muss unbedingt mein Telefon stummschalten!

„Halb zwei. Ich dachte, wir könnten zur Feier des Tages einen Tee zusammen trinken.“

„Dann schalte doch den Wasserkocher ein.“

Ich föhne Trixie trocken und verpasse ihrem Fell mit der Schere den letzten Schliff. Während Carl damit beschäftigt ist, eine Ecke meines Schreibtisches mit Tellern und Tassen einzudecken, gelingt es mir unbemerkt in meine Handtasche greifen.

Carl gießt Wasser auf unsere Teebeutel. „Ich bin froh, dass es dir wieder gut geht, Hattie.“ Er stellt den Wasserkocher zurück in die Küchenzeile. „Es ist eben doch vor allem eine Frage der Gewohnheit, oder?“

„Ist es.“ Ich bin sicher, er meint Charlotte, vielmehr die Tatsache, dass sie fort ist. Es macht mir wenig aus, dabei liebe ich sie. Carl hingegen leidet, und er denkt, ich leide auch. „Sie kommt ja bald.“ Ich versuche immer, ihn ein bisschen aufzumuntern. „In zwei Wochen ist Weihnachten, dann ist sie wieder bei uns.“

„Hm-Hm.“ Erst seit unsere Tochter ausgezogen ist, hat er damit angefangen ab du zu hier vorbeizuschauen.

Wir trinken unseren Tee und wieder geht die Tür. Mrs. Walters kommt, um ihre Hündin abzuholen.

„Wunderbar macht ihre Frau das immer, Mr. Jenkins.“ Ihr Gesicht strahlt, als sie Carl erblickt. Sie steht auf ihn und er mag sie auch. Ein paar Sätze Smalltalk, dann nimmt sie Trixie an die Leine. Sie zieht die Tür hinter sich zu, dabei klimpert die Türharfe. Genau dieselbe hatten wir damals am Chapel Market.

„Jedenfalls ist sie glücklich dort“, murmelt Carl versonnen.

Wer ist glücklich? Mrs. Walters?

Unser Salon am Chapel Market war nicht annähernd so hübsch wie dieser hier, aber für mich wird er immer etwas Besonderes bleiben. „Natürlich ist sie das,“ antworte ich, „darum bringt sie doch ihr Tier immer wieder zu mir.“

Carl starrt mich verwundert an. „Ich meine Charlotte!“

Klar, wo habe ich meinen Kopf? In meiner Handtasche surrt es leise. Ich lache möglichst laut, als hätte ich ihn nur auf den Arm nehmen wollen und er sei darauf reingefallen.

„Natürlich! Mach dir keine Sorgen, unsere Charlotte kommt gut klar in London."

„Ich weiß."

Endlich hat das Surren aufgehört. Offenbar hab ich vorhin den Vibrationsalarm nicht mit ausgeschaltet. Carl kaut seinen Scone, spült ihn mit Tee hinunter. „Ich geh noch mal kurz." Er steht auf und geht nach hinten zur Toilette. Wieder surrt es. Die Toilettentür schließt sich, ich hole das Telefon aus der Handtasche, öffne das Menü und suche den richtigen Funktionsbutton, mit dem sich dieser blöde Vibrationsalarm deaktivieren lässt. Schon rauscht die Spülung, der Wasserhahn läuft, stoppt, schon wird die Tür geöffnet. Hastig stopfe ich das Telefon in die Tasche. Zwei Sekunden später steht Carl neben mir.

„Wie lange musst du heute noch?", fragt er und küsst mich. Dabei nimmt er mein Gesicht in seine Hände, sie duften nach Seife.

„Noch zwei Kunden."

„Gut. Ich koche für uns."

Mit klopfendem Herzen begleite ich ihn zur Tür, sehe ihm hinterher, wie er zum Wagen geht, wie er einsteigt. Ich warte, bis er losgefahren ist. In diesem Augenblick vibriert wieder mein Telefon. Ich laufe zurück in die Teeküche. Eine SMS.

„Können wir sprechen?"

Mein Bauch kribbelt.

„Hab noch zu tun. Melde mich später!"

10.

Acht Uhr, grün leuchtet die Zeitanzeige vom Herd in die Dunkelheit der Küche. Ich habe sie gern, diese langen Nächte, die bis weit in den Morgen anhalten. Die Ruhe, die Stille, die Weite da draußen vorm Fenster, die man mehr ahnt als sieht. Sehr behutsam kriecht das erste Morgengrau vom Meer her über die Hügel. Der Dezember ist vorbei, der Januar auch schon fast. Um neun Uhr dreißig geht mein Zug.

Ich habe Tee gekocht. Im Bademantel kommt Carl herein, macht Licht und schaltet die Kaffeemaschine an. Er lehnt an der Arbeitsplatte, zupft einen weißen Fussel vom dunkelgrünen Frottee-Stoff.

„Und? Wann sollen wir los?"

Seitdem ich ihm vor einigen Tagen erzählt habe, dass ich nach London fahren will, ist da etwas Störrisches in ihm. Natürlich hat er es mir nicht auszureden versucht, aber ich bin sicher, er hegt einen Verdacht. Oder wenigstens eine Befürchtung. Vielleicht spinne ich auch, vielleicht habe ich einfach nur ein schlechtes Gewissen.

Es ist nicht witzig, aber ich muss trotzdem grinsen. Am

liebsten würde ich loskichern wie ein Teenager. Böses Mädchen! Das muss die Aufregung sein.

„Es reicht völlig, wenn wir um neun Uhr aus dem Haus gehen.“

An den Tagen, an denen Carl nicht auf See ist, fühle ich mich atemlos und noch atemloser, wenn er fort ist. Clarence und ich sprechen uns beinahe täglich, texten noch viel häufiger. Gestern sagte Ryan: „Mama, dein Telefon wackelt aber oft.“ Ich kriege es nicht hin, diesen vermaledeiten Vibrationsalarm abzuschalten.

Carl schaut zum Fenster. Draußen ist es immer noch dunkel, viel mehr als sein eigenes Spiegelbild gibt es dort kaum zu sehen. „Charlotte wird sich sicher freuen“, sagt er und hustet. Er kann sich nicht daran gewöhnen, dass sie nicht mehr hier lebt. Vielleicht ist es jetzt noch schwieriger für ihn, weil sie zu Weihnachten volle zwei Wochen hier gewesen ist. Ist das diese Sache mit Vätern und Töchtern, von der die Küchenpsychologen in den Frauenzeitschriften schreiben? Ich hab ja keine Ahnung davon, ich hatte keinen Vater, aber ich vermute schon. Carl tut mir leid, und umso gemeiner komme ich mir vor.

„Das glaube ich auch“, antworte ich und mache mich an der Spülmaschine zu schaffen. „Ich bin selbst überrascht, wie sehr ich sie vermisse. Glücklicherweise sträubt sie sich nicht dagegen, dass ihre alte Mutter sie besuchen kommt.“

Ihn so anzulügen, finde ich schlimm. Aber was soll ich machen, ich muss Clarence sehen. Diese ganze heimliche Telefoniererei, das Simsen. Kein Liebesgeflüster, nein. Nichts mit *ich liebe dich, ohne dich kann ich nicht leben.* Sowas hat er nie gesagt, nie geschrieben, und ich auch nicht. Aber in jeder Textnachricht schwingt dieser Ton untrüglich mit, in jedem Gespräch. Ich muss herausfinden, ob das eine Fantasie ist, in die ich mich hier verrenne. Vielleicht tue ich das, weil zwischen Carl und mir der Alltagstrott regiert. Vielleicht weil mir Hattie langweilig ist.

„Alte Mutter“, schnauft Carl und dreht sich zu mir um. „Du bist keine alte Mutter!“

„Aber ich fühle mich so! Ganz genau so.“

Das ist die Wahrheit. Als Mutter fühlte ich mich alt, und zwar vom ersten Augenblick an. Und so wollte ich mich auch fühlen. Ich wollte so gern, dass meine Zukunft aus beschriebenen Blättern besteht – geplant, geordnet, absehbar. Ich habe mich bemüht und es lief nicht schlecht.

Aber in der Dunkelheit meines Hirns hauste ungesehen ein Widerstand. Stumpf und schweigend. In den ersten Jahren bemerkte ich ihn gar nicht, ich war verliebt in Inverness, in Carl und in mein neues Leben. Aber Inverness ist klein und Hattie begann zu schrumpfen. Wie ein Gespenst hörte ich ihn heimlich seufzen. Ich eröffnete den Hundesalon, stürzte mich in die Arbeit und er schien verschwunden. Dann kam Ryan zur Welt und mit ihm erkannte ich, dass er sich nur geschickt verborgen hatte. Ich spürte ihn in meinen Gliedern, in meinem Herzen und in meinem Kopf – staubig, unfroh, trotzig. Ich arbeitete noch mehr, fing an Marmelade zu kochen und zu den Dienstagstreffen des Hausfrauenbundes zu gehen. Ich gewann Pokale für die beste Victoria Torte und die besten Yorkshire Puddings. Dann kam die Reise nach London, der Abend im Pub mit Clarence tat ein Übriges – ein sorgfältig verriegeltes Fenster, das mit einem Mal sperrangelweit offenstand.

Es ist kurz nach halb neun. In einer Stunde wird Hattie

Jenkins in den Zug gestiegen sein, in London ankommen wird Franny McPhie.

„Vergiss nicht, dass Ryan morgen Abend sein Hockey Training hat.“, sage ich, während ich mit dem Geschirr hantiere. „Fährst du ihn bitte?“

„Was denkst du denn? Natürlich!“

„Ich habe auch alles eingekauft, was ihr gerne esst. Es soll euch an nichts fehlen!“

Guter Gott! Klappe halten wäre gut, aber es fällt mir schwer, irgendwie will alles raus: Die Liebe, die Angst, die Sehnsucht, das Glück, der Zweifel. Durch diese Verliebtheit in Clarence, oder was auch immer es sein mag, liebe ich Carl wieder so viel mehr. Aber wer würde das verstehen? Als Clarence und ich uns wiedertrafen, ist mein Herz aufgeblüht wie eine Blume in der Wüste. Vielleicht ist die Liebe in Wirklichkeit gar nicht so individuell, wie wir glauben. Vielleicht ist sie eher wie ein einziger großer Regenschauer – wenn er fällt, dann fällt er überall. Ohne Unterschied.

Spätestens, seit wir bei Qualfati lebten, war unausgesprochen klar, dass Clarence und ich Freunde sind. Punkt! An dem Montagmorgen aber, nachdem wir zurück waren von Charlottes Einführung, sah ich im Salon die blöden PG-Tips Teebeutel im Regal und fing an zu zittern. Ich verstand, dass er nie woanders gewesen ist, als in meinem Herzen.

Gestern Abend legte ich die Schulsachen für Ryan heraus und putzte noch einmal die Küche. Eine Weile überlegte ich, heute nicht zu fahren, mit den Dreckswetter da draußen könnte ich glaubhaft einen plötzlichen Infekt vortäuschen. Carl schlief bereits, als ich ins Bett ging. Ich schmiegte mich an ihn und wusste, ich würde fahren.

„Gut.“ Carl stellt seine benutzte Teetasse ins Spülbecken. „Dann mache ich mich langsam mal fertig.“ Er geht hinauf ins Bad.

Seit Jahren hat er mich nicht zum Bahnhof gebracht.

Ich toaste ein Stück Brot, bestreiche es mit Butter, schaue zu wie sie schmilzt. Oben höre ich die Dusche. Ich schraube das Glas mit dem Apfelgelee auf, den ich im Herbst eingemacht habe. Einen Löffel voll auf meinen Toast und abbeißen. Es fängt wieder an zu regnen, regnet harte Tropfen, die laut gegen die Fensterscheibe schlagen. Eine halbe Stunde und drei Tassen Tee später steht Carl fertig angezogen neben mir und stürzt seinen Kaffee hinunter.

„So, wir können.“

Im Flur wartet meine fertig gepackte Reisetasche. Er nimmt sie, öffnet die Haustür und schließt den Wagen auf. Ich ziehe meinen Mantel an und folge ihm. Vorm Bahnhof lässt er den Motor laufen. Er steigt aus, holt die Reisetasche aus dem Kofferraum und gibt sie mir in die Hand. „Grüß mir unser Mädchen.“

Er küsst mich auf die Stirn. Ich umarme ihn fest. „Und du, pass gut auf dich auf!“

„Natürlich.“ Er schüttelt den Kopf. „Ist ja nur bis morgen Abend!“

„Du findest sicher, es lohnt sich kaum für nur eine Nacht.“

„Tut es bestimmt.“

Das klingt nicht restlos überzeugt. Er steigt ins Auto, schließt die Tür und legt den Gang ein. Durch die heruntergelassene Scheibe winkt er mir zu und rollt los. Ich bleibe stehen. Dreht er sich noch einmal zu mir um? Das tut er nicht.

In der Halle kaufe ich ein Modemagazin und Kaugummis. Zehn Minuten dauert es noch bis zur Abfahrt, aber der Zug steht bereits auf dem Gleis. Ich steige ein, finde meinen Sitzplatz, verstaue meine Tasche darunter. Immer wieder schaue ich zur Uhr. Die Zeit zieht sich, klebrig wie Teer. Plötzlich kommt die Sonne hervor, in derselben Sekunde wirkt der karge Bahnhof hübsch und einladend. In einer Pfütze auf dem Bahnsteig spiegelt sich ein Stück blauer Himmel. Es knackt in den Lautsprechern, ein Signalton erklingt. Die Türen schließen und der Zug setzt sich in Bewegung. In der Tasche unter meinem Sitz wartet mein Franny-Outfit.

Über den winterkahlen Hügeln von Fife hängen Wolken, Nebelfetzen steigen aus Bachtälern. In meinem Hirn ein Satz – an und aus und wieder an blinkt er wie eine Leuchtreklame: Weil ein Mensch tun muss, was ein Mensch tun muss!

Ich weiß, es heißt: *weil ein Mann tun muss, was ein mann tun muss.*

Immer empfand ich diesen Ausspruch als eine erbärmliche Ausrede für Leute, die vorgeben, ein Opfer von Sachzwängen zu sein. *Sachzwänge.* Ein häufig gebrauchtes Argument meiner Mutter, das ihr wieder und wieder meine Verachtung einbrachte. Aber jetzt …

Okay, vielleicht will ich kein allzu schlechtes Gewissen haben müssen, aber muss ich denn eines haben? Wird eine Schuld dadurch gemindert, dass man sich selbst mit solchen Gedanken kasteit? Immerhin ist Selbstkasteiung die

Univarsalmethode der christlichen Kirche. Zerspringt die Welt in tausend Stücke, wenn ich keine Schuld empfinde?

Der Zug fährt über die Firth Brücke von Edinburgh. Nach dem Stopp in Waverley Station rollen wir weiter. Es geht jetzt entlang der Küste. Nach dem Halt in Newcastle nehme meine Tasche, gehe den Gang entlang zwischen Menschen, die lesen, die telefonieren, die aus dem Fenster schauen. Niemand nimmt Notiz von mir. Ich schließe die Toilettentür hinter mir ab. Der Tweed Rock, die Strickjacke, das Pashmina Tuch, der blaue Mantel: Die ganze Hattie verschwindet in der Tasche wie ein Flaschengeist, den gerade niemand braucht. Ein kamelfarbener Hosenanzug und kirschrote Lack Stiefeletten – vor dem fleckigen Spiegel nimmt Franny Gestalt an. Sorgfältig ziehe ich mir einen Lidstrich. Ich nehme den olivgrünen Trenchcoat über den Arm und wandere durch den Waggon zurück zu meinem Fensterplatz. Die Leute drehen sich nach mir um. Ich tue so, als ob ich es nicht bemerke.

Achtzehn Uhr neunundvierzig, pünktlich fährt der Zug in Kings Cross ein. Ich steige aus und verlasse mit hunderten anderer Menschen das Bahnhofsgebäude. Auf dem Vorplatz nehme ich das Telefon zur Hand, wähle Kurzwahl 1 und presse es mit beiden Händen an mein Ohr, um im tosenden Verkehr vor dem Bahnhof besser hören zu können.

„Nimm dir ein Taxi!“, sagt Carl. „Ich hoffe, du hast für dich keine Flohkiste gebucht, sondern ein gutes Zimmer.“

„Nein, keine Flohkiste!“, rufe ich in den Hörer. Ich zwänge mich zwischen den Pkws in der Haltezone zum Taxistand. „Die Gastgeberin ist ein Superhost!“

„Dann hab es gut unter den Engländern! Ich liebe dich!“

„Ich liebe dich auch. Küss Ryan von mir und schlaf gut!"

Anstatt mich in die Schlange der Fahrgäste einzureihen, begebe ich mich abseits in die ausgewiesene Raucherzone.

Ich bin noch immer Nichtraucherin – eigentlich.

Jetzt ziehe ich das rote Päckchen Players' aus meiner Handtasche. Die Farbe der Schachtel passt genau zum Farbton meiner Booties. Leider kommt das kaum zur Geltung. Ein überdimensionaler Warnhinweis und die Abbildung einer krebszerfressenen schwarzen Zunge decken es fast vollständig zu. Ich stecke mir eine Zigarette an, paffe den weißlichen Rauch uninhaliert in den für diese Jahreszeit erstaunlich blauen Londoner Himmel.

Das Zimmer, dass ich über Airbnb gebucht habe, wirkte auf den Fotos des Inserats sehr gemütlich. Vor allem durch das große Fenster zum Garten. Im Sommer frühstücke sie besonders gerne dort, schreibt die Gastgeberin, die laut Profil examinierte Krankenschwester ist. Ihre Gäste seien herzlich eingeladen, dasselbe zu tun.

Die Unterkunft ist bezahlt. Noch habe ich die Wahl.

Ich könnte hinfahren und einchecken, dann irgendwo in der Nähe zu Abend essen und mich anschließend in das Ratan-Bett legen. Morgen vormittag bin ich mit Charlotte zum Frühstück verabredet. Ich würde ausschlafen, dann meine Tochter treffen und einfach wieder nach hause fahren. „Wenn du erst abends ankommst", sagte Clarence gestern am Telefon „und Charlotte etwas anderes vorhat, dann komm zu mir. Aber entscheide dich so, wie du es für richtig hältst. Ich jedenfalls bin zu Hause und für dich frei."

Ein dumpfer Stoß trifft mich im Rücken. Erschrocken fahre ich herum.

„Pardon!" Eine junge Frau mit einem jammernden

Kleinkind auf dem Arm huscht an mir vorbei nach vorne in die Fahrgastschlange. „Kein Problem“, antworte ich, aber sie beachtet mich schon nicht mehr. Ich drücke meine Zigarette in dem dafür vorgesehenen Schlitz am Aschenbecher aus und reihe mich hinter ihr ein. Eines nach dem anderen rücken die Taxis vor. Schließlich bin ich dran.

„Wohin Darling?“, fragt die Chauffeurin.

Ich muss mich entscheiden.

Mein Herz klopft.

Die Frau dreht sich zu mir um. „Und?“

„More Street”, antworte ich und lege den Sicherheitsgurt an.

11.

Nachdem ich mein Zimmer bezogen hatte, suchte ich ein Restaurant. Ein paar Straßen weiter entdeckte ich einen Italiener. Auf der Menü-Tafel vor der Tür lasen sich die Gerichte recht lecker. Ich ging hinein. Der Kellner ließ mich spüren, welche Zumutung es war, mir die Karte zu bringen und meine Bestellung aufzunehmen, dabei waren nur drei Tische besetzt. Die Spaghetti kamen klebrig und halb kalt in einer Sauce, die deutlich nach Dosentomaten schmeckte. Nach wenigen Gabeln gab ich auf. Ich zahlte und spazierte langsam zurück zu meiner Unterkunft. Als ich ankam, war es noch nicht einmal neun Uhr.

Ich hatte fest vor heute nichts mehr zu unternehmen. Mit einem Buch lasse ich mich im Sessel am Fenster nieder. Wie zwei Analphabeten schleppen sich meine Augen über die Buchstabenreihen Ich richte mich auf und bemühe mich, etwas zu verstehen vom dem was ich da lese. Schließlich lege ich das Buch zur Seite uns sehe hinaus in den hell erleuchteten Innenhof. Auf den Fotos im Internet war Sommer gewesen. Der Baum hier leuchtete sattgrün im Sonnenschein. Alle Blätter sind abgefallen, nackt und grau trotzt seine Borke den Elementen.

Dumm fühle ich mich, starre stumm auf die bizarr geformten Äste. Ein Mahnmal der Verlassenheit. Wozu bin ich nach London gekommen, wenn ich jetzt kneife?

Ich ziehe mich wieder an. In der Sloane Street winke ich ein Taxi heran. Der Wagen rollt durch noble Viertel, die sich seit meiner Jugend kaum verändert zu haben scheinen. Der Fahrer hält an. Er verlangt fünfzehn Pfund! „Abendtarif.“, sagt er und zuckt mit den Schultern, „Sorry, Liebchen.“ Ich gebe ihm sechzehn und steige aus.

Das Edelstahlklingelschild an der Hauswand ist blankgeputzt. Darauf eingraviert steht kein Name, sondern einfach *77, Kensingtn.Pk.Rd.* Mein Zeigefinger drückt auf diesen kleinen Knopf daneben. In der Gegensprechanlage knackt es leise.

„Frans!“ Clarences Stimme klingt klar und unverzerrt.

Ich entdecke das kleine rote Lämpchen, sehe die Kamera, eingelassen ins Mauerwerk. Mechanisch summt die Haustür und springt nach außen auf. Dahinter gleitet eine Glastür abwärts, sie verschwindet in einem schmalen Spalt im Terrazzoboden.

„Steig in den Fahrstuhl, ich hole dich ‘rauf.“

Im blendend weiß gestrichenen Eingangsbereich fällt mir ein abstraktes Bild ins Auge. Es kommt mir sehr bekannt vor, ich sehe genauer hin. Ein Kunstdruck jedenfalls ist das nicht.

Schon ist der Fahrstuhl da, ich steige ein. Hinter mir schließt sich die Tür. Auf einem Touchscreen leuchtet in großen roten Ziffern die Etagenanzeige. Bei *4* stoppt die Fahrt und die Tür öffnet sich. Mit wippenden Schritten kommt über eine Dachterrasse ein Irischer Wolfshund auf mich zu. Er schnüffelt an meiner ausgestreckten Hand. Sachte wedelt er mit dem Schwanz. Ich kraule ihn am Ohr. Hinter ihm taucht Clarence auf. „Herein Frans! Das ist Columbus."

„Columbus! Wow!"

Zu beiden Seiten eines Durchgangs stehen Olivenbäume in schweren Terrakotta Kübeln, weiter davor beugen sich ausladende Gewächse über eine Sitzgruppe aus cremefarben gepolsterten Sitzmöbeln.

„Enormer Name, oder?", fragt Clarence.

Er bleibt vor mir stehen und lächelt mich an. Ich weiß ja, wie er aussieht, aber ich kann mir nicht helfen, mir ist, als sähe ich ihn heute zum ersten Mal. Seine Gesichtszüge sind anders als in meiner Erinnerung. Weicher vielleicht.

„Er hieß schon so, als ich ihn bekam." Zärtlich streicht er über den Hundekopf, berührt wie zufällig meine Hand. „Fran-Ny! Dass du tatsächlich hergekommen bist!"

„Ja, ich bin hier."

Irgendwie habe ich damit gerechnet, dass wir uns um den Hals fallen, aber wir stehen stumm da und streicheln den großen Hund.

„Kensington Park Road, Himmel!", sage ich schließlich. „Als Cricket Coach verdient man offenbar nicht schlecht."

„Tja." Clarence sieht mich an mit runden Augen. „Ist schon ganz okay dotiert, der Job. Aber ohne entsprechende Rücklagen … " Er legt den Kopf schief. „Kleine Besichtigungstour gefällig?"

Er nimmt mir den Mantel ab, hängt ihn an einen Garderobenständer und geht voraus. Ich folge ihm über Treppen hinab in ein Wohnzimmer. Dunkelgraue Wände, futuristische Möbel aus einem rötlichen Holz, chinesische

Vasen und gelbe Seidenlampen. Sicher antik. Eine weitere Treppe abwärts gelangen wir über einen kleinen Vorraum mit einem grünen Steinfußboden in sein Schlafzimmer. Dort ist ein königlich anmutendes Bett mit vier Pfosten der absolute Blickpunkt, nur begleitet von der üppigsten Zimmerlinde, die ich in meinem Leben je gesehen habe. Seitlich dahinter steht eine geschnitzte Schiebetür halb offen, ich erkenne marokkanische Fliesen in türkis, grün und weiß. Clarence führt mich eine weitere Treppe hinab. Wir betreten seine Küche.

„Was darf ich dir anbieten?“

„Vielleicht ein Glas Wasser.“

Dieser Steinzeug Boden gefällt mir. Es ist derselbe wie im Vorraum ein Stockwerk höher. Die matte Glasur schimmert in vielen Schattierungen und ergänzt ideal die hochglanzpolierten hellen Bambus Fronten der Küchenschränke. Clarence öffnet seinen riesenhaften Kühlschrank für mich.

„Wasser soll es sein. Ich habe welches aus Island, welches aus Schottland, welches aus Norwegen und natürlich das gute Londoner aus dem Hahn.“

„London!“

„Still oder mit Kohlensäure?“

„Nein, wow!“ Begeistert schaue ich auf die Spüle in der Mitte der Kücheninsel. „Du hast wirklich einen von diesen tollen Wasserhähnen, wo alles Mögliche ‘rauskommt?“

Er nickt zufrieden. „Yep, von kalt bis kochend! Und sprudeln kann das Teil auch!“ Aus einem antiken Vitrinen-Schrank nimmt er zwei Gläser. „Wie hättest du dein Wasser gerne?“

„Na, wenn das so ist, dann gerne mit Kohlensäure.“

Sein Zeigefinger tippt leicht auf ein Touch-Feld, er hält die Gläser unter den Kran. Der Wasserstrahl leuchtet blau. Im Leben wäre ich nicht darauf gekommen, dass Clarence so darauf steht, die neueste Technik im Haus zu haben. Und diese Möbel, die Teppiche, Antiquitäten. Ich kann mich nicht daran erinnern, dass er sich früher für sowas interessiert hat. Aber vielleicht tat er es doch, nur dass wir es nie bemerkten. Am Anfang hatten wir ja praktisch nichts. Und dann, als wir für Qualfati arbeiteten, da hätte man es nicht bemerken können, weil unser Alter Mann auf Understatement bestand. „Das ist nur zu eurem Besten", pflegte er zu sagen. „Stellt euch vor, ihr Hungerleider kämt plötzlich mit 'nem BMW vorgefahren, mehr brauche ich wohl nicht zu sagen."
Brauchte er nicht!

„Dein Haus ist wirklich unglaublich, Clarence. Superschön!"

Plötzlich schießt mir eine Frage durch den Kopf. Wäre es möglich, dass unser Alter Mann die Jungs sehr viel besser bezahlt hat als mich? Noch nie habe ich darüber nachgedacht. Clarence reicht mir mein Wasserglas. Am liebsten würde ich ihn fragen, wie viel Qualfati ihm ausgezahlt hat. „Und wie kommt Columbus mit den Treppen zurecht?", frage ich stattdessen

„Ganz gut, er ist ja noch ein junger Mann. Aber später wird er wohl immer Fahrstuhl fahren müssen. Bist du hungrig?"

„Nein, ich hab mich vorhin versorgt."

„Wie ist denn dein Zimmerchen?"

„Sehr nett, tatsächlich. Es liegt zum Garten hin, ruhig und sauber."

Wer weiß, die Jungs haben sicher noch jede Menge Umsatz gemacht, nachdem Qualfati tot war und ich fort. Kein Löwenanteil mehr für unseren Alten Mann, sämtliche Gewinne nur noch durch zwei teilen – da wird einiges zusammengekommen sein.

„Was meinst du, sollen wir wieder hinaufgehen? Hast du Lust?“

Ich trinke von Clarences Sprudelwasser und nicke.

Wir steigen die drei Stockwerke wieder hinauf bis zum Dachgeschoss. Hier im überdachten Bereich steht ein enormes Fernrohr und jetzt entdecke ich auch den Jacuzzi. Aber das Beste ist der weite Blick über die Stadt.

„Wohnst du ganz allein hier?“, frage ich und ärgere mich sofort, weil ich meine Neugier nicht zügeln kann.

„Nö.“ Clarence sieht mir ernst in die Augen. Ich spüre einen Druck in der Magengrube. Plötzlich grinst er. „Mit Columbus!“

Ertappt!

Ich lache verlegen. „Wirklich. So schön hast du es hier und so ruhig. Irgendwie weit weg von allem, so fühlt es sich an.“

Möglich, dass dies hier für ihn sein Inverness ist.

Wir setzen uns auf eines der breiten Sofas, haben die Füße auf den niedrigen Couchtisch gelegt. Lachend zeigt er auf meine Schuhe. „Fancy Boots, Franny!” Ja, dieses kirschrote Lackleder. Extra für heute. Wir sitzen ganz nah beieinander, schauen auf die unzähligen Lichter da draußen. „Möchtest du gerne etwas anderes trinken? Oder ist dir kalt? Vielleicht eine Decke?“

Von hier oben könnte man den Straßenverkehr leicht für Meeresrauschen halten.

„Ja, eine Decke wäre nicht schlecht. Und ein Tee vielleicht, falls es keine Umstände macht.“

„Kommt sofort!“

Er verschwindet zwischen den Olivenbäumen. Auf seinen Platz springt Columbus und legt seinen langen Kopf auf meinen Schoß. Nach wenigen Minuten ist Clarence zurück. Das Tee-Tablett stellt er auf dem Tisch ab und legt mir eine Tartan Decke auf die Knie.

„Damit du dich ganz wie zu Hause fühlst!“ Während er uns eingießt, streift sein Blick den Hund. „Ich seh‘ schon, er hat dich gern. Nimmst du Milch? Zucker?“

„Beides“, antworte ich. „Ich hab ihn auch gern, deinen Columbus. Er ist Bob wie aus dem Gesicht geschnitten.“

Clarence rührt für mich um, bevor er mir meine Tasse reicht. Jetzt klopft er dem Tier auf die Schulter. „Mach Platz, Dicker.“ Der Hund rollt sich zur anderen Seite. Clarence setzt sich neben mich und breitet die Wolldecke über uns beiden aus. Sie ist nicht nur weich und warm, sondern auch von besonders guter Qualität – als gelernte Schottin bekommt man ein Auge dafür.

Warm eingehüllt sitzen wir da, ruhig und still und weit weg von allem.

12.

„Frans“, seine Stimme ist ganz leise, „ich möchte mich bei dir entschuldigen. Wir haben überhaupt nicht mehr geredet über diesen Abend im Thieves Kitchen. Ich bin das mit dem Trinken nicht mehr gewöhnt. Ich wollte dir keine Vorwürfe machen!“

„Ist schon okay.“ Ich lege meine Hand auf seine.

„Früher … “, er zögert einen Augenblick, „es war schwierig für mich, damals. Aber natürlich war es schwierig für uns alle. Ich bin sehr froh, dass du jetzt ein glückliches Leben führst.“

Glücklich?

Dieses Wort hätte ich nicht gewählt, um mein Leben zu beschreiben. Stabil - ja. Gut – auch ja. Aber glücklich?

„Und?“, frage ich. „Bist *du* glücklich?“

In diesem Augenblick erhebt sich der Hund, gähnt und springt vom Sofa. Er stellt sich an Clarences Seite.

„Der ist wirklich eine Augenweide!“

Clarence streichelt ihn und küsst seinen Kopf. „Ja, das ist er!“ Columbus gibt ein wohliges Grunzen von sich.

„Und, bist du’s – glücklich?“

Clarence trinkt einen Schluck von seinem Tee, kichert dann leise. „Mädchen, manchmal, da kannst du so ernst sein.“ Ich bin nicht sicher, ob er wirklich amüsiert ist. Er nimmt noch einen Schluck und stellt die Tasse zurück auf den Tisch. „Hast du Lust auf ein Kaminfeuer?“

Meine Antwort wartet er nicht ab, bringt in dem Ding, was ich bis eben für einen merkwürdigen Grill mit Schornstein gehalten habe, Papier und Anmachholz zum Brennen. Die hellen Flammen schlagen hoch auf. Sorgfältig platziert er einige Holzscheite darauf und schlüpft wieder zu mir unter die Decke.

„Auf jeden Fall bin ich *jetzt* glücklich!“ Er lehnt seinen Kopf an meinen. „Und ich kann nur hoffen, du auch.“ Er nimmt meine Hand, legt sie sich auf die Brust. Einen Augenblick lang halten wir beide den Atem an, dann tauchen wir unter in unserer Umarmung.

Ich werde nie verstehen, wie eine Nacht so schnell vergehen kann, aber von Osten her wird es langsam hell. Dickes, bauschiges Bettzeug hüllt uns ein, über dem Sofa glüht ein Heizpilz. Das Kaminfeuer prasselt.

„Es ist gar nicht leicht, schwer zu sein“, murmelt Clarence. Mit einem versonnenen Blick trinkt er von dem Tee, den er uns gerade eben frisch zubereitet hat. Über der Dachterrasse taucht ein Schlag Tauben in Formation durch den Morgenhimmel. Gestern um diese Uhrzeit war ich in Inverness. Es kommt mir vor, als sei es Jahre her. Meine Augen folgen den Vögeln. Wie fliegende Fische schnellen sie hoch in die Luft und segeln dann hinab zwischen die Dächer.

Flache Dächer sind es und spitze Dächer, eckige und

geschwungene, manche sind begrünt. Die Dächer dieser Stadt, unter denen sich so vieles abspielt. Ich finde diesen Satz genial: *Es ist nicht leicht, schwer zu sein.* Charlotte fällt mir ein. Unter einem dieser Dächer lebt sie ihr neues Leben. Vermutlich genau jenes, was sie sich in ihrem Jugendzimmer weit oben im Norden erträumt hat.

Stopp mal: Charlotte! Ich bin doch mit ihr verabredet! „Wie spät ist es?“

„Halb acht“, antwortet Clarence. „Musst du nochmal zu deinem Zimmer in Knights Bridge, bevor du dich mit deiner Tochter triffst?“ Er hat es nicht vergessen, im Gegensatz zu mir.

„Ja, muss ich.“

Unbedingt muss ich mich umziehen. Charlotte wäre sicher äußerst überrascht von meiner Aufmachung. Meine Tochter kennt nur Hattie, Franny ist sie nie begegnet. Noch ahnt sie nicht, wie wenig leicht es ist, schwer zu sein. Schwer genug, um Bodenhaftung zu entwickeln, schwer genug, um nicht fortgeweht zu werden.

„Wir waren da ganz anders.“ Ich denke laut.

„Wie bitte?“ Clarence hat sich zum Kamin hinübergelehnt, um noch ein paar Holzscheite nachzulegen. Ich erkläre ihm, was mir durch den Kopf geht. Er rollt mit den Augen und küsst mir die Stirn. „Du und ich, wir hockten als Fünfzehnjährige unter einer Brücke und versuchten irgendwie durchzukommen. Natürlich waren wir anders!“ Er zieht die Decke fester um uns. „Um wie viel Uhr seid ihr verabredet? Soll ich dich fahren?“

Ja, wir waren anders. Manchmal beneide ich Charlotte.

Ich schaue Clarence an und muss an Goy denken. Er war von Anfang an in unserem Trio der Erwachsene, sofern man bei Teenagern davon sprechen kann. Clarence und ich waren eher verspielt, vielleicht sogar ein bisschen verträumt, über den Tag hinaus machten wir uns wenig Gedanken. Aber Goy war das, was man einen Pragmatiker nennt. Er war ständig wach und immer auf der Pirsch. Er hatte einen Blick dafür, wo man vielleicht für mehr als eine Nacht gut unterkommen konnte, wo sich Drogen *abstauben* ließen, Lebensmittel *akquirieren*.

Es war ein glücklicher Zufall, dass ich den Jungs begegnet bin. Allein beim Gedanken an meine ersten schrecklichen Tage auf der Straße spüre ich noch jetzt einen Druck auf dem Herzen. Das bisschen Geld, das ich meiner Mutter aus dem Portemonnaie gestohlen hatte, war längst verpulvert. Aber ich wäre lieber gestorben, als zu ihr zurückzugehen.

Sie schlug mich. Eigentlich bei jeder Gelegenheit. Das war ihre Art mir zu zeigen, wie sehr ich im Weg war. Solange ich ein kleines Mädchen war, behandelten ihre Typen mich meistens ganz gut, aber das änderte sich, als ich heranwuchs. Sie wollten freie Bahn haben zum Vögeln und zum Saufen.

Der letzte Typ, der bei ihr abhing, war mir besonders widerlich, weil er gern seine Griffel nach mir ausstreckte. Wenn ich vor ihm zurückwich und meine Mutter es mitbekam, sagte er immer: „Is‘ doch nur Spaß! Sie soll sich nich‘ so anstellen!“ Zu wissen, dass dieser Mensch – man muss ihn ja wohl so nennen – sie überall angrabschte, seine Zunge in ihren Mund steckte und seine Finger in ihre Möse, dass sie ihm dafür seinen Schwanz lutschte, war mir unerträglich. Geröchelt hat er wie ein Sterbender, wenn sie es miteinander trieben. Diese seltsame Schiebetür aus Faltplastik, die meine kleine Kammer abtrennen sollte, dämpfte nicht einmal die leisesten Geräusche. Mutters kleine spitze Schreie klangen für mich nach allem Möglichen, nur nicht nach Ekstase.

Nach zwei kalten Nächten im Hinterhof eines Kaufhauses zwischen Mülltonnen und Ratten machte ich mir Gedanken, wie es weitergehen sollte. Bunhill Fields fiel mir ein, der große Friedhof. Dort befand sich das Grab meiner Großmutter, dass Mutter und ich oft besucht hatten. Ruhig und grün hatte ich den Ort in Erinnerung. Ein Friedhof als Übernachtungsplatz, das hielt ich für einen brillanten Einfall und fuhr am Abend hin. Im tiefen Schatten hinter einem Grabmal stolperte ich über zwei Jungs, die gerade von einer ausgebreiteten Zeitung Fish und Chips aßen. Clarence und Goy waren auf dieselbe Idee gekommen wie ich. Die zwei erinnerten mich an Tom Sawyer und Huckleberry Finn. Wir mochten uns auf Anhieb. Als es am nächsten Tag in Strömen regnete, nahmen sie mich mit. In der U-Bahn bettelten wir uns ein paar Pfund zusammen. Wir kauften eine große Flasche Lambrusco und dazu jede Menge Bananen. Goy war überzeugt, dass Bananen alle wichtigen Vitamine enthielten, die ein Mensch braucht.

Ich umarme Clarence. „Nach Knights Bridge könntest du mich bringen, das wäre gut."

Columbus dreht den Kopf weg und maunzt wie ein Kater. Man kann sich nur wundern, was dieses Tier so für Laute von sich gibt. „Ja, mein Alter, wir drehen demnächst eine Runde. Franny muss bald gehen, dann machen wir das." Clarence zupft an meinem Ohrläppchen. „Aber noch ist sie hier", raunt er und zieht uns die Decke über den Kopf.

Sein Körper fühlt sich so unendlich gut an, sein Duft

mischt sich in meiner Nase mit dem Rauch des Holzfeuers. Er küsst meinen Nacken. „Ihr trefft euch um neun Uhr dreißig, Charlotte und du?"

Eine Gänsehaut läuft mir über die Haut. „Um neun Uhr dreißig, ja." Ich vergrabe mein Gesicht an seiner Schulter. „Wir haben noch ein bisschen Zeit." Die Augen geschlossen, küsse ich seine Lippen, seine Wangen, seine Brust. Ich spüre, wie er mich anschaut.

„Dies hier gehört nur uns." Er flüstert. Seine Hand streichelt mein Gesicht, gleitet über meine Brüste, meinen Bauch, hinab in meinen Schoß.

13.

Eben noch hat es heftig geregnet, aber nun klart es auf. In der kleinen Cafeteria sitzen wir hinten am Fenster zum Hof und frühstücken. Vielmehr: *Ich* frühstücke. Charlotte isst nichts, sie begnügt sich mit einem Café Latte. Seitdem sie in London lebt, hat sie einige Kilos verloren. Nicht, dass sie pummelig gewesen ist, keinesfalls. Schon in Inverness hatte sie ihre Figur immer im Blick. Vielleicht spornt sie der Kontakt mit ihren neuen Freunden an.

„Möchtest du mal abbeißen?" Ich halte ihr meinen Bagel unter die Nase. Räucherlachs und Frischkäse, das liebt sie normalerweise.

„Mom, bitte!" Ich kassiere ein Augenrollen. „Wie geht es Papa?"

„Er schickt dir einen dicken Kuss. Er vermisst dich sehr."

Charlotte strahlt.

Sie trinkt ihren Kaffee aus und löffelt genüsslich den restlichen Milchschaum aus der Tasse. Dann schaut sie hinaus. „Sollen wir durch den Park gehen? Er ist gleich um die Ecke."

„Gerne." Ich beiße von meinem Bagel ab und reiche ihr

mein Portemonnaie über den Tisch. „Zahl doch schon mal, ich bin gleich fertig.“ Während ich meinen Tee austrinke, beobachte ich sie.

Sie steht vor dem Kassentisch. Dort arbeitet ein junger Mann. Er tippt auf einer auf Antik getrimmten Registrierkasse herum, nennt ihr den Betrag, den sie zahlen soll. Meine Tochter zieht meine Geldkarte hervor und legt sie an den Scanner.

Ich stecke mir den letzten Bissen meines Frühstücks in den Mund und stehe auf. Kauend lege ich mir den Schal um und starre meinen Mantel an. Es ist mein Hattie-Mantel. Ich ziehe ihn über.

Nach wenigen Schritten erreichen wir den Regent‘s Park, wo kahle Bäume ihre nassen Äste in den Himmel recken. Charlotte hakt sich bei mir ein – das ist neu. Offensichtlich freut sie sich wirklich, mich bei sich zu haben. Ich freue mich auch. Aber irgendwas ist da, ein merkwürdiges Befremden. Könnte es daran liegen, dass ich mich wie eine Lügnerin fühle? Obwohl ich natürlich nicht gelogen habe – streng genommen. Ich habe lediglich nicht darüber gesprochen, wo und wie ich die vergangene Nacht verbracht habe.

Möglicherweise aber rührt es auch daher, dass ich mein Kind heute in seinem neuen Habitat erlebe. Zum ersten Mal kommt sie mir gar nicht mehr richtig wie mein Kind vor. Sie bewegt sich, als lebe sie seit Jahren in dieser Stadt. Souverän wirkt sie – deutlich erwachsener als bei ihrem Weihnachtsbesuch.

„So. Jetzt erzähl doch mal genauer: Wie läuft es momentan so?“, frage ich.

„Ziemlich gut!“ Charlotte hakt sich noch ein wenig fester

bei mir ein. „Mom … “

„Ja?“ Sehe ich da ein bestimmtes Leuchten auf ihrem Gesicht? „Was denn, Charlotte?“

Plötzlich nimmt etwas anderes meine Aufmerksamkeit gefangen. Aus dem Augenwinkel sehe ich jemanden näherkommen, in einiger Entfernung noch. Ein großer, schlanker Mann, dunkles Gesicht. An seiner Seite läuft ein großer, schlanker Hund. Ich kneife die Augenlider zusammen, um die beiden besser erkennen zu können. Auf einmal fahre ich vor Schreck zusammen. Eine Polizeisirene schrillt ganz in der Nähe los. Ich schaue nochmal hin.

„Ich will arbeiten, Mom!“

„Tatsächlich?“, frage ich wie ein Automat.

Aber nein, das da vorne ist nicht Clarence! Mir ist bewusst, dass er durchaus hier mit Columbus spazieren gehen könnte. Ich wüsste nicht, wie ich reagieren sollte, würden wir uns jetzt begegnen.

„Mom?“

Wir könnten nicht einfach so wie Fremde aneinander vorbeispazieren, Charlotte weiß doch, dass wir mal Freunde waren. Müsste er nicht jetzt in der Uni sein? Oder nicht?

„Mom!“

„Ja, ich hab dich gehört. Möchtest du wirklich arbeiten gehen?“

Ich bin einfach davon ausgegangen, dass er in der Uni ist, aber gefragt habe ich ihn vorhin nicht, was er heute vorhat. Jedenfalls ist es beruhigend, dass uns jemand anderes entgegenkommt.

„Ich hab schon etwas in Aussicht“, sagt Charlotte. „Regale einräumen bei Tesco‘s. Zehn Stunden die Woche, montags und freitags vier, mittwochs zwei.“

Arbeiten will sie. Sollte ich als Mutter nicht dagegen sein? So ein Job hält sie vielleicht vom Studium ab.

„Und was verdienst du da?"

„Sechs Pfund die Stunde."

Carl wäre nicht dafür – zumindest ist das sehr wahrscheinlich. „Zweihundertvierzig extra im Monat, damit lässt sich schon einiges anfangen."

„Ja, nicht wahr!" Wieder strahlt Charlotte übers ganze Gesicht. Wegen eines kleinen Jobs?

„Mom … "

„Ja Charlotte, deine Idee finde ich gut. Zweihundertvierzig haben oder nicht haben, das … "

„Das habe ich ja verstanden, Mom, aber … " Sie bricht den Satz ab. Ihr Blick ist auf irgendetwas in weiter Ferne geheftet.

„Na – worüber machst du dir denn Gedanken?"

„Ich weiß nicht – eigentlich ist alles gut."

„Eigentlich?"

Sie hat mir neulich schon von diesen Leuten erzählt, die sie kennengelernt hat, auf einer WG-Party in Walthamstow. Ich glaube, sie würde auch sehr gern außerhalb des Campuses wohnen, aber das Geld vom Stipendium reicht dafür nicht aus. Sie sieht mich mit großen Augen an und plötzlich erkenne ich hinter dem dicken Lidstrich wieder ihr Kindergesicht.

„Was gibt's denn?" Vielleicht hat sie sich in jemanden verliebt.

„Ach, nichts, Mom." Sie schaut in den Himmel. „Apropos: Wirst du dich eigentlich mit Mr. Montague treffen?"

„Clarence meinst du?"

Wie kommt sie denn jetzt darauf? Vielleicht hat Carl ihr gegenüber etwas angedeutet – aber das kann ich mir nicht vorstellen. Ich bemühe mich, beiläufig zu klingen. „Nein, mein Zug geht ja schon um zwölf.“

„Im Dekanat ist er der einzige lockere Typ, weißt du. Ich sehe ihn manchmal.“

„Du siehst ihn manchmal?“

Es kostet mich Kraft, meine Unruhe zu verbergen: *Sie sieht ihn manchmal!*

„Nee – ja! Beim Uni-Sport, ab und zu.“

„Gibt er denn Kurse?“

Clarence und ich haben kein Wort über unsere Arbeit gesprochen, wir waren zu sehr miteinander beschäftigt. Ich bemühe mich, Charlottes Gesichtsausdruck zu lesen.

„Nö“ höre ich sie antworten, „er macht doch nur die Koordination der Abteilung. Aber beim Cricket, da sitzt er natürlich auf der Bank. Wir gehen manchmal hin und schauen zu.“

„Bei den Spielen?“

„Nö. Auch manchmal beim Training.“

Mein Kopf fühlt sich an wie ein Luftballon. Falls sie verliebt ist – und das ist sie hundertprozentig … In wen hat sie sich verliebt?

„Gibt’s da jemanden?“, taste ich mich vor, „Einen, der dir gut gefällt?“

„Ach Mama!“ Jetzt wirft sie den Kopf in den Nacken. „Ich weiß nicht – vielleicht.“

„Einer aus deinem Semester?“ Hilflos nestele ich an meinem Schal.

„Nein, er ist schon älter.“

Mittlerweile sind wir in der Nähe des Planetariums

angekommen. Meine Beine fühlen sich an wie Pudding, mein Herz klopft heftig

„Ach, mal seh'n", sagt mein Kind, „keine Ahnung, ob das was wird. Aber ich muss jetzt langsam los, Mom, und dein Zug geht ja auch bald." Sie umarmt mich, küsst mir die Wange. Ich stehe wie angewurzelt da, unfähig auf ihre Liebesbekundung zu reagieren. „Grüß Papa schön und Ryan!", ruft sie im Gehen. An der U-Bahn-Station Baker Street verschwindet ihr Lockenkopf unter der Erde.

Wo fährt sie jetzt hin?

Ich muss mich irgendwo anlehnen!

Vor einer Auffahrt sind drei Poller in den Gehweg eingelassen, um die Zufahrt zu blockieren. Auf einen davon setze ich mich.

Himmel! Was mache ich nur, wenn Charlotte sich in Clarence verliebt haben sollte?

Hektisch krame ich in meiner Handtasche nach der Zigarettenschachtel. Wenn ich Clarence großartig finde, dann könnte es andern Frauen natürlich genauso gehen. Zumindest schon mal dieser Carol. Damals in der Mensa war sie definitiv eifersüchtig, weil er so vertraut mit mir sprach. Die ganze Nacht habe ich nicht eine einzige Sekunde an so etwas gedacht. Natürlich wäre es eher unwahrscheinlich – nein, es wäre absolut unwahrscheinlich, dass Clarence nicht irgendwie was mit Frauen hat, oder zumindest mit einer. Und es wäre durchaus möglich, dass er auch etwas mit einer Studentin haben könnte. Er wäre beileibe nicht der erste Dozent auf der Welt, dem es so ginge. Charlotte ist so hübsch geworden. Und dazu ist sie so klug und witzig. Könnte er einem Mädchen wie ihr widerstehen, wenn sie es darauf anlegte?

„Franny!“ Ich ermahne mich laut. „Jetzt komm mal zu dir!“

Vermutlich ist es nur der Schlafmangel, der mich so völlig irrational werden lässt. Mit zitternden Fingern stecke ich mir eine Zigarette in den Mund, zünde sie an.

Nicht eine Sekunde habe ich heute Nacht an so etwas gedacht, nicht eine Sekunde!

Ich inhaliere tief und huste mir fast die Seele aus dem Leib. Wie verwirrt muss man sein, um zu vergessen, dass man nur paffen darf, weil man doch Nichtraucherin ist?

Ich liebe Clarence. So fühlt es sich an.

Oder spinne ich mir einfach nur was zusammen?

Ist es in Wirklichkeit nur das bescheuerte Klischee der unzufriedenen Hausfrau? Tausendfach in hirnlosen Vorstadt-Soaps zelebriert und immer wieder aufgewärmt. Großer Gott! Ich war doch, verdammt nochmal, zufrieden mit meiner Ehe! Und ich liebte Carl.

Nein: Ich liebe ihn!

Das tue ich doch …

Wie ein Fisch, aus dem torfroten Wasser des Dee geangelt, hilflos, mit aufgesperrtem Maul und aufgerissenen Augen – so fühle ich mich. Nächste Station: Kochtopf. Keine Ahnung, was ich machen soll. Wo habe ich mich da hineinmanövriert? Ich starre meine Hände an. Abwaschhände sind es, Hundesalon-Hände. Eher zufällig fällt mein Blick auf meine Armbanduhr: halb zwölf, um Himmels willen!

Ich springe zum Straßenrand, winke wie wild den vorbeifahrenden Taxis. Mein Gepäck ist noch in der Unterkunft. Endlich hält ein Wagen, ich springe hinein.

„5, Moore Street, Knights Bridge. So schnell sie können!“

14.

Rentabilität.

Das ist ein merkwürdiges Wort, vor allem, wenn man es buchstabiert. Ich für mein Teil würde es lieber mit doppel n schreiben: *Renntabilität.* Denn für mich hat es durchaus etwas mit Rennen zu tun, mit Weglaufen, mit Flüchten. Damit, sich in Sicherheit zu bringen. Und darum geht es doch am Ende, oder?

Mein Zug bahnt sich zielsicher seinen Weg durch die nebelverhangenen Midlands. Die Dämmerung setzt ein. Ich schaue aus dem Fenster, aber es sind nur schemenhafte Umrisse zu erkennen. Bäume, Hügel. Dazwischen Reihen gelber Lichter von Ortschaften.

Ist Rentabilität nicht die eigentliche Achse, um die die ganze Welt sich dreht? Was sind die Dinge, die einem etwas einbringen? Welche bringen nichts? Regelt der Mensch nicht auf dieser Grundlage sein gesamtes Leben? Und die Leute, die sie ignorieren, diese Rentabilität, meistens aus Gefühlsduselei, manchmal auch aus Dummheit, sie sind am Ende die Verlierer. Weil sie sich selbst aus den Augen verlieren. In dem Nebel da draußen, da kann einem das leicht passieren.

Warum kommt denn jetzt nicht endlich mal dieser Typ mit dem kleinen Bistro-Wagen vorbei und fragt mich, ob ich ein Sandwich möchte, einen Kaffee oder eine Limo?
Seit einer Stunde sitze ich auf meinem Platz und zähle mir sämtliche logischen Argumente dafür auf, wie unwahrscheinlich es ist, dass meine Tochter sich ausgerechnet in Clarence verliebt haben könnte, und dafür, warum es noch viel unwahrscheinlicher ist, dass er sich in sie verlieben würde. Allein der große Altersunterschied spräche doch schon dagegen. Und selbst wenn sie ihm schöne Augen machte: er liebt doch mich!
Richtig, wörtlich hat er es so nicht gesagt. Das hat er nicht. Weil er weiß, dass ich verheiratet bin. Er respektiert das. Und ich habe ihm ja auch nicht gesagt, dass ich ihn liebe.
Bitte: Kaffee-Mann, jetzt komm endlich!
Seit Stunden kreisen tausend Befürchtungen in meinem Hirn. Sie machen mich schwindelig. Ich komme mir albern vor, eher wie ein Teenager, nicht wie eine erwachsene Frau, die auf die Fünfzig zugeht.
Guter Gott, mein fünfzigster Geburtstag! Nicht mal ganze drei Jahre noch bis dahin.

Es ist zum Heulen, dass man im Zug nicht mehr rauchen darf. Sogar auf den Bahnsteigen gibt es keine Raucherzone mehr, nicht mal eine ganz winzige. Da waren sie gründlich, die Bürokraten in London.
Ich will aber rauchen!

Der nächste Halt müsste Doncaster sein. Ich falte den Fahrplan auseinander und lege ihn mir auf die Knie. Genau: Doncaster! Hier steht, dass wir dort sechs Minuten Aufenthalt haben werden. Ich könnte mich auf dem

Bahnsteig hinter einer Säule verstecken und ganz schnell ein halbes Zigarettchen qualmen, nicht mal mehr eine Viertelstunde ist es bis dorthin.

Na gut. Wenn der Kaffee-Mann nicht kommt, dann suche ich ihn jetzt. Ich klemme mir die Handtasche unter den Arm und ziehe los. Drei Wagons weiter entdecke ich ihn im Schaffner-Abteil. Die Beine lang ausgestreckt, sitzt er mit verschränkten Armen am Fenster und macht ein Nickerchen. Ich klopfe an die Scheibe. Er öffnet die Augen, verzieht den Mund zu einem unbeholfenen Grinsen, steht auf und schiebt die Tür zu Seite.

„Was kann ich für Sie tun?“

„Einen Kaffee, bitte.“

„Leider schon aus.“ Lächelnd zieht er die Schultern hoch. „Tee?“

Ein netter Mann …

Ich krame nach meiner Geldbörse.

Blödsinn! Woher will ich denn wissen, ob er ein netter Mann ist! Er sieht aus, wie ich mir einen netten Mann vortselle – so ist es.

„Bitte sehr, die Dame. Drei Pfund achtzig.“

Sein Gesichtsausdruck verrät ihn – er weiß, dieser Preis ist eine Unverschämtheit für einen Pappbecher mit etwas warmem Wasser und einem Teebeutel drin. Ob er verheiratet ist?

Doch, ist er, er trägt einen Ring.

„Zucker?“, fragt er. Ich lehne ab und drücke ihm eine Fünf-Pfund Note in die Hand. „Der Rest ist für Sie.“

Erstaunt zieht er die Augenbrauen hoch. „Darling, wollen Sie dann nicht doch ein bisschen Zucker, vielleicht so ungefähr für vier Pfund fünfzig?“ Auf jeden Fall hat er

Humor.

Mit meinem Teebecher bewaffnet wandere ich weiter vor bis zur Tür. Der Zug schaukelt über eine Weiche. Ich bemühe mich, den Becher im Lot zu halten, damit ich nichts von meinem teuren Tee verschütte. Ich lehne mich an die Wand und trinke. Im Gang kommt eine Frau mit Kinderwagen heran. Das Gestell ist an jeder freien Stelle mit Taschen behängt. Sorgfältig öffnet sie jede Einzelne, überprüft gewissenhaft den Inhalt, sortiert Kleinigkeiten um. Ihr Baby weint ungeduldig.

Mir fällt diese eine Zugfahrt nach Aberdeen ein, damals war Charlotte ein Säugling. Carls Mutter war überraschend wegen ihrer Bauchspeicheldrüse in die Klinik eingeliefert worden. Da er auf See war, fiel die Aufgabe eines Krankenbesuchs also mir zu. Allein mit dem Kinderwagen zum Bahnsteig hinaufzugelangen, dann noch hinein in den Zug und wieder hinaus – ich bin heilfroh, dass ich solche Aktionen hinter mir habe.

Endlich fährt der Zug in den Bahnhof von Doncaster ein. Ich lasse der Mutter nicht den Vortritt, sondern springe vor ihr aus der Tür. Sie missversteht das und lächelt mich dankbar an. „Bitte einfach nur unten bei den Rädern anfassen." Notgedrungen gehe ich ihr zur Hand. Auf dem Bahnsteig fängt sie an, sich überschwänglich bei mir zu bedanken, aber ich warte nicht ab, bis sie fertig ist. Ich muss mich beeilen, wenn ich rauchen will, bevor der Zug weiterfährt.

Leider gibt es hier keine Säulen, hinter denen ich mich verbergen könnte. Nur eine veraltete Werbetafel steht da. Ich postiere mich dahinter, wickele meinen Allerwelts-Hattie-Mantel dichter um meinen Körper in der Hoffnung, er möge mich zumindest ein bisschen unsichtbar machen. Die Flamme des Feuerzeugs decke ich mit der vorgehaltenen Hand ab.

Immer noch steigen Menschen aus dem Zug. Ich ahnte ja nicht, wie viele Leute nach Doncaster wollen. Sie eilen in Richtung Ausgang davon. Andere Menschen drängen in die entgegengesetzte Richtung, hin zu den Waggontüren.

„Mrs.!“ Eine junge Dame in Uniform baut sich vor mir auf. „Das Rauchen ist hier untersagt!“

Widerspruchslos drücke ich die Zigarette an der Werbetafel aus und entsorge den Stummel unter ihrem strengen Blick im Mülleimer. Im Zug wasche ich mir auf der Toilette die Hände – Nikotingeruch an den Fingern mag ich überhaupt nicht. Ich sitze endlich wieder auf meinem Platz, in diesem Augenblick klingelt mein Telefon.

„Na Mädchen, bist du auf dem Rückweg?“

Ich hatte gehofft, es sei Clarence, aber es ist Carl.

„Wir sind gerade erst aus Doncaster ‘raus, noch mehr als vier Stunden bis nach Haus.“, antworte ich.

„Wie war’s denn mit Charlotte? Geht’s ihr gut? Sie hat mir erzählt, dass ihr spazieren gegangen seid. Schade, dass ihr euch erst heute Morgen treffen konntet.“

Hatte ich ihm nicht gesagt, dass wir uns erst heute früh treffen würden? Er hat sie also angerufen. Oder sie ihn? Ich gebe mir Mühe, nicht ärgerlich zu klingen. „Hat sie dir nicht erzählt, wie’s ihr geht?“

„Doch, natürlich. Ich wollte ja nur hören, welchen Eindruck du von ihr hattest.“

„Ich?“ Meine Stimme ist irgendwie belegt, ich räuspere mich. „Ich denke, es geht ihr gut. Sie hat einen Job gefunden, darüber freut sie sich sehr. Hat sie dir davon erzählt? Und ich denke … “

„Was denkst du?“

„Ich denke, sie möchte gerne aus dem Wohnheim ausziehen.“

„Darf sie das denn? Mit dem Stipendium, meine ich.“

„Ich glaube schon.“

„Und?“ Jetzt ist es Carl, der sich räuspert. „War dir langweilig, gestern Abend? Hast du etwas unternommen?“

„Ich war bei einem wirklich miesen Italiener und bin früh zurückgegangen in meine Unterkunft. Hab mich im Dunkeln in den schönen Sessel gesetzt und aus dem Fenster geschaut.“ Bis hierher reicht der Teil der Wahrheit, den ich ihm erzählen kann.

„Oh!“ Einen Augenblick schweigt er. „Dann war es ja wirklich ein weiter Weg nur für eine lange Nacht in einem Fremdenzimmer.“

„Ja, aber es war schön mit Charlotte heute morgen. Wir hatten ein tolles Frühstück und ich glaube, sie war doch sehr froh, dass ich gekommen bin.“

„Natürlich war sie das. Unser Mädchen – allein da in London.“

„Sag mal … “ Ich zögere. Aber was soll sein, ich kann doch einfach fragen. „Hat sie irgendwas darüber gesagt, dass sie sich verliebt hat? Mir kam sie so vor.“

„Echt, meinst du? Darüber hat sie nicht gesprochen. Ich weiß natürlich nicht, ob sie ihrem Vater das so direkt auf die Nase binden würde. Aber zumindest wird da nichts Ernsthaftes sein. Ich glaube, das hätte sie mir anvertraut. Übrigens: Ryan schläft heute bei meiner Mutter.“

„Okay.“ Wir werden heute Abend also allein sein.

„Ich freue mich auf dich“, sagt er und legt auf.

Draußen in der Dunkelheit rasen helle Lichter vorbei. Ich stecke das Telefon zurück in meine Handtasche und schließe die Augen.

Plötzlich fühle ich mich unerwartet beruhigt. Tatsächlich, ich freue mich auf Carl. Und mein Magen knurrt. Das nehme ich als gutes Zeichen. Wenigstens funktioniert mein Körper einwandfrei, auch wenn mein Verstand sich in den letzten zwei Tagen verhalten hat wie ein überdrehter Motor.

Wieder knurrt mein Magen. Ich glaube, ich bin wirklich hungrig. Sollte ich nochmal zum Kaffee-Mann wandern, um mir ein Sandwich zu holen? Aber wie viele Stunden die mittlerweile auf dem Buckel haben werden – wann die wohl zubereitet worden sind? Heute früh, vielleicht sogar gestern Abend.

In meiner Handtasche findet sich noch ein Kaugummi, ich schiebe es mir zwischen die Zähne. Meine Kaumuskeln werden aktiv und schon ist mein ganzer Mund Pfefferminzgeschmack. Und jetzt fühle ich auch, wie müde ich bin. Kein Wunder, schließlich habe ich die ganze Nacht lang kein Auge zugetan.

Ich schrecke auf, weil auf dem Gang jemand laut ruft. Offenbar bin ich eingenickt.

„Hast du's jetzt? Komm endlich!"

Ich schaue aus dem Fenster. Der Zug steht im Bahnhof von Edinburgh. Mit einem Satz fahre ich vom Sitz hoch, greife meine Tasche und meine Handtasche. Ich haste zum anderen Gleis. Leider lässt mein Anschlusszug nach Inverness auf sich warten. Trotz Mantel, Schal und Mütze ist mir kalt. Ich checke mein Telefon. Clarence hat sich nicht gemeldet.

Um mich aufzuwärmen, laufe ich auf dem Bahnsteig auf und ab. Vielleicht ist es gut, dass er sich nicht meldet, auch wenn es mich gerade quält. Ist es nicht in Wirklichkeit ein Segen?

Die Lautsprecherdurchsage scheppert blechern, sie kündigt den Zug nach Inverness an. Gemächlich rollen die Wagen heran, kommen schließlich zum Stehen. Türen springen auf. Einsteigen, den reservierten Platz suchen. Wenigstens ist es warm hier drin. Die Türen schließen und es geht hinein in den schottischen Januarabend. Und wirklich: in mir macht sich so etwas wie Erleichterung breit. Am liebsten säße ich jetzt im Crown Hotel am Kamin. Ein anheimelndes Torffeuer, dazu ein Gläschen Sherry, das wäre es. Noch dreieinhalb Stunden sind es bis nach Haus. Das monotone Fahrgeräusch hüllt alles ein wie ein zarter Kokon. Er puffert alle Ecken ab und alle harten Kanten. Ich decke mich mit meinem Mantel zu, schließe die Augen und lasse los.

Bilder gehen mir durch den Kopf, von Charlotte, von London, von unserem gemeinsamen Spaziergang im Park und dem Mann mit dem Hund. Und ich sehe Columbus vor mir. Kann man sich nach einem Hund sehnen? Wenn er jetzt hier wäre, an meiner Seite, so ein schöner, großer Grauer mit charaktervollem Gesicht. Einer, der sich einem auf die Füße legt, während man seinen Drink schlürft und etwas Gutes liest.

Zum allerersten Mal in meinem Leben kommt es mir merkwürdig vor, dass ich keinen eigenen Hund habe. Ich führe einen Hundesalon, oder nicht? Ich mag Hunde! Natürlich ist mir klar, warum ich bisher keinen besitze. Carl ist nicht gerade versessen auf ein Haustier und außerdem waren da die Kinder und die Arbeit. Irgendwie ging ich davon aus, dass für einen Hund einfach die Zeit fehlt.

Ich denke an Qualfati, ihm verdanke ich meine berufliche Existenz. Seine klugen Augen, seine väterliche Art. Und Humor hatte er – zumindest, bis die Demenz zunehmend Besitz von ihm ergriff. Ohne ihn hätte ich niemals dieses Geschäft in Inverness, ohne ihn wäre ich wohl kaum hergekommen. Dann hätte ich keine Familie – jedenfalls nicht diese.

Ist es möglich, dass ich vor allem wegen Columbus so verrückt bin nach Clarence? Ich meine, vielleicht vermischt sich da unbewusst etwas. Für sowas gibt es doch sogar einen Fachbegriff. Man hält eine Sache für ungeheuer wichtig, weil sie an etwas völlig anderes gekoppelt ist, das man aber ständig übersieht. Dafür existiert ein Wort, aber es fällt mir nicht ein.

Meine Hand gleitet in meine Handtasche. Ohne drauf zu schauen, schalte ich mein Telefon auf lautlos. Ich will nicht weiter gebannt auf eine Nachricht von Clarence warten. Vielleicht wäre es das Beste, wenn ich den Kontakt sogar blockiere. Es kann doch sowieso nichts daraus werden. Das Ganze war ein wilder Traum, ein aufregendes Abenteuer. Und erst jetzt spüre ich, wie sehr mir meine Getriebenheit der vergangenen Wochen in den Knochen steckt. Lieber möchte ich an Columbus denken, an die glänzenden Augen und sein schönes Gesicht. Es wäre so herrlich, wenn er auf meinen Füßen läge, vorm Kamin im Crown.

In Inverness regnet es in Strömen, ich nehme ein Taxi. Zu Hause schließe ich die Haustür auf. Der vertraute Geruch unseres Korridors strömt mir entgegen, aus dem

Wohnzimmer ist leise der Fernseher zu hören.

„Hattie." Auf Socken kommt Carl auf mich zu und schließt mich in die Arme. „Wie war's?" Sein Mund lächelt, aber seine Augen haben diesen merkwürdigen Ausdruck – fast wie eine Entschuldigung. „Schön, dass du zurück bist."

Ich lege mein Gesicht an seinen Hals. Er ist frisch rasiert und duftet nach dem Aftershave, dass ich so gerne habe.

„Sag mal", ich küsse sein Kinn, „hättest du vielleicht noch Lust auf einen Drink ins Crown zu gehen? Ich meine, wo Ryan doch bei deiner Mutter ist."

„Leider doch nicht, sie hat kurzfristig abgesagt. Kopfweh oder sowas."

Ich ziehe mir die Mütze vom Kopf. „Wie schade, ich hatte echt Lust auf einen Drink mit dir."

„Soll ich schnell rübergehen zu Sandy?", fragt er. „Sie bitten, ob sie für ein Stündchen ein Auge auf ihn hat? Das macht sie bestimmt."

Genau: Sandy!

Aber wer im Glashaus sitzt, sollte nicht mit Steinen werfen. Mein Mann duftet so gut. „Oder sollen wir es uns einfach hier gemütlich machen?"

„Oder so!", antwortet er sichtlich erfreut.

Seine Küsse schmecken gut und unendlich vertraut. Leise steigen wir die Treppe hinauf. Der Sex ist innig und schön. Was auch immer das gestern war, mit Carl ist es gut. Er geht ins Bad, ich höre das Duschwasser rauschen. Das Gestern, es ist vorbei, es fand statt in einer anderen Welt. Ich greife zu meinem Telefon, öffne den Browser und tippe ins Suchfeld: *Irischer Wolfshund.* Dann klicke ich auf: *Bilder zeigen.* Es wäre wunderbar, wenn ich ein solches Wesen um mich hätte.

15.

Mein Handy macht mich verrückt. Und das, obwohl ich es stumm geschaltet habe. Am liebsten würde ich es ganz ausstellen, aber das geht nicht. Ich muss erreichbar bleiben für Ryan und für die Kunden.

Am Montag früh kam eine SMS von Clarence. „Ich hoffe, du bist gut gelandet, ich denke an dich.“ Die Nachricht kam in dem Augenblick, als ich aufbruchbereit im Flur stand. Neben mir kämpfte Ryan mit den Schnürsenkeln, die er sich partout alleine binden wollte. Carl lag oben in unserem Schlafzimmer im Bett. Montag war sein freier Tag. Ich warf nur einen eiligen Blick auf den Bildschirm, nahm den Autoschlüssel vom Schlüsselbrett und fuhr meinen Sohn zur Vorschule. Auf dem Rückweg erledigte ich ein paar Einkäufe und als ich wieder zu Hause ankam, hatte Carl bereits den Frühstückstisch für uns gedeckt.

Den ganzen Tag über hing diese Textnachricht wie ein Dunstschleier über meinem Hirn – ob ich gerade im Salon einen Hund schamponierte, ob ich meine Buchhaltung auf den neuesten Stand brachte oder das Abendessen kochte. Manchmal mutierte dieser Dunst zu einer drückenden

Schwüle wie vor einem Unwetter, manchmal wehte er mich verführerisch an wie der Duft von Terre d'Hermès.

Ich antwortete nicht. Nicht nach dem Abendbrot und auch nicht am folgenden Tag.

Am Mittwoch fuhr Carl wieder zum Fischen hinaus. Ich holte Ryan von der Vorschule ab, wir sahen uns einen Trickfilm an und aßen zusammen Abendbrot. Dann brachte ich meinen Sohn zu Bett. Das Haus war so still, wie es mir nie zuvor erschienen war. Ich dachte daran, das Radio einzuschalten. Das tue ich oft, wenn Carl nicht da ist. Einfach nur, damit ein bisschen Leben zu hören ist. Aber ich ließ es aus. In allen Zimmern löschte ich das Licht, setzte mich im Dunkeln an den Küchentisch und lauschte auf das leise Surren des Kühlschranks. Ich nahm mein Telefon in die Hand. „Bin gut angekommen.“, schrieb ich und löschte alles wieder. Einen Moment überlegte ich, dann schrieb ich die Nachricht noch einmal, drückte auf *senden* und wünschte sofort, ich hätte sie nicht abgeschickt.

Keine drei Sekunden später kam eine Antwort. „Bist du allein?“

Erschrocken stand ich auf, schaltete den Wasserkocher an. Wie zum Henker sagt man denn *ich bin allein, aber wir müssen damit aufhören* ? Das Wasser kochte, ich goss mir einen Kräutertee auf. Das Telefon ließ ich liegen, wo es war und wanderte hinüber ins Wohnzimmer. Ich öffnete die Schiebetür zum Garten, ein kalter Windstoß blähte die Gardinen auf. Am Nachthimmel zogen die Wolken eilig hin zum Meer, ab und zu blinkten Sterne durch die Lücken. Ich gab mir einen Ruck, ging zurück in die Küche. „Nein!“, tippte ich. Dann ließ ich das Telefon auf dem Tisch liegen und ging zu Bett.

Am Samstag Mittag kam Carl zurück, drei Tage war er auf See gewesen. Keine Ahnung, was ich erwartet habe. Wahrscheinlich, dass sich diese helle, erfüllende Nähe der gemeinsamen Sonntagnacht fortsetzen würde.
Er war einsilbig und er war distanziert. Wenn es Schwierigkeiten bei der Arbeit gibt – mieser Fang, technische Probleme oder Zoff in der Crew –, dann will er nie reden. Er zog sich gleich ins Schlafzimmer zurück und schloss die Vorhänge. Als er am nächsten Morgen aufstand und gleich wieder hinausfuhr, schlief ich noch. Am Abend holte ich Ryan von einem Geburtstagsfest ab und bereitete für uns das Abendessen zu. Wir spielten ein Kartenspiel, anschließend brachte ich ihn ins Bett. Ich legte mich zu ihm, bis er eingeschlafen war, halb in der Hoffnung, ich würde selbst auch einschlafen. Aber ich blieb hellwach.

Wieder hockte ich in meiner stillen dunklen Küche, stand auf und machte Tee. Ich schaltete das Radio ein, schaltete es nach wenigen Minuten wieder aus. Immerzu dachte ich an Clarence, eigentlich jede Minute. Und immerzu dachte ich an Carl und an unser Leben hier – ein gutes Leben.

Im Garten paffte ich eine halbe Zigarette, dann wusch ich mir die Finger. In diesem Augenblick kam eine SMS. „Hi!“ Ich nahm mein Telefon in die Hand, da kam schon die nächste. „Bist du allein?“

Meine Finger zitterten beim Tippen. „Kann noch immer nicht. Ich hoffe, dir geht’s gut!“ Wieder dauerte es nur Sekunden, Clarence schickte mir ein Herz und schrieb: „Wir haben alle Zeit der Welt!“

Heute ist Freitag, vorhin kam Carl nach Haus. Nicht gerade schlecht gelaunt, aber noch immer einsilbig. Er legte sich gleich hin und schlief, bis ich ihn zum Abendbrot weckte.

„Was hältst du davon, wenn wir heute ins Crown gehen?“, fragte ich. „Wir könnten Sandy fragen, ob sie auf Ryan aufpasst.“

Er war nicht gerade euphorisch, aber er stimmte zu, und ich schöpfte Hoffnung. *Hoffnung* – ja, so kann man es nennen. Unsere Nachbarin hatte nichts anderes vor und setzte sich bereitwillig vor unseren Fernseher.

„Danke, dass du das machst, Sandy.“, hörte ich Carl sagen, als ich im Flur meinen Mantel anzog. „Es wird nicht sehr spät werden.“ Den Ton, in dem er das sagte, hätte ich merkwürdig finden können.

Im Crown war mein Lieblingstisch am Kamin frei. Ich saß in einem der gemütlichen Sessel am tiefroten Torffeuer, hielt einen Sherry in der Hand, den Carl mir gerade gebracht hatte. Ich freute mich über das Bernsteinleuchten in meinem Glas und dachte unweigerlich an Columbus, daran, wie er jetzt auf meinen Füßen liegen könnte und daran, wie gut dieser Hund zu Carl passen würde. Carl setzte sich in den Sessel gegenüber. Ich stellte mir vor, wie seine Hand den Kopf des Tieres streichelt. Mein Mann prostete mir zu, stürzte dann seinen Whiskey förmlich hinunter und stand gleich wieder auf, um sich einen zweiten zu holen. Ich gab mir Mühe, eine lockere Unterhaltung in Gang zu bringen, aber er trug kaum ein Wort dazu bei. Nach einer Weile gab ich auf, beide starrten wir nur noch stumm in die Glut. Ich hatte ein schreckliches Gefühl im Bauch. „Ist was mit dir?“, fragte ich schließlich.

Langsam wie in Zeitlupe drehte er mir sein Gesicht zu. Mittlerweile war er bei seinem fünften Glas. Er nahm einen Schluck und stellte es auf der Armlehne ab. „Ich glaube nicht.“ Wieder nahm er das Glas, trank noch einen Schluck, und wieder stellte er es ab. „Aber vielleicht ist was mit *dir*.“

Ich wollte nicht mit ihm streiten, versuchte mich mit dem Gedanken zu beruhigen, er sei einfach erschöpft von der Arbeit. Wenig später waren wir wieder zu Haus.

Ich ging sofort nach oben, um bei Ryan nach dem Rechten zu sehen. Ich habe mich zum Schlafengehen fertiggemacht, für Carl das Bett aufgeschlagen und mich hingelegt. Er wolle nur hinter Sandy die Haustür abschließen und die Lichter ausschalten, hat er gesagt, aber bis jetzt ist er noch nicht heraufgekommen.

Ich stehe auf. So geräuschlos wie möglich öffne ich die Schlafzimmertür. Unten im Wohnzimmer höre ich sie lachen, Sandy und meinen Mann. Sie unterhalten sich. Ich lausche, aber jetzt werden sie sehr leise, ich kann die Worte nicht verstehen. Plötzlich ist es mucksmäuschenstill.

Seit fünfzehn Jahren wohnt Sandy im Nachbarhaus. Ihr Ehemann Harold war ein entspannter Mensch., ich mochte ihn gern. Die beiden hatten keine Kinder. Als ich anfing, den Hundesalon aufzubauen, sprang Sandy ab und zu ein, wenn Carl auf See war und ich niemanden hatte für Charlotte. Sie holte sie von der Schule ab, machte ihr etwas zu essen und beschäftigte sie, bis ich abends nach Haus kam. Vor sechs Jahren verstarb Harold an Krebs, damals war ich schwanger mit Ryan. Sandy weinte sich die Augen aus. Beinahe jeden Tag kam sie zu uns herüber, weil sie die Leere in ihrem Haus nicht ertrug. Ich kümmerte mich um sie, aber Carl hielt sich immer sehr zurück.

An einem dieser verheulten Abende brach es aus ihr heraus: Noch immer tue es ihr unendlich leid, dass sie Carl damals das Herz gebrochen habe. „Gott, wie jung wir waren – nicht einmal achtzehn. Es war die große Liebe, Hattie, das kannst du mir glauben, aber ich musste seinen Antrag ablehnen. Meine Eltern hätten es nie erlaubt." Ich muss sie sehr entgeistert angeschaut haben. „Wusstest du das nicht?", fragte sie überrascht. Und schon weinte sie wieder. „Harold war einfach der Beste. Ich weiß nicht, wie ich ohne ihn zurechtkommen soll."

Ich schleiche zurück in mein Bett und warte. Nach einer gefühlten Ewigkeit höre ich Carls Schritte auf der Treppe. Ich lösche das Licht und stelle mich schlafend. Carl geht für einige Minuten ins Bad, dann öffnet er leise unsere Schlafzimmertür. Im Dunkeln höre ich das Klimpern seiner Gürtelschnalle, das abstreifen der Jeans. Er legt sich neben mich ins Bett.

„Gute Nacht, Hattie", flüstert er. Sein Atem riecht nach Zahnpasta. Ich liege da mit offenen Augen, starre in die Dunkelheit. Soll ich etwas sagen? Soll ich die Klappe halten? Wer im Glashaus sitzt … Es dauert keine Minute, und er ist eingeschlafen. Gleichmäßig und tief geht sein Atem mit dem vertrauten leisen Rauschen in der Nase.

Carl und Sandy. Ich fühle meinen Herzschlag. Langsam und schwer.

Auf der anderen Seite des Fensters, jenseits unserer Gartenhecke, im Nachbarhaus im ersten Stock, da hat sie ihr Schlafzimmer. Bei ihr brennt das Licht noch eine ganze Weile. Plötzlich schaltet sich neben mir auf dem Nachttisch das Display meines Handys ein. Im schwachen Widerschein sehe ich Carl. Die Züge seines Gesichts sind gelassen und ruhig, als könne er kein Wässerchen trüben. Mit den Fingern angele ich nach meinem Telefon. Ich ziehe mir die

Bettdecke über den Kopf.

„Träum süß", schreibt Clarence, „falls du schon schläfst. Ich denke an dich."

Carls Bett ist leer. Meine Hand gleitet unter seine zerwühlte Decke, da ist keine Wärme mehr zu spüren. Warum ist er schon aufgestanden, hat er heute nicht frei? Der Wecker zeigt acht Uhr zweiundzwanzig an. Ich schäle mich aus den Laken und erschrecke. Laut polternd ist mein Telefon zu Boden gefallen. Ich klaube es auf, stecke es in die Tasche meines Morgenmantels und gehe hinunter in die Küche.

Am Fenster steht Carl, gerade zieht er sich seinen Anorak über. „Ich hab Ryan schon zu Anna gebracht." Er nennt seine Mutter selten beim Vornamen.

„Geht es ihr wieder besser?" Ich hatte völlig vergessen, dass unser Sohn dieses Wochenende bei ihr verbringen soll. Carl nimmt seinen fertig gepackten Rucksack vom Stuhl. Während er sich aus dem Obstkorb zwei Bananen fischt, haucht er mir einen flüchtigen Kuss auf die Stirn. „Guten Morgen, Hattie!"

„Hattest du nicht frei heute?"

„Ich weiß. Es tut mir leid. Matthew hat angerufen, in seiner Crew ist jemand ausgefallen. Ich kann ihn unmöglich hängen lassen, das verstehst du doch. Wir fahren ein anderes Mal zu diesem Möbelhaus. Versprochen!"

„Ja, ich verstehe." An das mit dem Möbelhaus hatte ich selbst überhaupt nicht mehr gedacht. Ich schalte den Wasserkocher ein.

„Wir sehen uns voraussichtlich übermorgen Abend. Pardon, aber ich *muss* los."

„Okay. Ciao und gute Fahrt."

Ich lächele ihn an, dann drehe ich mich um und öffne den Oberschrank neben der Spüle. Die Haustür fällt ins Schloss. Ich greife zur Dose mit meinen Lieblingstee.

Was habe ich erwartet? Wieder muss ich mir diese Frage stellen. Seit beinahe zwanzig Jahren kenne ich Carl – ich weiß doch, wie er ist. Wie soll eine einzige wunderschöne Nacht daran etwas geändert haben? Zwei Wochen sind ins Land gegangen seitdem und die Erinnerung daran fühlt sich an wie ein Traum. Seit ich zurück bin aus London, habe ich mir im Internet Bilder von Irischen Wolfshunden angeschaut, aber zugelegt habe ich mir keinen – ich meine, all die Jahre über habe ich geglaubt, dass nur ich es bin, die Probleme hat. Ich war überzeugt, dass Carl mit unserem Leben zufrieden ist. Aber das entspricht offenbar nicht der Wirklichkeit.

Das Wasser fängt an zu kochen. Ich leere die vorgewärmte Teekanne aus und gebe Teeblätter hinein, dann gieße ich das sprudelnde Wasser darüber

Diese ewig gleichen Abläufe in unserem Leben. Ich fand sie beruhigend, sie vermittelten mir das sichere Gefühl, dass es nichts gab, was ich hätte falsch machen können. Jetzt kommen sie mir tot vor – wächsern, freudlos und traurig. Möglich, dass auch Carl das spürt. Möglich, dass wir beide Sehnsucht nach etwas haben.

Mit einer Gabel rühre ich den Tee um, nehme ein Sieb und seihe ihn in meine Queen Anne Kanne ab. Ich setze mich an den Küchentisch, gieße mir eine erste Tasse ein. Aus der Tasche meines Morgenrocks ziehe ich mein Telefon hervor.

16.

Seit Tagen drehe und wende ich diese Gedanken in meinem Kopf. Carl steht an die Spüle gelehnt und sieht mich mit einem fragenden Gesichtsausdruck an, aber ich bin mir nahezu sicher, dass er es eigentlich lieber doch nicht wissen will.

Irritiert war ich, verwirrt, fand die ganze Sache schmerzlich und schwierig. Carl ist der letzte Mensch, den ich hinters Licht führen möchte. Ich habe keine Zweifel daran, dass er mich aufrichtig geliebt hat, dass er mich noch immer liebt. Und ich liebe ihn auch, auf jeden Fall. Aber wenn ich mir anschaue, was sich in den vergangenen Monaten abgespielt hat – muss ich mich da nicht ernsthaft fragen, ob wir beide füreinander möglicherweise nur die zweite Wahl gewesen sind. Hätte Sandy ihm keinen Korb gegeben, dann wäre Carl heute mit ihr verheiratet. Stimmt doch, oder nicht? Und was Clarence und mich betrifft: Wir sind einander einfach so unglaublich nah. Und wer weiß, unter anderen Umständen wäre aus uns vermutlich auch ein

Paar geworden?

Aber wie formuliert man das? Wie sage ich all das dem Mann, mit dem ich seit so vielen Jahren zusammenlebe? Wie sage ich es dem Vater meiner Kinder?

Ich nehme seine Hand. „Du … “ Da ist ein Kratzen in meinem Hals. Ich räuspere mich, meine Stimme krächzt. „Ich würde dir gerne etwas sagen.“

Carl sieht von seiner Kaffeetasse auf. Ich atme durch und versuche, ganz ruhig zu werden. Aber das Atmen nützt nichts. „Carl.“ Hilflos blicke ich zur Decke. Himmel nochmal! Ich lasse seine Hand los, setze mich an den Tisch und sehe ihm ins Gesicht. „Würdest du mich bitte etwas fragen?“

Er zieht die Augenbrauen hoch.

„Im Ernst: Frag mich etwas.“

Er legt den Kopf schräg, schaut mich aufmerksam an, prüfend wie ein Arzt, der nachsieht, ob das Weiße in deinem Auge gerötet ist, ob dein Blick glasig ist, der dir im Geiste schon mal die Hand auf die Stirn legt, um zu fühlen, ob du eventuell Fieber hast. Dieser Blick ist mir so vertraut, früher habe ich Carl dafür geliebt.

„Na gut“, antwortet er, „ich frag dich was. Wie geht es dir?“

„Mir?“ Ich bin überrascht, diese Frage hatte ich nicht erwartet. „Weißt du“, stammle ich, „eigentlich geht es mir gut, aber ich bin verwirrt.“

„Verwirrt?“

Das ist gelogen, ich bin nicht mehr verwirrt. Ich hab mich entschieden. Aber es fällt so schwer eine Wahrheit auszusprechen, die gefühlt mindestens sieben Köpfe hat. Irgendwie hängt am Ende alles mit allem zusammen, wo soll man da beginnen?

„Ja, verwirrt! Um ehrlich zu sein: Ich fühle mich wie jemand, der vom Bus überfahren worden ist."

Carl sieht mich immer noch an wie ein Arzt. Er sagt nichts, darum schweige ich jetzt auch. Vor meinem geistigen Auge verwandelt sich das Haar auf meinem Kopf in unzählige Schlangen. In der Scheibe der Mikrowelle entdecke ich mein Spiegelbild. Nicht hinschauen, Franny! Wer die Medusa anschaut, der erstarrt zu Stein. Ich lenke meinen Blick aus dem Küchenfenster, blaugrau liegen dort die dunklen Hügel im Zwielicht und dahinter das Meer.

„Ich liebe dich." Mein nächster Versuch, möge mir Glück beschieden sein! „Viel mehr, als du dir vorstellen kannst. Dich, die Kinder. Und ich habe dir nicht die Wahrheit gesagt über mich." Carl schweigt beharrlich, als sei er selbst einer der graublauen Hügel da draußen. Ich stehe auf, gehe zum Geschirrschrank, ohne zu wissen, was ich da will. „Und ich weiß, dass du das längst weißt!" Keine Ahnung, warum ich das behaupte, dazu noch mit einem vorwurfsvollen Unterton. Könnte er denn überhaupt etwas wissen? Wenn, dann hat er allerhöchstens eine unbestimmte Ahnung oder sowas. Guter Gott, Frans, reiß dich zusammen! „Wäre es nicht an der Zeit, einander reinen Wein einzuschenken?"

Carls Lippen kräuseln sich zu einem merkwürdigen Grinsen. Schief irgendwie, das Gegenteil von hübsch. Ich kann mir selbst kaum zuhören, wie soll er es dann können? Ich setze mich ihm gegenüber an den Tisch.

„Ich weiß einfach nicht, wo ich beginnen soll. Das Ganze ist so verworren. Und, ich denke, ich meine – ich weiß nicht, ich fürchte … "

Plötzlich kommt Bewegung in Carls Körper, ungewöhnlich nachdrücklich stellt er seine Tasse ab. Seine Schultern heben sich, sein Rücken streckt sich, als würde er jeden Moment aufspringen. „..., dass ich wütend werde?“ Er schüttelt den Kopf.

Wie weit will ich gehen?

Wie weit *muss* ich gehen?

Carl steht auf und holt sich ein Bier aus dem Kühlschrank.

Soll ich mit der Nacht auf Clarences Dachterrasse beginnen? Oder soll ich ihm die ganze Geschichte erzählen, von Anfang an? Von Franny McPhie, von Goy und Clarence, von Qualfati, von den Toten und all das? Will ich ihn auf Sandy ansprechen? Sollte ich? Müsste ich?
Noch habe ich nichts gesagt, noch habe ich die Wahl, könnte noch umschwenken auf ein völlig harmloses Thema. Dass ich eine Auftragskillerin war, wie viele Menschen ich getötet habe – muss er das wissen? Dass ich mich mit Clarence treffe, mit ihm schlafe, jedes Mal, wenn ich in London bin, vorgeblich um unsere Tochter zu besuchen?

„Carl, ich habe eine Affäre und Harriet ist nicht mein richtiger Name.“

Mein Mund hat es ausgesprochen. Angstvoll mustere ich Carls Gesichtsausdruck. Hinter ihm das Fenster, die unveränderten Silhouetten der Hügel, dahinter das Meer, das man von hieraus gar nicht sehen kann, aber man weiß doch, dass es da ist. Carl atmet nicht schneller oder schwerer oder lauter, aber sein Kopf ist gesenkt. Man könnte glauben, er zähle die Fliesen unter seinen Füßen. Nach einer Weile schaut er mir doch in die Augen. „Ja“, sagt er und macht eine lange Pause. Ich weiß, warum er das tut, und es macht mich wütend. Wieder senkt er den Blick.

„Das war mir klar. Beides!“

Ich spüre eine brennende Hitze im Gesicht.

„Warum war dir das klar?“

Wenn er so mit mir redet, mit dieser tonlosen Stimme und als wäre zwischen uns eine undurchdringliche Wand, wie jemand, der Bescheid weiß, wie jemand, dem man nichts vormachen kann, wie jemand, der über einem steht, und damit basta …

„Woher willst du das wissen?“

„Von dir!“

„Wie bitte? Von mir?“ Wann hätte ich dir das gesagt?“

„Na, gerade eben!“

Ich muss mich zusammenreißen, damit ich ihn nicht anschreie. Ich höre mich schnauben, schüttele den Kopf.

„Okay, sehr witzig! Willst du dich nicht setzen und in Ruhe darüber sprechen?“

„Nein! Ich bleibe hier stehen und höre dir zu. Wenn *du* sitzen musst, dann sitz.“

Ich hasse es, wenn mir jemand das Gefühl gibt, ich könne sagen, was ich zu sagen hätte, aber am Ende würde er entscheiden, was es in Wirklichkeit bedeutet.

„Okay. Francesca McPhie, so hieß ich eigentlich. Und in London arbeitete ich nicht im Hundesalon meiner Tante, sondern in dem von einem … “ Ich beobachte Carl, seine Mine ist wie versteinert. „… Freund. Ich wollte meine Vergangenheit hinter mir lassen, darum kam ich hierher, darum änderte ich meinen Namen.“

„Ihr kennt euch von da, Clarence und du? Er ist es, stimmts?“

Ich spüre, dass Tränen in mir aufsteigen. Jetzt nicht weinen. Ich kann auch pokern.

„Ich habe gesehen, wie es steht zwischen Sandy und dir, Carl. Neulich Abend. Ich hab euch reden hören, unten im Wohnzimmer, und lachen, und wer weiß, was ihr da sonst noch getrieben habt. Bis ich einschlief warst du jedenfalls noch nicht im Bett, und das, obwohl du angeblich todmüde gewesen bist!"

Carl hebt den Kopf, sein Blick wandert zur Decke, sein Mund wird zum Strich. „Jedenfalls haben *wir* nicht miteinander geschlafen."

„Aber so gut wie, oder!" Keine Ahnung, ob ich ihm jetzt unrecht tue. „Sag schon! Ist das so?"

„Und wenn, dann stünde es hier nicht zur Debatte, Hattie. Du hast doch gesagt, dass du mir etwas beichten willst! Dreh hier bitte den Spieß nicht um."

„Hab ich gesagt, dass ich dir etwas *beichten* will?" Mit den Händen reibe ich mir übers Gesicht. „Das hab ich nicht und genauso wenig will ich dir Vorwürfe machen. Was ich eigentlich sagen will ist, dass … "

„Ich bin nicht dein Beichtvater!", sagt er schroff und dreht mir den Rücken zu. „Mit deiner verkorksten Vergangenheit musst *du* klarkommen, nicht *ich*!"

Und was ist mit seiner Vergangenheit? Aber das Thema spreche ich jetzt lieber nicht an.

„Carl, bitte. Ich wollte doch nur vorschlagen … Meinst du nicht, in unserer derzeitigen Situation wäre es vielleicht vernünftig, wenn wir einander etwas Raum geben würden. Um herauszufinden, was mit uns los ist – mit uns und mit unserer Ehe. Vielleicht brauchen wir Zeit, um zu erkennen, was wir wirklich wollen. Es sagt doch etwas aus, wenn du und ich uns zur selben Zeit für jemand anderen öffnen. Vielleicht täte uns eine Pause gut – voneinander. Mehr wollte ich doch gar nicht sagen."

Carl schüttelt den Kopf und dreht sich wieder zu mir um. Erst jetzt sehe ich, dass er lacht. Ein gehässiges Lachen ist es.

„Was immer du dir denkst, Hattie, du liegst falsch! Aber lass stecken, tu was du nicht lassen kannst. Ich halte dich nicht auf!"

Ist das sein Ernst?

„Komm schon, Carl, ich habe doch Augen im Kopf. Du hattest bestimmt gute Gründe dafür, dass du mir all die Jahre kein Wort erzählt hasst." Fuck, jetzt werde ich doch laut.

Sein Lachen erstarrt.

„Von euch beiden! Davon, dass du sie heiraten wolltest."

„Na und!", brüllt er zurück. „Wir waren quasi Kinder damals!" Er unterbricht sich, atmet tief durch, stemmt sich mit den Fäusten auf der Arbeitsplatte ab. „Und selbst, wenn." Er schließt die Augen, öffnet sie wieder, sieht mich einen Wimpernschlag lang an, geht zur Tür und öffnet sie. Einen kurzen Moment bleibt er stehen, ohne sich nach mir umzudrehen. „Vermutlich hast du recht, vermutlich gibt es Dinge, über die wir reden müssen. Aber nicht heute." Er zieht die Tür hinter sich ins Schloss.

17.

Bleibe ich hier? Ein für alle Mal und ohne Wiederkehr?
Untertauchen wie ein Wal, der mit einem einzigen Atemzug ewig lang unter Wasser bleiben kann.
Bin ich ein Wal?
Zumindest bin ich es schon einmal gewesen. Wenn ich es genau bedenke, sogar schon zweimal. Als ich von zu Hause fortlief, hatte ich mich bei meiner Mutter nicht verabschiedet. Später sah ich sie noch ein einziges Mal, aber das war Zufall.

Auf der Oxford Street ging ich gerade in Richtung Circus. Auf der gegenüberliegenden Straßenseite stand sie vor einem Schaufenster und betrachtete die Auslage. Ich verlor keine Sekunde. Geistesgegenwärtig rettete ich mich in den kleinen Buchladen, an dem ich gerade vorüberkam. In den 90ern fand sich sowas dort noch, das war, bevor die üblichen Mode- und Kaffeeketten das gesamte Terrain unwiderruflich übernahmen. Aus meinem Versteck hinter einem Bücherkarussell spähte ich zu ihr hinüber. Mir fiel auf, wie langsam sie ihren Einkaufstrolley hinter sich herzog und wie aufgedunsen ihr Gesicht aussah. Erst als sie zwischen Passanten verschwunden war, traute ich mich wieder hinaus auf die Straße.

Früher war meine Mutter sehr hübsch gewesen, zumindest habe ich das so abgespeichert. Aber wenn ich ehrlich bin, erinnere ich mich gar nicht wirklich daran. Jung war sie, als ich auf die Welt kam, das in jedem Fall. Siebzehn Jahre, um genau zu sein. Als ich sie verließ, war sie zweiunddreißig, da hielt ich sie für alt. Als Teenager weiß man es nicht besser.

Nach Charlottes Geburt überkam es mich. Sehnsucht wäre vielleicht zu viel gesagt, aber da war ein Drang in mir sie wissen zu lassen, dass ich jetzt auch Mutter geworden war und dass sie eine Enkeltochter hatte. Ich versuchte sie ausfindig zu machen, aber weder im Internet noch auf Nachfragen bei der Stadtverwaltung gab es Hinweise auf ihre Person. Ich gehe davon aus, dass sie verstorben ist. Es macht mich melancholisch, wie spurlos ein Mensch aus deinem Leben verschwinden kann. Selbst wenn du ihm vielleicht auch nichts anderes verdankst als deine Existenz. Unweigerlich frage ich mich, was aus Ryan werden würde, sollte ich mich dazu entschließen nicht wieder nach Hause zurückzukehren.

Wie es Carl damit ginge, weiß ich nicht. Gestern haben wir kurz telefoniert. Er hat keine Lust, mit mir zu sprechen, nicht einmal über das Nötigste, jeden Satz muss ich ihm aus der Nase ziehen. Und wer sollte ihm das verübeln? Endlich freie Bahn für ihn und Sandy! Andererseits: Kann es ihm gut gehen, wenn er so wütend ist?

Ich liege in Clarences großem Bett gemütlich unter Decken und Kissen. Draußen prasselt der Regen an die Scheiben. Ein Stockwerk unter mir in der Küche macht Clarence Tee für uns. So, wie ich ihn mag. Carl ist eher ein Kaffeetrinker – war es, ist es und wird es immer sein. Selbstverständlich wäre das kein Grund, ihn zu verlassen.

Sei es, wie es sei, Ryan braucht mich. Und sicher noch lange. Keine Ahnung, ob ich es überleben könnte, müsste er von mir glauben, ich liebte ihn nicht. Das wäre absolut nicht die Wahrheit. Aber kann man einem Fünfjährigen erklären, wie es sich anfühlt, wenn man zwischen zwei Leben wählen muss? Welches der beiden hat mehr Recht darauf gelebt zu werden? Gibt es darauf überhaupt eine Antwort? Lässt sich sowas nicht überhaupt erst aus der Rückschau beurteilen?

Columbus kommt die Treppe herauf getappt. Sanft stupst seine Nase gegen meine Hand, ich streichele seinen Kopf. Er ist ein großartiger Hund und er passt so gut zu Clarence. Genau wie dieses Haus voller Treppen und Stockwerke, das wie ein Raumschiff aus einer anderen Dimension in diesem edwardianischen Gemäuer gelandet ist.

Bislang hat Carl mich nicht vor die Wahl gestellt. Zumindest hat er es nicht ausgesprochen. Aber ich bin sicher, dass er für sich eine Entscheidung treffen wird. Irgendwann. Bei ihm kann das eine Weile dauern. Möglicherweise ist er froh, dass ich ihm den ersten Schritt abgenommen habe.

Columbus hat seinen Kopf auf meinen Bauch gelegt. Und mal wieder kann ich den Gedanken nicht abwehren, es geht am Ende vielleicht doch nur um ihn. Irgendetwas verbindet sich für mich mit diesem Tier, wenn ich auch keinen blassen Schimmer habe, was das sein soll. Ich kraule ihn unterm Kinn und er gibt sein genießerisches Maunzen von sich.

Vielleicht muss ich gar keine Wahl treffen. Vielleicht ist alles richtig, so wie es ist: das Hin- und Herreisen, das Charlotte-belügen und auch dass Carl und ich uns möglichst aus dem Weg gehen. Jeder lebt sein eigenes Leben.

Der Hund schnauft. Er missbilligt, dass meine Finger aufgehört haben ihn zu liebkosen.

Viele grässliche Lügen sind es, die wir den Kindern derzeit auftischen, Carl und ich, viele Geheimnisse, die wir vor ihnen verbergen. So haben wir sie nicht erzogen.

Ich weiß, es ist völlig verrückt, dass ausgerechnet ich so etwas denke. Schließlich habe ich mein Familienleben zu einem entscheidenden Teil auf Geheimnissen und Lügen aufgebaut. Schon meine Mutter lebte so. Da waren ihre verschiedenen Männer und all die Dinge, die ich als Kind niemals aussprechen durfte. *Die Leute dürfen zwar alles essen, aber nicht alles wissen* lautete ihr Mantra. Früh begriff ich, wie sinnvoll es sein konnte, unterschiedlichen Menschen unterschiedliche Wahrheiten zu erzählen. Im Universum meiner Mutter war das ein Naturgesetz. *Damit die Leute kein falsches Bild kriegen*! Folgerichtig bezog ich in jedem Fall Prügel. Wenn sie mich bei einer Lüge ertappte, schlug sie mich, weil ich sie belogen hatte. Und genauso schlug sie mich, wenn ich in Gesellschaft anderer Leute eine Wahrheit aussprach, die ihr peinlich war.

Clarence kommt mit dem Teetablett herauf. Er stellt es auf dem Nachttisch ab.

„Na Dicker, für uns beide ist hier aber kein Platz." Er gibt Columbus einen sanften Klaps. Der Hund verzieht sich auf das Sofa am Fenster und Clarence schlüpft zu mir unter die Decken. „Fran-Ny." Zärtlich beißt er mir in die Schulter.

Ich liebe seine Wärme, der Mann ist ein Ofen. So war es auch mal zwischen Carl und mir. Aber man muss sich wohl damit abfinden, dass Liebe verloren gehen kann.

„Und nun Tee", sagt Clarence munter.

Er richtet sich auf und stapelt Kissen gegen das Betthaupt. Dann lehnt er sich zurück und reicht mir meine Tasse. Ich halte sie mir ganz nah unter die Nase. Gibt es was Besseres als einen frischen Tee am Morgen?

„Gut?"

Ich trinke einen Schluck. „Gut!"

Er lächelt zufrieden.

Bisher haben Clarence und ich unsere wenigen gemeinsamen Stunden immer in diesem Raumschiff verbracht. Jetzt werde ich zum ersten Mal eine ganze Woche lang bei ihm sein. Carl hat Ryan erklärt, Mama müsse sich um Charlotte kümmern. Charlotte hingegen weiß gar nicht, dass ich in London bin. Das Ganze war seine Idee – ich bin nicht die einzige Lügnerin. Er lügt seinen kleinen Sohn an, enthält seiner Tochter die Wahrheit vor. Vielleicht möchte er ausprobieren, wie lange er mich entbehren kann. Und vielleicht möchte er auch, dass ich ausprobiere, wie lange ich es ohne ihn aushalte. Das würde zu ihm passen.

„Was machen wir heute?“, fragt Clarence.

Er ist so gut gelaunt.

„Was machen wir heute?“, wiederhole ich. Bin ich ein Papagei? „Keine Ahnung. Worauf hättest du denn Lust?“

An die Möglichkeit, dass Clarence und ich in der Welt da draußen etwas unternehmen könnten, muss ich mich erst gewöhnen. Ich denke an Charlotte – nichts wäre furchtbarer, als würden wir uns zufällig über den Weg laufen.

Ich sehe auf die Uhr. In stummem Grün leuchten die Ziffern 7:32.

„Vielleicht könnten wir … “, so früh an einem Samstagmorgen ist Charlotte sicher noch nicht unterwegs, „… mit Columbus einen herrlich langen Spaziergang machen.“ Der Hund hebt den Kopf und schaut mich an. „Was hältst du davon?“

„Mit dem Hund gehen?“ Clarence schüttelt den Kopf. „Das ist doch selbstverständlich. Ich denke an völlig andere Sachen. Wie wäre es mit rausfahren nach Southend? Wir verbringen den Tag dort und heute Abend gehen wir dann ins Theater. Oder ins Ballett! Magst du Ballett?“

Southend – schön weit weg ist das. Und ganz sicher geht Charlotte abends nicht in Covent Garden ins Ballett. „Finde ich großartig! Beides!“

Clarence freut sich sichtlich, dass er einen Treffer gelandet hat.

„Schön, dann buche ich uns jetzt mal Tickets.“ Er nimmt sein Smartphone zur Hand und geht auf die Webseite der Royal Ballett Company. „Sieh mal.“ Er hält mir den Bildschirm hin. „Es gibt den *Feuervogel*.“ Er scrollt weiter. „Und so ein modernes Zeugs: *Eden–Eden*, von Wayne

McGregor. Was ist dir lieber?“

Von Ballett verstehe ich absolut nichts, ich bin noch nie in einer Aufführung gewesen.

„*Feuervogel* klingt spannend!“

Der Schnürregen fällt ohne Unterlass, durchnässt gnadenlos alles und jeden. Columbus scheint es nichts auszumachen und uns schon gar nicht. Die Bäume im Hyde-Park sind noch immer kahl. Zu hunderten sitzen schwarze Saatkrähen in den Zweigen und diskutieren angeregt mit ihren krächzenden Stimmen. Das graue Inverness, der graue Fjord, die grauen Hügel, das kleine graue Haus mit Blick auf die Hügel, alles versunken hinter dem Ereignishorizont.

Clarence führt mich an der Hand über menschenleere Wege. Wir bleiben stehen und küssen uns. Küssen und küssen uns, immer wieder, immer heftiger. Bis wir es nicht mehr aushalten, uns in ein Gebüsch quetschen müssen und es miteinander tun. Columbus steht schwanzwedeln dabei während Clarence meinen Hintern fest an seinen Schoß presst. Es ist März, beinahe noch Winter. Wir sind allein in einer Acht-Millionen-Metropole und lachen wie die Kinder. Es ist ein wilder Spaß und es ist ein merkwürdig heiliger Akt und es gehört nur uns allein. Da draußen, weit weg, rauschen die Autos über den nassen Asphalt, man hört ihr Hupen. Von irgendwoher tönt das mechanische Summen von Baukränen, über uns am Himmel strebt ein Flugzeug Richtung Heathrow.

Wenig später setzen wir unseren Spaziergang fort. Columbus trottet vor uns her, als habe er nie etwas anderes getan. Wir wandern vorbei am Diana Memorial Playground zurück nach Notting Hill. Eine halbe Stunde später stehen wir im Parkhaus wo Clarence einen Stellplatz besitzt. Er lässt Columbus in die Hundebox im Kofferraum springen, schließt die Heckklappe, öffnet mir die Beifahrertür und steigt selbst ein.

„Auf nach Southend!“

18.

Bei diesem Wetter fährt kein Mensch nach Southend, auch nicht samstags. Die Straßen sind frei, der Regen lässt nach. Eine gute Stunde sind wir unterwegs, bis wir die Küste erreichen. Clarence parkt den Wagen am Pier. Und in diesem Augenblick reißt der Himmel auf. Sonnenstrahlen zaubern silbrige und goldene Reflexe auf das graue Wasser der Nordsee. Vor uns streckt sich der ewig lange Weg über Holzplanken bis zum Pavillon am Ende der Seebrücke.

Einmal sind wir zusammen dort gewesen, Qualfati, Goy, Clarence und ich. Kurz bevor dieser Tanker ein riesiges Loch hineingefahren hat und der Pier deshalb eine ganze Weile geschlossen bleiben musste. Ich glaube, es war 1986. Wir machten eine Art Betriebsausflug, den Qualfati uns zur Belohnung für unsere Arbeit in seinem Hundeausführdienst spendierte. Als Teenager wollten wir jeden Einzelnen der Spielautomaten ausprobieren, die es damals dort gab. Unser Alter Mann zeigte sich großzügig. Simulatoren waren der Renner und unser Liebling war „Le Mans". Man zwängte sich in eine Rennwagenattrappe und raste so schnell wie möglich über den Parcours, der als Trickfilm auf dem

Bildschirm lief. Touchierte man die rot-weiß gestreifte Seitenlinie, schrillte hysterisch eine Alarmglocke. Flog man gar aus der Kurve, krachten laute Explosionsgeräusche aus den überforderten Lautsprecherboxen und die Videobilder zeigten ein flammendes Inferno. Zum Schluss stiegen schwarze Rauchwolken auf.

Der Weg übers Wasser ist lang, ein kalter Wind bläst uns um die Ohren. Clarence führt Columbus am Halsband. Ganz brav bei Fuß geht er, vorsichtig tappen seine Pfoten über die wettergrauen Bohlen. „Erinnerst du dich noch an unseren Ausflug damals?“

Ich schlage den Mantelkragen hoch. Eine Mütze wäre jetzt gut. „Ich war Ewigkeiten nicht mehr hier.“

„Ich schon.“ Er legt mir den Arm um die Schultern. „Oft sogar – eine Zeit lang jedenfalls. Ist dir kalt?“

Ich schüttle den Kopf.

„Manchmal, da kann man Glück haben, dann kommen Tümmler ganz nah an die Pier. Als ob es sie interessiert, wer da so über ihren Köpfen unterwegs ist. Sie recken sich aus dem Wasser, treiben in der Dünung. Und ab und zu springen sie sogar. Und dann lassen sie die Schwanzflossen aufs Wasser klatschen, als wollten sie einem zeigen, wie schön sie sind.“

„Ja?“ Bei uns in Inverness sehen wir sie auch oft im Firth. Es geschieht sogar, dass sie durch den Fluss bis ins Loch Ness schwimmen. Aber daran will ich jetzt gar nicht denken. „Das kann ich mir gut vorstellen mit den Delphinen! Ich bin neugierig, was jetzt so im Pavillon los ist. Gibt es dort noch die Automatenspiele?“

„Nein, ist alles völlig anders, als du es kennst. Der Pavillon ist neu gebaut. Da ist ein Museum drin und ein Restaurant.

Aber bei diesem Wetter beschränkt sich die Gastronomie auf zwei Getränkeautomaten. Zwar gibt es auch einen Imbiss, auf Alt getrimmt, in dem produziert Jamie Oliver seine Promi-Kochshow. Aber auch der ist außerhalb der Saison geschlossen."

Jetzt kommt uns ein Paar entgegen. Der Mann verlangsamt deutlich seinen Schritt, die Größe von Columbus löst sichtlich Bedenken bei ihm aus. Clarence bemerkt es ebenfalls.

„Ich hab ihn fest am Halsband", ruft er ihm zu, „gehen sie vorsichtig an ihm vorbei, dann kann gar nichts passieren."

Seine Stimme gluckst verdächtig. Früher fand er es witzig, wenn sich jemand vor unseren Hunden fürchtete. Er machte sich gern einen Spaß daraus.

Mir tut der Mann leid. „Kommen Sie nur! So groß wie er ist, so lieb ist er auch."

Clarence und ich bleiben stehen. Das Paar kommt heran, geht an uns vorbei. Der Mann lässt den Hund nicht eine Sekunde aus den Augen. Seine Frau lächelt uns zu. „Ganz schön stürmisch heute!", sagt sie und hält ihn bei der Hand. „Aber die Sonne wärmt ein bisschen. Gehen Sie auf die Südseite der Gebäude, dort ist es windgeschützt."

„Danke für den Tipp", antwortet Clarence.

Außer uns geht hier niemand mehr spazieren. Die zwei sind schon weit entfernt, Clarence lässt das Halsband los. Columbus scheint sich an das viele Wasser um uns herum gewöhnt zu haben, er läuft weit vor.

„So hatten wir's noch nie, oder?" Clarence legt wieder seinen Arm um mich. Er küsst mein Haar. „So schön, meine ich!"

Ich liebe seinen Duft. Ich liebe es, wie sein Körper sich

anfühlt, seine Schultern, seine Arme und wie er sich bewegt. Und die Frau von eben hat Recht: Die Sonne wärmt ein bisschen. Wir sind am Pavillon angekommen. Die Bänke rechts dahinter stehen windgeschützt zwischen zwei Glasschirmen. Columbus schnüffelt alle Ecken ab, setzt an der Stufe zum Museum seine Duftmarke. Clarence wirft Münzen in den Heißgetränkeautomaten.

„Der Tee hier kann nicht gut sein!“, lacht er.

„Mir ist alles recht, was wärmt. Haben wir Zigaretten?“

„Klar!“

Mit zwei gefüllten braunen Plastikbechern setzt er sich zu mir auf die Bank. „Dass die diese Dinger immer noch in die Automaten tun, statt endlich auf Pappe umzusteigen. Halt mal!“ Er reicht mir beide Becher, wühlt aus seiner Manteltasche Zigaretten hervor, steckt eine an, nimmt mir seinen Tee ab und gibt sie mir. Ich paffe, puste den Rauch in die Luft, wo der Wind ihn sofort spurlos zerfährt. Der Tee *ist* eine Zumutung, aber wenigstens ist er heiß. Clarence nimmt mir die Zigarette aus den Fingern, zieht, inhaliert tief und gibt sie mir zurück.

„Ich war so oft hier, Frans.“ Sein Blick schweift über die Wellen. „Sehr oft.“

Eine Sekunde lang stehe ich irgendwie auf der Leitung, aber jetzt weiß ich, wovon er spricht.

„Ach – hier also?“

„Yep!“

Er nickt mit dem Kopf, nimmt mir wieder die Zigarette aus den Fingern und zieht daran. Columbus ist von seinem kleinen Kontrollgang zurück, er legt sich auf Clarences Füße.

„Jeden, den du … ?“

„Ganz genau."

Clarence nimmt einen Schluck Tee. Er mustert mein Gesicht über den Becherrand. Plötzlich verzieht er das Gesicht, als hätte er in eine Zitrone gebissen. „Das ist nicht deren Ernst, oder!" Angewidert starrt er auf das Getränk in seiner Hand. „Wirklich! Für drei Pfund den Drecksbecher!"

„Hauptsache heiß!" Ich lache laut. „Hatten wir doch so gesagt."

„Hauptsache heiß?"

Jetzt springt er von der Bank auf, wirft seinen Tee zielsicher in einen Abfalleimer und zieht mich hoch. „Schmeiß den Dreck weg. Für *Hauptsache heiß* fallen mir zehn bessere Sachen ein!" Er nimmt mir meinen Becher ab und entsorgt ihn auf dieselbe Weise, schiebt dann seine Hände unter meinen Mantel. Sie sind ganz warm. Er hebt mich hoch. „Und eine ganz besonders! Außer uns ist hier keine Menschenseele."

„Es ist verdammt kalt."

„Ich wärme dich!"

Er öffnet seinen Mantel und wickelt ihn um uns beide. Mit mir auf dem Schoß setzt er sich wieder auf die Bank. Seine Lippen küssen meinen Hals und ein wildes Kribbeln strömt durch meinen Körper. Seine Finger öffnen meine Hose, schieben sie über die Rundung meines Pos, ziehen sie herunter auf meine Oberschenkel. Ich öffne seine Gürtelschnalle, öffne den Reißverschluss, und dann kommt er zu mir.

Süß ist es, süß und aufregend. Ich halte mich fest an seinen Schultern, er stemmt mich hoch, senkt mich ab und stemmt mich hoch. Sein Mund schmeckt salzig. Heiß ist es darin. Unsere Zungen sprechen dieselbe Sprache. Eine wahrhaftige, eine unwiderstehliche Kraft nimmt mich in sich auf. Ich packe seine Hände, ich halte sie fest. Er lässt es geschehen. Ich schiebe mein Becken vor und zurück und wieder vor und zurück, der Horizont ist frei bis zum Get No. In meinen Ohren rauscht das tosende Meer und hoch über unseren Köpfen kreischen die Möwen in den Sturmböen. Ihre rauen Rufe vermischen sich mit unserem Keuchen, mit unserem Gelächter.

Eine Stunde später sitzen wir mit Fish & Chips auf den Knien an der Küstenstraße im Auto und betrachten die Regenwolken. In den merkwürdigsten Schraffuren lassen sie ihre Last über dem Wasser ab. Clarence hält mir gerade ein Stück Fischfilet an den Mund.

„Machen wir eine Bäder-Tour, was sagst du?"

Eine Bäder-Tour – von sowas hatten wir als Teenies mal geträumt.

„So richtig Englisch. Wir übernachten in B&Bs, trinken Tee in der Markthalle, machen lange Spaziergänge im Regen und nehmen abends einen Drink in Pubs, die *The Ploughman* heißen oder *The King's Arms* oder *The Swan and the Cygnets.*"

Ich kaue den Fisch, Clarence tupft mir mit einer Serviette die Lippen ab.

„In London ins Ballett gehen, das können wir immer noch. Fahren wir einfach nach Eastbourne, und dann weiter nach Brighton und wo es sonst noch Piers gibt."

„Ich fände es wunderbar, aber ginge das denn einfach so? Du musst doch arbeiten und wir haben ja auch gar nichts dabei."

„Kein Ding. Ich melde mich krank." Jetzt putzt er seine Lippen mit der Papierserviette ab. „Wir fahren einfach los.

Jetzt sofort! Was sagst du?“

In meiner Brust prickelt es wie Brausepulver. Unwillkürlich denke ich an Charlotte, an Carl, an Ryan.

Ich schiebe die Gedanken fort.

„Lass uns fahren!“

19.

Eastbourne ist im Sommer ein Hotspot für die Englandtreuen Sommerfrischler, ganz gleich, ob aus Gründen der Tradition, aus Geldmangel oder Flugangst oder allem zusammen. Vor den Eisbuden treten die Leute sich gegenseitig auf die Füße. Aber jetzt im März ist einfach gar nichts los. Die Sonne strahlt weiß vom blassblauen Himmel und lässt das Meer glitzern, als wären Swarovski Kristalle darüber gestreut. Clarence parkt den Wagen in einer Parkbucht an der Promenade. Er öffnet die Heckklappe. Mit einem schwungvollen Satz springt Columbus aus seiner Box.

„Verschieben wir den Einkauf auf später und gehen erstmal eine Runde mit ihm?"

Gestern Abend in Southend haben wir uns mit ein wenig Kleidung, Zahnbürsten und den notwendigsten Toilettenartikeln versorgt. Für den Hund hat Clarence immer eine Notration dabei samt Futternäpfen, Hundedecke und Leine, aber wir brauchen deutlich mehr Futter, wenn wir jetzt tagelang unterwegs sein werden.

„Wir könnten nach Beachy Head laufen und die Aussicht

genießen."

„Beachy Head klingt gut. Gehen wir."

Über den Kieselstrand hin, machen wir uns auf den Weg. Am Ende sind es immerhin doch gut zwei Meilen. Die Aussicht von den Kreideklippen ist ein Genuss, aber der Wind hier oben zerrt ruppig an meinem Haar. Ich hätte doch diese merkwürdige Strickjacke kaufen sollen, gestern bei Marks & Spencer's. Die Farbe gefiel mir nicht, stimmt, aber unter meinem Mantel würde ich sie ja nicht anschauen müssen.

Erst auf dem Rückweg fällt mir auf, wie schlecht es sich auf diesen Kieseln läuft. Und dazu noch diese Unmenge an frischer Seeluft – in meinen Gliedern macht sich eine bleierne Müdigkeit breit. Wenn mir nicht so kalt wäre, würde ich mich am liebsten gleich hier niederlegen. Ich schaue Clarence an. Neben ihm her trottet gemächlich Columbus. Täusche ich mich, oder lässt er den Kopf hängen?

„Lasst uns mal zur Straße hinaufgehen." Clarence hackt mich unter. „Wir suchen uns jetzt ein nettes Bed & Breakfast."

Er kann Gedanken lesen!

Auf der Straße an der Promenade findet sich eines nach dem anderen, aufgereiht wie auf einer Perlenkette. Bis auf wenige Ausnahmen hängt an jeder Hauswand das Schild: *Zimmer frei.* Es gibt sicher Gründe dafür, warum wir gleichzeitig die Hand heben und auf eine Rosa getünchte Fassade zeigen.

„Komm, mein Alter", sagt Clarence und lenkt Columbus mit einem sanften Stups in Richtung der Haustür.

Unter den Fenstern im oberen Stockwerk blättert die

Farbe ab. Clarence klingelt. Eine dunkelblonde Frau öffnet uns. Ich vermute, sie ist Mitte sechzig. Meine Mutter kommt mir in den Sinn. Falls sie eventuell doch noch leben sollte, müsste sie jetzt im selben Alter sein.

„Oh." Mit runden Augen betrachtet die Frau den Hund. Sie lächelt. „Guten Tag. Der ist ja ein Schöner. Lässt er sich streicheln?"

„Ich denke schon", antwortet Clarence.

„Wissen Sie, mein Mann und ich, wir hatten lange einen Hovawart, aber der war ein bisschen speziell zu Fremden."

Sie streckt Columbus die Hand entgegen, lässt ihn schnuppern. Dann streichelt sie ihm über den Kopf. Ihre Ringe fallen mir auf. Im Sonnenlicht blitzen sie golden, einer an jedem Finger. Sie bemerkt meine Blicke, zieht die Hand zurück und lässt den Hund in den Hausflur ein.

„Siebzig Pfund, Frühstück inklusive. Kommen Sie doch bitte herein und sehen Sie sich die Zimmer an."

Sie führt uns ins Obergeschoss auf einen dunklen Treppenabsatz und öffnet eine der vier Türen.

„Dies hier ist mit Bad en suite, die anderen beiden Zimmer teilen sich eines."

Beim Anblick der Einrichtung fühle ich mich in meine Kindheit zurückversetzt. Clarence zwinkert mir zu.

Ich nicke. „Hat was!"

„Dann bleibt ihr zwei doch gleich hier." Er hängt die Hundeleine an den Kaminsims.

Die frühe Nachmittagssonne scheint zum Fenster herein. Sie wirft einen breiten Lichtbalken auf die rot und grün karierte Tagesdecke, die makellos glatt über das Bett gespannt ist.

„Und wir beide gehen wieder hinunter und erledigen alles

Notwendige.“, sagt er zur Landlady.

Ich schließe die Tür hinter den beiden und lasse mich erschöpft in den Sessel am Kamin fallen. Gedämpft vom Teppich auf den Stufen, entfernen sich ihre Schritte. Columbus maunzt.

„Du hast ja recht.“

Der Hund braucht seine Decke. Aber die steckt in der Seitentasche des Koffers, der sich noch im Auto befindet. „Clarence kommt gleich wieder.“ Ich ziehe seinen Kopf auf meinen Schoß und schließe die Augen. „Gleich kommt er zurück, und dann bringt er alles mit, was wir brauchen.“

Ich streife meine Schuhe ab und lege die Füße aufs Bett. Die Sonne wärmt so angenehm. Der eisige Wind hat meinen Körper völlig ausgekühlt. Mit der linken Hand bekomme ich die Tagesdecke zu fassen. Ich ziehe sie heran und decke mich und Columbus zu.

Clarences Schritte auf der Treppe wecken mich auf. Ich bin tatsächlich eingedöst. Mit einer zufriedenen Mine betritt er das Zimmer und stellt unseren Koffer auf dem Bett ab. *Unser* Koffer ist es – ja! Wir haben ihn gestern gekauft, um unsere neu erworbenen Habseligkeiten darin zu verstauen.

„Alles geregelt“, sagt er.

Unter meinen halb geöffneten Lidern kann ich zusehen, wie er die Plastiktüte mit den Hundenäpfen hervorholt. Jetzt geht er ins Bad. Einige Augenblicke lang rauscht das Wasser, dann kommt er zurück.

„Hier mein Alter.“ Er stellt Columbus den gefüllten Wassernapf hin. Die lange Hundezunge schlabbert es gierig auf.

„So, jetzt aber.“ Schwungvoll hebt Clarence mich samt der Decke vom Sessel, schiebt geschickt einen Fuß in den Griff des Koffers und stellt ihn auf den Boden. Dabei lacht er übers ganze Gesicht. „Nicht schlecht, oder!“ Die Matratze sinkt zur Mitte hin ein, als er mich darauf bettet, und dann noch ein wenig mehr, als er sich zu mir legt. Er schmiegt seinen Körper ganz nah an meinen Rücken, zieht die Tagesdecke über uns beide, schlingt seine Arme um mich.

„Nur ein bisschen ausruhen, okay?“

Ja, ich bin müde, aber seine Umarmung … Clarence ist wie immer heiß wie ein Ofen. Ich will ihn viel näher spüren. Ich drehe mich zu ihm um, küsse seine Lippen. Er küsst meine zurück und grinst.

„Aber klar.“

Orangefarbenes Licht dringt durch das Fenster, es kommt von der Straßenlaterne da draußen. Ich bin wach geworden, reibe mir die Augen. Warm zugedeckt liege ich allein im Bett. Ich sehe mich im Zimmer um, Clarence und Columbus sind nicht hier. Ich strecke meinen Arm aus, halte das Zifferblatt meiner Armbanduhr in den Lichtschein.

Gleich halb zehn. Schon so spät?

Hörbar knurrt mein Magen.

Auf der Treppe poltern Schritte. Sie kommen herauf. Die Türklinke wird heruntergedrückt und herein springt Columbus. Clarence schaltet die Deckenlampe ein. Der gelbliche Textilschirm mit dem Rand aus roten Troddeln hat mindestens ein halbes Jahrhundert auf dem Buckel.

„Ich hab uns was Leckeres zu essen mitgebracht!“

Der Duft von Curry steigt mir in die Nase. Wieder knurrt mein Magen.

„Und gerade noch rechtzeitig, wie ich höre!“

„Wow, das kann man sagen.“ Ich richte mich auf. „Ich hab richtig fest geschlafen!“

Clarence füllt Columbuses Wassernapf auf. In den zweiten Napf daneben schüttet er Trockenfutter.

„Okay Frans, jetzt wird getafelt.“

„Warte. Nur einen Moment.“

Ich werfe die Bettdecke zurück und stehe auf. Aus dem Bad hole ich eines der großen Duschhandtücher und breite es wie eine Picknickdecke auf der Matratze aus.

„Sieh mal: Hier ist alles, was du magst!“ Triumphierend holt Clarence aus den beiden Papiertüten ein Päckchen nach dem anderen hervor. „Chicken Curry! Palak Paneer! Samosas! Rotis! Raita! Und: Champagner!“ Er geht zum Garderobenhaken an der Tür und greift in seine Manteltaschen. „Unsere Landlady war so zuvorkommend.“

Er reicht mir zwei Kelchgläser herüber und macht sich am Korken einer Flasche Veuve Clicquot zu schaffen. Der Champagner schäumt beim Eingießen und verbreitet sein fruchtiges Aroma.

Mehr als ein „Wow!“ bringe ich nicht heraus.

„Auf uns, Frans!“ Clarence hebt sein Glas.

Im Schneidersitz auf dem Bett stoßen wir an, und dann lassen wir es uns schmecken. Gerade führe ich eine Gabel mit Spinat und Käse zum Mund, da sieht er mich an.

„Weißt du, woran mich das hier erinnert?“ Mit seinem Stück Roti in der Hand weist Clarence im ganzen Zimmer herum, als ob er mir eine Landschaft zeigen will. „An Ägypten! Ich bin mal dort gewesen.“

Ich bin noch nie herausgekommen aus Europa. Meine weiteste Reise ging nach Griechenland. Eine Woche in der Nähe von Thessaloniki. Carl und ich wohnten in einer winzigen Wohnung bei seinen Großeltern. Ich verstand kein Wort Griechisch und die beiden alten Leutchen sprachen kein Englisch. In diesem Urlaub wurde Charlotte von einem Skorpion gestochen. Der ganze Urlaub war der reinste Stress!

Ich beiße von einem Samosa ab. Der Bissen verkanntet sich unglücklich in meinem Mund. Er ist zu groß, aber ich will ihn nicht vor Clarences Augen auf den Teller zurücklegen. Tapfer kaue ich und kann endlich ansatzweise sprechen. „Erzähl doch mal!"

Clarences Körper richtet sich auf, seine Augen glänzen. Anders als die meisten Engländer, sei er nicht zum Tauchen nach Hurghada gereist oder zu den Pyramiden oder nach Luxor, um historische Sehenswürdigkeiten zu bewundern, die man sich ebenso gut auch im Britischen Museum anschauen könnte. „Das heißt, ursprünglich hatte ich genau das vor. Ich flog nach Kairo, und dann fuhr ich auch mit einem Nil-Boot den Fluss hinauf. Zum Tal der Könige sollte es gehen, aber auf dem Weg hatte das Boot einen Maschinenschaden. Also mussten wir anlegen, um auf das Ersatzschiff zu warten. Mir war langweilig, deshalb zog ich los aufs Geratewohl. Ich lief über Hirsefelder und stand mit einem Mal in einer Plantage mit Dattelpalmen. Und anstatt mich zu verscheuchen, begrüßte der Bauer mich freundlich und erlaubte mir, mich umzusehen. Im Schatten unter den Palmwedeln ästen Ziegen mit solchen Ohren", Clarence macht eine ausladende Geste mit den Händen. „Dermaßen lange Ohren hatte ich noch nie gesehen! Sie knabberten Blätter von Büschen, an deren Zweigen überall fiese lange Dornen saßen. Und jede Dattelpalme stand einzeln der in einer Art Sandkessel. An den steilen Rändern dieser Kessel wuchsen Trauben und Granatäpfel. Wirklich Frans, es war wie im Paradies!"

Er erzählt mit Sternen in den Augen und ich fühle mich genau, wie damals in unseren ersten Tagen an der Themse. Jede Nacht baute er ein kleines Lagerfeuer für uns. Wir steckten einige von Goys unzähligen Bananen längs auf angespitzte Stöcke und hielten sie in die Flammen, bis sie außen leicht verkohlt waren und innen sehr weich. Ich konnte kaum die Augen von ihm lassen, wenn Clarence seine Geschichten erzählte. Meistens sprach er davon, was er eines Tages mal tun würde, wenn er *aus dieser Scheiße hier raus* sei. Aber einmal, da erzählte er uns von St. Lucia, wo er immerhin bis zu seinem sechsten Lebensjahr gelebt hatte. Dann waren seine Eltern mit ihm nach London gekommen.

Ich stelle mir vor wie es wäre mit ihm zusammen in Ägypten. „Wow, das war sicher wunderbar."

„Ja, das war es! Einen ganzen Arm voll Datteln hat der Bauer mir geschenkt – einen ganzen Arm voll!"

Dann habe er ihm Buttermilch gebracht und ihn zum Essen in sein Haus gebeten. Und nach dem Essen lud er ihn ein, solange zu bleiben, wie er Lust habe.

„Und weißt du was: ich bin dageblieben, Frans!"

Sie hätten sein Gepäck vom Schiff geholt, und von dem Tag an sei er einen ganzen Monat lang nur noch in Djelabas herumgelaufen.

„Djelabas? Was ist denn das?"

„Das sind diese bodenlangen Hemden – die braucht man da auch dringend bei der Wärme."

Ich stelle ihn mir vor in so einem langen Baumwollgewand. Guter Gott, er muss großartig ausgesehen haben darin.

Irgendwann mal las ich einen Bericht über das Land, im National Geographic glaube ich. Dort waren beeindruckende Fotos abgebildet von irren Landschaften aus dunkelgelbem Sand und Stein und mittendrin unfassbar grüne Oasen. Und die Gesichter der Menschen waren sehr schön. Im südlichen Ägypten haben die Leute eine ziemlich dunkle Hautfarbe – eigentlich genau dieselbe, wie Clarence.

Er nimmt noch eine Gabel voll Palak Paneer und trinkt sein Champagnerglas leer. Dann steht er auf und geht ins Bad. Ich öffne das Fenster, um den Essensgeruch hinauszulassen, räume die Reste unseres Mahls in die beiden Tüten und deponiere sie im winzigen Flur vor unserer Zimmertür. Währenddessen nimmt Clarence eine Dusche. Ich höre ihn singen. Er singt ein Lied, dass ich noch nie gehört habe und die Sprache verstehe ich auch nicht. Neugierig hebt Columbus für zwei Sekunden den Kopf, lässt ihn dann wieder auf die Pfoten sinken und schließt die Augen.

Die frische Luft hat sich im Zimmer verteilt. Ich schieße das Fenster und schlüpfe unter die Bettdecke. Mit einem Handtuch um die Hüften kommt Clarence aus dem Bad. Er gießt sich noch ein wenig Champagner ein. „Du auch noch?“

„Nicht mehr für mich. Was war das denn eben – dieser Song, meine ich?“

„Hast du nicht verstanden, stimmt‘s?“ Er lässt das Badehandtuch von seinen Hüften gleiten, trinkt einen Schluck und stellt das Glas auf den Kaminsims. Nackt kommt er zu mir aufs Bett. Er stützt den Kopf in eine Hand und zieht mit der anderen langsam die Bettdecke von meinem Körper. Ruhig betrachtet er mich. Seine Hand streicht über meine Brüste, meinen Bauch, meine Lenden. „Vanille und Schokolade." Er küsst meine Ohrläppchen. „Unschlagbar gute Kombi!"

Wir Briten sind eine bunte Nation – zumindest heißt es offiziell so. Es gibt Menschen, die finden, dass einige *bunter* sind als andere – vielleicht zu bunt. Ich schaue Clarence in die Augen. Er ist sehr stark, ich weiß. Und im Gegensatz zu anderen hat er sehr viel erreicht. Aber ich finde, in dieser Hinsicht hat sich leider wenig verändert. Man könnte meinen, dass es in den letzten Jahren sogar wieder schlimmer geworden ist. Ein Seufzer löst sich aus meiner Kehle.

„Alles gut, Frans?"

Er fährt mir mit der Hand durch die Haare, ich lasse meinen Kopf auf seine Brust sinken. „Alles gut!"

20.

Die Küstenstraße ist stark befahren. Dienstag morgen, Berufsverkehr. Regenströme setzen die Fahrbahn unter Wasser. Kalt ist es. Grau, ungemütlich, abweisend. Als wäre ich von einer weichen Wolke abgestürzt, so fühle ich mich gerade.

„Denkst du manchmal noch an unseren Alten Mann?"

Eben hat Clarence mir diese Frage gestellt und mich damit kalt erwischt. Er sitzt am Steuer, die Augen auf den Verkehr geheftet.

Ich schweige, schaue hinaus auf den winterrauen Ärmelkanal, auf die Schaumkronen der hereinrollenden Flut. In der Ferne verwischt eine Regenwand den Horizont. Ich tue so, als hätte ich nichts gehört.

„Tust du`s?"

Ich kann nicht einfach nicht antworten, natürlich funktioniert das nicht. „Selten." Das ist die Wahrheit. Aber, wie oft ich absichtlich nicht an Qualfati denke, das behalte ich für mich. Sobald sich ein Gedanke an ihn auch nur ankündigt, vollführt mein Bewusstsein jedes Mal eine Art Hürdensprung wie ein Pferd beim Hindernisrennen. „Und du?“

Ich höre, dass ich ihn das frage und ärgere mich im selben Augenblick. Nicht nur, dass ich nicht an Qualfati denken will, ich will erst recht nicht über ihn sprechen. Und schon gar nicht mit Clarence.

„Fast jeden Tag.“ Ganz kurz schaut Clarence mich von der Seite an.

Wir sitzen fest hinter diesem blauen Lieferwagen. Mit 40 km/h zockelt er vor uns her. Nur mit Mühe kommen die Scheibenwischer gegen die Wassermassen an, die der Himmel wie aus Eimern über uns ausschüttet. Hinten in der Hunde Box gähnt Columbus.

„Hör mal“, sage ich, „sollen wir nicht vielleicht bald eine Runde mit dem Hund drehen?“

Clarence schaut in den Rückspiegel. „Wir sind bald in Brighton, höchstens noch zwanzig Minuten. Na gut“, er zeigt auf den Van, „mit dem da vor uns dauert es wohl eher eine halbe Stunde.“

Ich lache, lege ihm die Hand auf den Schenkel.

„Warum denkst du nur selten an ihn?“, fragt er. Wieder sieht er mich kurz an, dann wieder in den Rückspiegel. „Das muss doch zu schaffen sein!“

Er setzt den Blinker und steuert unseren Wagen nach rechts in die Gegenfahrbahn. Die Lichter des entgegenkommenden Fahrzeugs scheinen noch ziemlich weit entfernt. Clarence beschleunigt. Jetzt sind wir mit dem Lieferwagen auf gleicher Höhe und nun wird klar, dass er nur deshalb so langsam schleicht, weil er selbst hinter einem Sattelschlepper mit Anhänger festhängt. Clarence zieht am blauen Van vorbei und erreicht die Höhe des Sattelschleppers. Ich bin überrascht, wie schnell die Lichter des entgegenkommenden Fahrzeugs näher kommen. Der Wagen muss ja rasen. Ich wende mich um, schaue durch die Heckscheibe. Der nachfolgende Verkehr hat bereits aufgeschlossen. Wieder sehe ich nach vorne. Die Scheinwerfer da vorne fliegen heran.

„Vielleicht willst du ja auch nicht an ihn denken", stellt Clarence trocken fest.

Meine linke Hand wandert zum Haltegriff der Beifahrertür. Die beiden Scheinwerfer, sie kommen direkt auf mich zu. Das kann nicht gutgehen!

„Clarence!"

„Ich seh's doch." Seine Stimme klingt völlig gelassen.

Er winkt dem Fahrer des Lieferwagens zu. Der geht vom Gas. Quälend langsam öffnet sich zwischen ihm und dem Sattelschlepper eine Lücke.

Gleich wird sich ein grauenhafter Unfall ereignen, in nur wenigen Sekunden. Ich sehe schon die Bilder vor mir: ineinander verkeilte Fahrzeuge, Windschutzscheiben, die zerbersten. Da sind blutüberströmte Gesichter, leblose Leiber und überall Glassplitter.

Meine Hand umklammert den Türgriff. Wie in Zeitlupe schiebt Clarence unseren Wagen in den sich öffnenden Abstand zwischen Lieferwagen und Sattelschlepper. Millimeterarbeit. Gerade so befinden wir uns endlich wieder in der linken Spur, da rauscht auch schon der entgegenkommende Wagen mit Lichthupe an uns vorbei – ohne vom Gas zu gehen.

Clarence lacht amüsiert. „Das war knapp, was!"

Meine Finger sind noch immer fest um den Griff gekrampft. Und ich denke an Goy. Daran, wie er auf dem Bleistiftende herumkaute. Das war an jenem Tag, als wir beide wussten, dass es mit unserem Alten Mann so nicht weitergehen konnte. Er saß mir am Schreibtisch gegenüber, im Hinterzimmer heulte der Föhn, mit dem Clarence Bobs Fell trocknete. „Wir haben nicht ewig Zeit, Frans.“, sagte er zu mir. „Lass uns heute den Anfang machen.“ Goy bemühte sich wie ein abgeklärter Geschäftsmann zu klingen, aber die ganze Zeit stand da diese steile Falte auf seiner Stirn. „Lass uns nochmal drüber schlafen.“, antwortete ich.

„Frans!“

Ich schrecke aus meinen Gedanken auf.

„... ist doch alles gut gegangen.“ Clarence legt mir die Hand an die Wange. „Tut mir leid, wenn dich dieses Manöver Nerven gekostet hat.“

Meine Hand lässt den Türgriff nicht los.

„Och, Franny!“

„Ist schon okay.“ Soll ich ihn etwa anbrüllen? „Kann mal vorkommen auf der Straße.“

„Dafür haben wir es gleich geschafft. Sieh mal: Brighton, acht Meilen.“ Er deutet auf das Hinweisschild an der Straße. „Und der Regen lässt auch nach.“

Ich höre mich seufzen. Clarence hört es natürlich auch.

„Immer noch schlimm?“, fragt er.

Wie würde er reagieren, wenn ich ihn nach Goy fragte? Wenn ich fragte, wo genau er eigentlich ertrunken ist. Im Kanal, das hat Clarence doch gesagt. Er meinte den Ärmel Kanal, nicht wahr?

„Nein“, antworte ich, „es war nur der Schreck.“

Vielleicht macht es ihn traurig, wenn ich frage. Ich betrachte sein Profil. Er ist ganz auf den Verkehr konzentriert, er sieht wirklich entspannt aus. Was spielt es denn für eine Rolle, wo genau Goy ertrunken ist? Muss ich das wirklich wissen?

„Schön, dass der Regen nachlässt.“, sage ich. „Ich freu‘ mich auf Brighton!“

Goy hatte es sich nie abgewöhnt, den Boss herauszukehren, sobald er mit irgendwas nicht einverstanden war, was Clarence oder ich taten.

„Wer die Falschen sind und wer die Richtigen, das entscheidest doch nicht du, Frans. Das entscheidet der Kunde!“ Nach der Sache mit Harterekter brach irgendwie der Damm. „Und genau das ist falsch!“, brüllte ich ihn an.

Clarence, der bis dahin mit einer Tasse Tee auf dem Stuhl am Fenster gesessen hatte, war aufgestanden. „Leute“, unterbrach er uns, „der Mann ist tot. Das lässt sich nicht mehr ändern. Machen wir das Beste draus.“

Ganz ruhig sagte er das und ich erinnere mich, wie verwundert ich war, denn nur wenige Tage zuvor war er wegen Qualfatis Tod völlig zusammengebrochen. Ich wäre jede Wette eingegangen, dass er sich davon nicht so bald erholen würde. Aber nein, er war wieder ganz der Alte und versuchte die Wogen zwischen Goy und mir zu glätten. „In Wirklichkeit, das lass vor allem du dir gesagt sein“, sagte er und zeigte mit dem Finger auf Goy, „ist überhaupt nichts passiert, was uns in irgendeiner Weise Schwierigkeiten machen müsste.“

Heute wissen wir beide, dass er mit dieser Ansicht völlig falsch lag, aber damals muss er davon überzeugt gewesen sein, denn sonst hätte er die ganze Aktion von vornherein gar nicht mit mir durchgezogen.

Goy starrte mich an, seine Augen funkelten ungebrochen zornig und auch ich wollte mich nicht beruhigen. „Das Arschloch war so verstrickt in Dreck, es ist ein Glück für die Welt, dass jetzt einer weniger da ist von seiner Sorte!", brüllte ich. „Wenn das kein ausreichender Grund sein soll!"

In diesem Moment hielt Clarence mir seine erhobene Hand vors Gesicht. „Frans. Wir wissen es!"

Ich war so wütend auf ihn, weil er mir den Mund verbot. Er sah mich nicht mal an, sprach nur zu Goy. „Qualfati wäre stolz auf uns, so spurlos, wie wir den beseitigt haben. Außerdem ist die Kohle auch längst geflossen. Nach dem Typ kräht kein Hahn mehr. Also: alles gut!"

„Nein", protestierte Goy, „der Alte Mann wäre absolut entsetzt! Es geht ums Geschäft, ihr Idioten, nicht darum, was ihr für gerecht haltet. Wenn du sowas willst, Frans, dann musst du deinen eigenen Laden aufmachen!"

Dieser Satz war eine Wand, die plötzlich und unwiderruflich zwischen uns stand. Einen Moment lang erstarrten wir alle drei.

Goy fasste sich als Erster und ruderte ein bisschen zurück. Er wisse ja, wir hätten vermutlich wasserdicht gearbeitet, sagte er und probierte einen versöhnlichen Gesichtsausdruck. Ich war zu keiner Reaktion fähig und fühlte mich so schwer, als hätte ich Blei in den Gliedern. Noch nie hatten wir uns so furchtbar gestritten. Und plötzlich brach es aus Clarence heraus. „Da mach dir mal keine Sorgen! Du bist nicht der Einzige, der sein Handwerk versteht!" In voller Größe baute er sich vor Goy auf.

Und Goy? Der setzte sich. Verloren starrte er in seine Teetasse. „Im Ernst?" Seine Stimme klang kraftlos.

Clarences Körper war gespannt wie ein Bogen. Ich

rechnete damit, dass er jeden Moment den Arm ausfahren und Goy schlagen würde.

„Komm schon", sagte Goy. Sein Tonfall war auf einmal völlig anders. Er sah Clarence in die Augen und grinste. „Alter, verstehst du keinen Spaß?"

Clarence wich einen Schritt zurück, seine Schultern senkten sich. Meine Angst wich einer Erleichterung. Ich hätte es nicht ertragen, wenn die Zwei wirklich aufeinander losgegangen wären.

Clarence steuert den Wagen weiter über die Küstenstraße. Bei Saltdean stehen auf einer Anhöhe lauter englische Bilderbuch-Häuser mit Sprossenfenstern und Rosen in den Vorgärten. Der Regen hat aufgehört, vom Meer her bricht jetzt die Sonne durch wattige, graue Wolken.

„Weißt du, dass ich noch niemals hier gewesen bin?", frage ich.

„Jetzt ja." Er lehnt sich zu mir hinüber und küsst mich auf die Wange. „Es wird dir gefallen. Ich sage nur: Royal Pavilion!" Er sagt das mit soviel Wärme in der Stimme. Immer versucht er, mir eine Freude zu machen. Ich seufze. „Was ist mit dir?", fragt er. „Das ist schon der zweite Seufzer heute."

„Ach … " Ich drehe meinen Kopf nach links, weg von ihm, schaue aufs Wasser. Aus meinem linken Auge löst sich eine Träne, rollt über meine Wange, hinunter in meinen Mantelkragen. Wie soll ich das denn alles sagen? Ich möchte nicht an damals denken, nicht an das Ende unserer Freundschaft. Goy, Clarence und ich – bis zu jenem Tag damals hätte ich geschworen, dass unsere eingeschworene Gemeinschaft niemals auseinanderbricht.

„An diesem einen Punkt sind wir uns nicht einig, ok!“, das sagte Clarence damals. Er hatte sich ebenfalls wieder hingesetzt. „Aber dann ist das eben mal so. Lasst uns zur Tagesordnung übergehen.”

„Ok.“, antwortete Goy, „Vermutlich hast du recht. Dann also weiter im Text: Wer ist dran mit dem nächsten Auftrag?“

Ich erinnere mich genau, dass Clarence dran war. Die zwei fingen an, verschiedene Details zu erörtern und beachteten mich nicht mehr. Ich stand an der Tür und fragte mich wie sie das in einem solchen Augenblick hinbekamen. Mein Unmut war kein Thema für sie, für keinen von beiden. Deplatziert, so fühlte ich mich, und völlig überflüssig. Ich sehe mich noch meine Tasse abspülen und kopfüber auf den Ablauf stellen.

„Ich gehe dann jetzt.“, sagte ich. „War `ne harte Nacht.“

Goy hob nur kurz den Kopf.

„Okay“, antwortete er beiläufig, „wir seh`n uns.“

Aber wir sahen uns niemals wieder.

„Frans.“ Clarence greift nach meiner Hand. „Komm schon, was hast du?“

„Ach – ich bin irgendwie ein bisschen traurig.“

„Oh.“ Sein Daumen streichelt meine Finger.

„Ja. Ich denke an früher, weißt du, an Goy und dich und mich – wie wir damals waren.“

„Wie waren wir denn?“

„Ich weiß nicht … “ Wie waren wir denn eigentlich? „Irgendwie sind wir doch auch glücklich gewesen – zusammen meine ich, weißt du? Bei allem, was natürlich auch schwierig war. Manchmal vermisse ich Goy."

„Ja, weiß ich ganz genau. Ich vermisse ihn auch. Oft sogar. Auf ihn war Verlass. So jemand findet sich nicht so leicht."

Ich kann gar nicht sagen, warum, aber ich habe das Gefühl, in genau diesem Moment macht sich hier etwas breit. Es fühlt sich merkwürdig an. Eine seltsame Blase, irgendeine Art Vakuum oder sowas Ähnliches. Clarence sieht mich an mit diesem Mona-Lisa-Lächeln.

„Niemand konnte ahnen, dass unser Alter Mann eines Tages nicht mehr in der Lage sein würde, seinen Job zu machen. Und am Ende muss jeder das tun, was er tun muss."

Ich spüre einen merkwürdigen Druck auf den Ohren, schlucke, um ihn zu beseitigen.

„Aber, hey!" Wieder drückt Clarence meine Hand. „Royal Pavilion, Frans. Das ist das Hier und Jetzt! Wir hören mal auf mit diesem alten Quatsch!" Er lacht laut. „Oder, Columbus, mein Alter? Du bist meiner Meinung.", ruft er nach hinten zum Hund.

Columbus bellt.

„Genau! Und du und ich, Fran-Ny, wir machen es uns heute sowas von schön!"

Natürlich. Er hat recht.

Die Vergangenheit kann niemand ändern, auch wenn sie einen noch so bitteren Nachgeschmack hat. Zum Beispiel, dass Goy so selbstverständlich davon ausging, dass ich das mit unserem Alten Mann erledigen würde. Und auch, dass Clarence es sich im Tal der Unwissenden ziemlich bequem gemacht hatte und nur wirklich Stellung bezog, wenn man ihm knallhart den Kampf ansagte. Und das hatte ich nie getan. Dazu war nur Goy in der Lage. Jeder von uns tat, was er tun musste.

Mein Gesicht kommt mir merkwürdig warm vor. Bekomme ich eine Grippe? Ich schlucke wieder, aber der Druck auf meinen Ohren nimmt zu, statt endlich zu verschwinden.

Irgendwie haben die beiden mir stillschweigend zugemutet dieses Problem mit Qualfati aus der Welt zu schaffen. Damit sie es nicht tun müssen.

Aber, guter Gott! Ich will jetzt nicht die ganze Zeit an sowas denken. Solche Gedanken machen nichts besser! Ich drücke auf den Fensterheber, summend versinkt die Scheibe in der Tür. Im Nu ist der Innenraum vom fischigen Geruch der See erfüllt. Ich atme tief durch und schließe die Augen.

„Bist du ok, Frans? Ist dir schlecht?"

„Nee – möchte nur das Meer riechen."

Mir ist schwindelig. Ich hasse es, wenn mir dieser ganze Mist hochkommt. Als Goy diesen ersten Dreckstypen anschleppte, mit dem ich eine Nummer schieben musste, weil er dachte, das Arschloch würde wenigstens anständig dafür bezahlen, dass er eine Fünfzehnjährige knallen kann. Goy kassierte ab und steckte alles ein.

„Für unsere gemeinsame Kasse", sagte er.

„Tief durchatmen, Mädchen, einfach tief atmen.", sagt Clarence. „Soll ich lieber anhalten?"

„Nein, fahr ruhig weiter. Ich muss mich nicht … " Mit der Hand gestikuliere ich schwungvoll Richtung Boden.

„Kein Ding", sagt er, „selbst, wenn du's müsstest! Sag mir nur, was du brauchst, ich tu's."

„Fahr' einfach weiter. Wir sind doch sowieso gleich da,

oder?“

Clarence steuert den Wagen durch den dichten Stadtverkehr. Das laute Rauschen unzähliger Autoreifen auf regennasser Straße wogt zum Fenster herein wie Meeresbrandung. Kurz bevor wir den Pier erreichen, biegt Clarence in eine Hotelauffahrt ein.

„Wir sind da. Schau mal: Zimmer mit Aussicht.“

„Und was für eine“, antworte ich und sehe mich um.

„Nein“, lacht Clarence, „das heißt: natürlich ja! Aber tatsächlich ist das der Name unsres Hotels. Witzig, oder?“ Er stoppt den Wagen und lässt mich aussteigen. „Um die Ecke gibt es eine Tiefgarage. Ich bin gleich mit dem Gepäck bei dir, geh doch schon mal vor.“

Ich stehe auf dem Hof und schaue zu, wie er das Auto zurück in den Verkehr lenkt. Mein Blick klettert an der Hotelfassade hinauf. Ein paar Schritte gehe ich auf den Eingang zu, dann drehe ich kurzentschlossen um. Quer über die Straße laufe ich zur Promenade und dann eine Treppe zum Strand hinunter.

Frische Luft, das ist es, was ich jetzt brauche.

Nach wenigen Metern stehe ich am Spülsaum. Von den stürmischen Wellen halte ich gebührenden Abstand, ich hab keine Lust auf nasse Füße.

Ist es vielleicht hier gewesen, wo Goy von den Fischen gefressen wurde?

Ich weiß, ich will nicht an ihn denken, nicht an unseren Alten Mann und nicht an diese schrecklichen letzten Tage meines früheren Lebens. Aber die Gedanken kommen einfach immer wieder. Wie die salzigen Wellen, die unaufhörlich an den Strand rollen, eine nach der anderen. Das ist Clarences Schuld. Warum musste er mich vorhin unbedingt fragen, ob ich manchmal an Qualfati denke?

An der Straßenecke gegenüber seines Stammcafés hatte ich mich hinter den parkenden Autos versteckt und beobachtete ihn durch die Fensterfront. Es dauerte eine Ewigkeit, bis er endlich nach diesem verdammten Espresso griff. Er nahm einen Schluck, setzte die Tasse ab und redete mit der Kellnerin. Sie hieß Jolanda und war sein besonderer Liebling. Die beiden kicherten herum wie zwei Teenager. Dann trank er aus und stand vom Tisch auf. Ich wusste, jetzt war es gelaufen, es gab kein zurück.

Die Entscheidung, unseren Alten Mann aus dem Verkehr zu ziehen, hatten Goy und ich gemeinsam getroffen, das ist wahr. Aber für ihn stand immer fest, dass ich es war, die den Job erledigen musste. Als ich es hinter mir hatte, trafen wir uns im Büro. Ich war völlig fertig und weinte, aber er meinte nur: „Es ist nichts Persönliches, Franny. Wir sind Profis und an unserer Stelle hätte Qualfati ganz genauso gehandelt, das wissen wir doch."
Ihn rief Clarence nicht an, als er unseren Alten Mann fand. Er musste nicht mit ihm und der Leiche in der Wohnung auf den Arzt warten und auf die Bestatter.

Das Leben ist so hässlich vergänglich. Man weiß nie, wen es als Nächstes treffen wird. Aber Ertrinken muss ein schlimmer Tod sein.

Das Klingeln meines Handys reißt mich aus meinen Gedanken. Sicher ist es Clarence, der sich wundert, wo ich abgeblieben bin. Ohne hinzuschauen, nehme ich das Gespräch an.

„Hattie, ich bin's!"

21.

Carl verlor völlig die Fassung, schüttete einen Kübel wüster Beschimpfungen von *Rabenmutter* bis *das Glück deiner Familie ist dir völlig gleichgültig* über mir aus. Was hätte ich darauf antworten sollen?

Mit einer akuten Blinddarmentzündung war Ryan ins Krankenhaus eingeliefert worden. Ich habe den nächsten Zug von Brighton nach Inverness genommen. Erst um halb elf am Abend bin ich auf der Kinderstation angekommen.

Mein Sohn liegt schlafend in seinem Bettchen. Ich liege neben ihm in dem Elternbett, dass man für mich dazu gestellt hatte und bin froh, nicht zu Hause übernachten zu müssen.

Mein Telefon vibriert, ich sehe Carls Nummer, gebe mir einen Ruck und hebe ab. Er entschuldigt sich. Nichts von dem, was er mir vorgeworfen habe, sei so gemeint gewesen. „Ryan hatte plötzlich so hohes Fieber, und dann seine Apathie – mich hat einfach die Panik gepackt."

„Okay, kein Problem."

„Wie geht's ihm denn?"

„Alles komplikationslos verlaufen, mach dir keine Sorgen.

Gute Nacht."

Ich lege auf.

Ja, ich bin immer noch sauer auf ihn. Wie kann er mir solche Vorwürfe machen!

Ich schließe die Augen, versuche zu schlafen, aber in meinem Hirn kreisen die Gedanken. Meine Schwiegermutter ist eine distanzierte Frau, das ist wahr, und sie hat Carl zu einem Zeitpunkt sich selbst überlassen, als er sie wohl am allermeisten gebraucht hätte. All die Jahre habe ich ihn dafür bedauert, aber heute, in diesem Krankenhauszimmer, denke ich zum ersten Mal, dass sie sicher gute Gründe dafür gehabt hat.

Meinen Schwiegervater habe ich nie kennengelernt. Carl spricht immer nur gut von ihm. *Eine ehrliche Haut* sei er gewesen, *ein Gemütsmensch*. Er hatte sich selbständig gemacht mit drei Booten, hatte drei Crews, die für ihn auf Fang fuhren, damals in den Achtzigern. Er habe eben kein Glück gehabt und der Thatcherismus habe es ihm als kleinem Unternehmer nicht leichter gemacht. Die Eiserne Lady in Downing Street Nummer Zehn sei bezüglich der Fangquotenregelungen mit Brüssel eben alles andere als eisern gewesen.

Jedenfalls verlor er seine kleine Flotte und musste außerdem das Gerede der Leute verkraften über seine griechische Frau. Ihr südländisches Blut, es ginge mit ihr durch, während ihr Mann sich abschuftete, da draußen auf See. Sie träfe sich mit einem anderen Kerl. Weil bei Carls Vater nichts mehr zu holen gewesen sei, das sagten die Leute. Und dass sie umindest eine Mitschuld daran trüge, dass der Gemütsmensch sich schließlich das Leben genommen hatte.

Kann ein Kind durch die einwöchige Abwesenheit der Mutter eine Blinddarmentzündung bekommen?

Natürlich ist das absurd und Carl hat sowas auch nie behauptet.

Ich bliebe drei Tage mit Ryan im Krankenhaus. Einmal kommt Carl vorbei, um nach ihm zu sehen. Als ich Ryan schließlich nach Hause bringe, begrüßt Sandy uns in meiner Küche. Sie putzt den Kühlschrank, als sei es das Selbstverständlichste auf der Welt. Und sie fragt sie mich, ob ich einen Kaffee möchte.

„Meinen Kaffee kann ich mir sehr gut selbst machen, ich weiß ja, wo alles steht."

Ich komme mir so dämlich vor, bedanke mich für ihre Hilfe und schicke sie nach Hause. Ich bin wütend auf Carl, weil er mich nicht vorgewarnt hat.

Als er von seiner Fang-Tour nach Haus kommt, spreche ich ihn darauf an.

„Du hast es doch so gewollt, meine Idee war das nicht."

Er geht hinauf, um nach Ryan zu sehen, der in seinem Bettchen liegt. Ich höre, wie er ihm vorliest. Danach kommt er herunter in die Küche, wo ich unser Abendbrot zubereite.

„Mir reicht ein Sandwich."

Ohne mich richtig anzuschauen, geht er an den Kühlschrank, streicht sich ein Brot, nimmt sich ein Bier und verzieht sich ins Schlafzimmer. Als ich später ins Bett gehe, schläft er tief und fest.

Meine Tage in Inverness fühlen sich eintönig an und zäh, wie angetrockneter Honig irgendwo unterm Küchentisch, der bereits Staub angesetzt hat und schon lange weggewischt gehört. Wir gehen uns möglichst aus dem Weg, Carl und ich, sprechen nur das Nötigste miteinander. Er fährt auf Fang, ich gehe meiner Arbeit im Salon nach. Ist er zu Hause, dann hält er sich abends meistens bei Sandy auf, dafür fahre ich jeden Monat für eine Woche zu Clarence. Ryan denkt, ich besuche Charlotte, und zu Charlotte sagen wir nichts. Wir sprechen nicht darüber, ob das nun ein Dauerzustand werden soll. Es ist ein Behelf.

Sitze ich im Zug nach London, dann bekommt mein Leben endlich wieder Farbe. Clarence schafft es jedes Mal, sich für diese kostbaren Tage frei zu nehmen.

Vor einigen Tagen fuhren wir nach St. Ives. Wir hatten gerade den Ort erreicht, als mein Telefon klingelte. Es war Charlotte. Natürlich ahnte sie nicht, dass ich mit Clarence unterwegs war und nicht zu Hause in Inverness. Ich wimmelte sie ab, tat so, als hätte ich Kundschaft.

„Kein Ding, Mama, dann reden wir später."

Ich hasse es, sie zu belügen.

Später am Abend rief ich sie endlich zurück. Sie bräuchte Geld, erzählte sie mir, sie würde mit einigen Freunden zu einem Festival fahren und ihr Budget sei schrecklich mager. Ich sagte ihr einen ordentlichen Betrag zu.

„Ohne zu diskutieren, Mom? Wow!"

„Ist dir das nicht recht?".

Ich hatte ein schlechtes Gewissen ihr gegenüber, weil ich nicht ehrlich war zu ihr. Aber sie ist es auch nicht gewöhnt, dass ich einfach so zweihundert Pfund locker mache. Darum bemühte ich mich, besonders jovial zu klingen.

„Es ist dein erstes Studien Jahr – wir freuen uns doch, dass du Freunde gefunden hast."

Ich hatte *wir* gesagt. Blöder Fehler. Prompt fragte sie, ob

Papa zu Hause sei, sie würde ihm gerne Hallo sagen.

„Der ist heute auf See.", log ich und hoffte inständig, dass es wirklich so war. „Ruf ihn doch morgen an."

„Mach ich!", antwortete sie, „Schick mir das Geld per PayPal, Mom. Danke!"

Ich fühlte mich scheußlich und schickte eine Textnachricht an Carl. Zumindest musste er darüber informiert sein, was Charlotte und ich besprochen hatten. Es wäre die Hölle, wenn unsere Lügen aufflögen. Während der Wochen, die ich mit Clarence verbringe, rufen Carl und ich einander niemals an. Außerdem besteht er darauf, dass ich auch nicht mit Ryan telefoniere, weil er der Auffassung ist, er würde so weniger an mich denken und mich folglich weniger vermissen.

Gestern sind Clarence und ich nach London zurückgekommen. Ich bin allein, sitze in seiner High-Tech Küche und trinke Tee. Ich hasse uns dafür, Carl und mich, für unsere Skrupellosigkeit. Und ich kann mir nicht vorstellen, dass es Carl damit anders geht. Vielleicht hasst er vor allem mich, weil er findet, dass wir dieses ganze Theater nur meinetwegen aufführen. Wer weiß, vielleicht spinne ich mir das auch nur zurecht. Meistens bekomme ich es gut hin, ihn und die Kinder auszublenden. Aber dieses Telefonat mit Charlotte – seitdem nagt etwas an mir.

Heute früh ist Clarence zu einer Tagung nach Manchester gefahren, irgendetwas mit Cricket.

„Macht es euch gemütlich, Columbus und du.", hat er gesagt, als er das Haus verließ. „Morgen Abend bin ich zurück."

Es ist spät. Die Nacht da draußen ist so beschissen dunkel und still. Und sie nimmt kein Ende.

22.

Der Bildschirm meines Handys leuchtet, das Rufzeichen ertönt. Und wieder dudelt die blöde Melodie mit der immer gleichen Ansage: Der Teilnehmer ist zurzeit nicht erreichbar, bitte hinterlassen Sie eine Nachricht nach dem Signalton. Ich lege auf, wähle nochmal. Er geht nicht ran. Ich sehe auf die Uhr, halb zwei ist es. Vielleicht schläft er ganz fest. Vielleicht ist er auch auf dem Boot, dann hat er keinen Empfang. Oder er ist bei Sandy und will nicht gestört werden. Noch einmal wähle ich Carls Nummer. Endlich hebt er ab.

„Ja?"

„Ich bin's. Schläfst du schon?"

„Hattie … "

„Ja. Wie geht es dir?"

„Es ist Mitten in der Nacht," seine Stimme klingt matt, „wie soll es mir da gehen? Ich schlafe!" Er schnauft. Den dazugehörigen Gesichtsausdruck kenne ich gut.

„Bitte verzeih mir, Carl. Ich musste einfach wissen, wie es euch geht!"

„Um diese Uhrzeit? Das hätte auch bis morgen Zeit

gehabt, oder!"

„Ich weiß, es ist spät. Aber irgendwie kann ich nicht schlafen. Ich muss immerzu an euch denken – an dich. Ihr fehlt mir."

Die Finger meiner linken Hand betasten das Brillantcollier an meinem Hals. Gestern Abend im Restaurant hat Clarence es mir umgelegt. Ich begreife nicht, wie sich etwas so Hartes so weich anfühlen kann. Es muss an der Glätte liegen, die Steine sind hochpoliert, die Fassungen in höchster Handwerkskunst verarbeitet.

„Hattie!" Wieder schnauft Carl. „Lass uns ein anderes Mal sprechen. Ich muss jetzt schlafen, muss früh raus. Leg dich hin, du wirst schon einschlafen. Gute Nacht!"

„Ich … "

Er hat aufgelegt.

Was soll ich tun? Vielleicht wird es morgen besser sein und dieser Anflug von Heimweh wird sich auflösen wie ein Gespenst bei Tagesanbruch.

Gestern Abend saßen Clarence und ich in dem kleinen indischen Restaurant, ich hatte Butter Chicken bestellt, er ein beachtliches Mixed Biriyani. Beim abschließenden Kardamom Kaffee strahlte er übers ganze Gesicht. Die samtbezogene, flache Schachtel stand geöffnet auf dem Tisch und die kostbaren Steine funkelten märchenhaft in allen Farben des Regenbogens.

Barfüßig steige ich die Treppe hinauf. Columbus liegt auf seiner Decke und schnarcht leise. Einmal schleiche ich durch das Schlafzimmer, dann gehe ich wieder hinunter in die Küche. Draußen vor dem Fenster verbreiten die Straßenlaternen ihr gelbes Licht.

„Und?", fragte Clarence. Seine Augen funkelten fast

genauso, wie die Diamanten. „Was sagst du?“

Ich war sprachlos. Und gerührt war ich, gerührt und auch geschockt.

„Na sag schon!“

Dieses Collier an meinem Hals ist überirdisch schön.

Im Schein der Straßenlaternen setze ich mich an den kleinen Frühstückstisch unter dem Fenster, gieße mir noch eine Tasse Tee ein und schaue hinaus in die Nacht. Seit gestern Abend ist mein Kopf leer. Gleichzeitig ist er zum Platzen voll.

Wir saßen an dem bunt gedeckten Tisch, umweht von Curryduft, und ich fragte mich, wie viele Steine es wohl sein mochten. Ich konnte unmöglich anfangen sie zu zählen, am besten noch dabei mit dem Zeigefinger Fassung für Fassung entlangfahren. Kein Sport Coach einer Universität, sei sie auch noch so berühmt, kann sich so etwas leisten.
Im Leben nicht.
Bleibt nur die Frage, ob er diese Pracht mit Geld aus alten Rücklagen bezahlt hat oder aus laufenden Einnahmen.

„Und? Nun sag schon“, drängte er, „gefällt es dir?“

Es dauerte eine Weile, bis ich die Sprache wiedergefunden hatte „Natürlich.“

„Was hast du, mein Herz?“ Er sah mich durchdringend an. „Gefällt es dir wirklich?“

„Doch.“ Ich schüttelte den Kopf. „Doch, doch! Ich bin nur so überwältigt.“

„Nicht wahr! Das ist doch der Wahnsinn, oder?“

Jetzt sitze ich hier und trinke Tee, in kleinen Schlucken, atme den Duft ein. Bitte, lass es Tag werden, dann wird es besser sein. Aber was?

Das Collier schmiegt sich an meine Haut, es fühlt sich

warm an. Ich habe die Wahl.

„Nimm es doch mal in die Hand“, sagte er, „komm, los! Sieh es dir mal richtig an, es gehört dir doch.“

Ich nahm es in die Hand, schwer war es. Das weiße Glitzern ließ meine helle Haut geradezu dunkel wirken.

„Darf ich es dir umlegen?“

Die ganze Situation war äußerst merkwürdig. In mir schrillten alle Alarmglocken.

„Mach dir keine Gedanken wegen der Leute. Wenn sie das hier sehen, fällt ihnen das Besteck aus der Hand.“ Clarence kicherte. „Und die Angestellten freuen sich auf ein dickes Trinkgeld.“

Als wir Teenies waren und ganz frisch verliebt, hatte er mich mit einem Silberring überrascht. Er zog ihn aus der Tasche seiner Jeans und steckte ihn mir an den Finger. Ich fand das sehr bedeutsam und er auch. Am selben Abend hatte Goy ihn mir abgenommen. Er wüsste, wo wir dafür exzellenten Stoff herbekämen. Damals war Clarence am Boden zerstört gewesen, das sah ich, obwohl er versucht hatte, sich nichts anmerken zu lassen.

Mit einer geradezu kindlichen Freude stand er auf, um mir das Collier anzulegen. Er stellte sich hinter mich. Ich schüttelte meine Schultern und streckte meinen Oberkörper, dann legte er mir den Schmuck an. „Du siehst unglaublich aus! Geh doch mal und schau dich richtig an.“ Ich stand vom Tisch auf. Als ich die Schwingtür zu den Waschräumen aufschob, drehte ich mich nach ihm um. Er saß da mit ernster Miene, augenscheinlich las er eine Nachricht auf seinem Telefon.

Das Licht der Straßenlaterne scheint auf meine Finger, auf die Tasse, auf den Küchentisch. Ich habe keine Ahnung von Schmuck, aber fünfzigtausend Pfund, das könnte die Kette um meinen Hals durchaus wert sein. Soll ich lachen oder weinen?

Gestern Abend im Restaurant stand ich vorm Spiegel und dachte an Carl. Daran, was er sagen würde, wenn er mich so sähe. Der Anblick würde ihm nicht gefallen. Er würde fragen, wozu das gut sein soll. Und er würde sagen, ich sei schön genug, so wie ich bin.

Als ich an den Tisch zurückkam, textete Clarence noch immer mit jemandem. Sein Gesichtsausdruck war angespannt. Er bemerkte mich, ließ das Telefon in seine Jackentasche gleiten und setzte ein Lächeln auf.

Ich weiß, dass ich entscheiden muss, ob ich wirklich wissen will, woher sein Geld kommt, oder lieber nicht. „Was der Mensch nicht wissen will, das bringt ihn um." Das sagte unser Alter Mann immer. „Und genau damit verdienen wir am Ende unser Geld!"

Früher oder später stellt es sich gegen dich: das, was du nicht wissen willst. Es rebelliert, es fängt an zu kämpfen, führt dich hinters Licht, es stellt dir Fallen. Es lauert, leise und ausdauernd. Das, was du nicht wissen willst: ganz ruhig wartet es auf seine Chance und es bringt dich zielsicher an den Abgrund.

Kleine Schweißperlen bilden sich an meiner Kopfhaut, ich spüre, wie sie sich zu Tropfen sammeln. Vielleicht habe ich zu viel Tee getrunken. Ich sehe ihn genau vor mir, unseren Alten Mann, stehe auf, gehe einmal um die Kücheninsel, lasse mir kaltes Wasser in ein Glas laufen, setze mich wieder.

Gut möglich, dass auch Charlotte oder Ryan irgendwann damit anfangen, Dinge wegzusperren. In der Hoffnung, dass diese Dinge still und leise sterben und verrotten, ohne eine Spur zu hinterlassen. Ich bin doch ein Muttertier. Muss ich sie nicht davor warnen? Muss ich ihnen nicht sagen, dass es nicht funktionieren wird, dass ich das zu einhundert Prozent weiß, weil ich damit gescheitert bin. Weil ich jetzt in dieser Küche sitze, weit weg von zu Haus und weit weg von der Ehrlichkeit, die ich ihnen immer predige.

Diese Hitze in meiner Brust! Auf keinen Fall kann ich hier sitzen bleiben, ich muss aufstehen. Meine Zehen wollen sich in die glatten Bodenkacheln graben. Mein Herz rast.

Frische Luft!

Ich muss an die Luft, aber ich traue mich nicht, vom Tisch aufzustehen. Was ist, wenn ich dann tot zusammenbreche? Bekomme ich gerade einen Herzinfarkt? Läuft das nicht so? Wenn das Herz wie wild rast, völlig außer Kontrolle?

Ich will schreien, aber der Gedanke daran auch nur einen einzigen Laut von mir zu geben, macht mir noch mehr Angst. Vielleicht zerspringt mein Herz dann erst recht. In tausend Stücke – und niemals wird man es wieder zusammensetzen können. Sie werden sich in der Unendlichkeit verlieren, die einzelnen Splitter.

Ich zwinge mich aufzustehen, laufe hin und her, herum um die Kücheninsel. Ich gehe auf und ab, halte mich fest an der Arbeitsplatte, sacke in die Knie.

Ist dies jetzt das Ende? Sterbe ich jetzt hier in Clarences makelloser Küche? Das ist zum Schreien!

Ich muss doch schreien, muss um Hilfe rufen, ganz laut!

Was ist das?

Ich schrecke zusammen. Mein Puls fliegt. Da ist jemand auf der Treppe. Mir stockt der Atem, ich glaube, ich werde ohnmächtig. Es wird schwarz vor meinen Augen. Die

Schritte kommen immer näher. Gleich wird jemand hier in der Küche stehen.
Wer?
In rasender Angst lasse ich mich auf den Boden fallen, schließe die Augen und lausche atemlos.
Aber natürlich.
Ich höre ein Krächzen, dass aus meiner eigenen Kehle kommt. „Guter Gott!“ Es ist Columbus. Er ist die Treppe herunter getappt. Jetzt ist er bei mir, schnüffelt an meinem Arm, an meinem Gesicht, leckt meine Tränen ab. „Columbus!“ Ich umarme ihn. „Dass du kommst!“

23.

„Kannst du dir das vorstellen?“

Die Mittagssonne glänzt auf den Dächern der Stadt. Ich sitze in eine Daunendecke eingehüllt auf der Dachterrasse, halte das Telefon in der rechten Hand, meine Linke krault den Hund, der ausgestreckt neben mir auf dem breiten Sofa liegt.

„Das kann ich!“, antwortet Clarence. „Das kann ich so gut. Hättest du mich doch angerufen, Frans!“

„Columbus kam die Treppe herunter – in genau diesem Moment! Als hätte er es gespürt!“

„Daran kannst du sehen, dass er dich liebt.“

„Ja, das weiß ich.“

Falls es mir vorher noch nicht vollständig bewusst gewesen sein sollte, seit heute Nacht bin ich mir sicher. So ein Wesen wie Columbus ist einfach da, wenn man am nötigsten jemanden braucht.

„Ich bin heute Abend wieder zurück und ich … “ Clarence schweigt einen Moment, ich höre ihn atmen. „Jedenfalls machen wir's und schön.“

„Wir haben es doch immer schön.“

„Das stimmt. Also bis nachher.“ Er legt auf.

Das Licht spielt auf den Häuserdächern, erzeugt blendende Reflexe auf den Dunstabzügen aus rostfreiem Stahl und auf unzähligen Fensterscheiben. Man könnte das Ganze auch für Meeresglitzern halten. Vorhin habe ich noch einmal versucht, Carl zu erreichen. Er geht nicht ans Telefon.

Columbus gähnt, streckt sich, springt vom Sofa und sieht mich erwartungsvoll an.

„Ja, mein Junge, wir gehen eine Runde.“

Als verstünde er jedes Wort, dreht er sich um und trottet zum Fahrstuhl. Ich tausche die Decke gegen meinen Mantel, ziehe mir Schuhe an, setzte die Mütze auf und nehme eine Leine vom Haken. Mit der Nase tippt Columbus auf den Knopf am Fahrstuhl, die Tür gleitet zur Seite. Unten vorm Haus lege ich ihm das Halsband an, führe den Karabinerhaken in die Öse ein, lasse ihn zuschnappen. Mit dem Hund an der Leine überquere ich die Fahrbahn und mache mich auf in Richtung Ladbroke Square.

Auf dem Bürgersteig vor uns, noch ein gutes Stück entfernt, sind zwei junge Leute unterwegs. Sie halten einander an den Händen. Zwei süße Punks, sie erinnern mich an meine Jugend. Der junge Mann mit einem neongrünen Iro, das Mädchen mit zerrissenen Strumpfhosen und einer speckigen, schwarzen Lederjacke. Ihren schwarzen Lockenkopf krönt eine abgewetzte Fischermütze.

Guter Gott: Da läuft Charlotte!

Wie angewurzelt bleibe ich stehen. Wo kann ich mich verstecken? Und was macht sie überhaupt hier? Wollte sie nicht auf einem Festival sein? Am Zaun von Ladbroke Square Gardens bleiben die beiden stehen. Jetzt küssen sie sich – und wie!

Ohne sie aus den Augen zu lassen, ziehe ich mich einige Schritte hinter das Eckhaus zurück. Columbus steht neben mir, wartet ruhig und setzt sich schließlich, als ihm klar wird, dass ich noch nicht so bald weiterlaufen werde. Die zwei lösen sich aus ihrer Umarmung. Selbst auf die Entfernung ist zu erkennen, wie sie einander anstrahlen. Bei ihrem Anblick verspüre ich ein Ziehen in der Herzgegend.

Charlotte sieht ihrem Vater so ähnlich. Wie es ihm geht, das wüsste ich gerne, und auch wie es für Ryan ist – auf die Dauer meine ich, wo Sandy jetzt bei uns ein und aus geht.

Charlotte und der junge Mann betreten den Park. Ich folge ihnen. Wie ein besonders gewandter Tanzpartner macht Columbus jeden meiner Schritte mit. Hinter einer ausladenden Eibe gehe ich in Deckung. Die zwei lassen sich auf einer Bank nieder. Wieder küssen sie einander und lachen. Ich stehe zu weit weg, leider verstehe ich kein einziges Wort von dem, was sie reden. Der Hund leckt mir die Hand. Ich schaue ihn an.

Ich weiß, du bist großzügig, aber du langweilst dich.

Mir ist selbst nicht klar, was ich mir davon verspreche, hier hinter einem Busch zu stehen und mein Kind zu bespitzeln. Nein, ich verspreche mir nichts davon. Aber plötzlich begreife ich, dass ich Sehnsucht habe. Es ist eine Sehnsucht nach meinen Kindern, eine Sehnsucht nach dem, was im Garten gerade Saison hat und was davon als Erstes eingeweckt werden muss.

Ich sollte hier nicht stehen! Ich wende mich ab, Columbus folgt mir. Wir gehen zurück zur Straße und schlendern die ganze Strecke hinunter bis zum Holland Park. Auf dem Rasen werfe ich ihm seine alte Frisbee Scheibe zu und renne barfuß mit ihm durch das feuchte Gras. Meine Bedenken von gestern wegen des Colliers, diese plötzliche Panik heute Nacht, die merkwürdige Sehnsucht nach zu Haus, nach Carl und all dem – das alles fühlt sich jetzt ganz unwirklich an, wie eine Million Meilen weit weg. Hier scheint die Sonne, die Vögel zwitschern und die Blumen duften.

Am späten Nachmittag kommt Clarence nach Haus mit einem Korb voller Zutaten für sein Zitronenhuhn. Gut gelaunt schwingt er sich an den Herd. Das Abendessen ist köstlich. Wir gehen hinauf aufs Dach und machen es uns gemütlich – sehr gemütlich. Etwas später liegen wir erschöpft und glücklich auf dem Sofa. Plötzlich richtet Clarence sich auf.

„Ich hab da was!“

Er beugt sich zur Seite und fischt mit der rechten Hand unter den Sitzpolstern einen großen Briefumschlag hervor. Er drückt ihn mir in die Hand.

Meine Finger zittern ein bisschen, als ich ihn öffne. Ich ziehe zwei Bögen Papier heraus. Auf dem einen sind fotokopierte Bilder eines Bungalows zu sehen, aus den dreißiger Jahren, wie's ausschaut. Das andere Papier ist ein Exposé einer Maklerfirma in Sussex.

„Was sagst du?“

Ich schüttle den Kopf. Was soll das sein? Da sind viele Buchstaben aufgedruckt, sie purzeln durcheinander.

„Für dich und mich, Frans! Hab ich gekauft!“

Ich kneife die Augen zusammen und bemühe mich, zu verstehen, was da geschrieben steht.

„Ich schenk uns ein Haus!“, sagt er und schließt mich in die Arme. „Sieh mal!“ Sein Zeigefinger tippt auf die Fotos. „Am Meer in Worthing. Erinnerst du dich? Im März sind wir da durchgefahren. Fünf Minuten Fußweg bis zum Strand.“

Ich fühle seine Lippen auf meiner Wange.

Er schenkt uns ein Haus!

Am Meer!

Irgendwo da hinter meinem linken Ohr höre ich ihn in mein Haar sprechen. Er liebt mich, bis wir alt und verschrumpelt sind, dass weiß er genau. Wir gehören zusammen.

Ich kenne massenhaft Frauen, die für solch eine Liebeserklärung ohne Zögern alles stehen und liegen lassen würden. Nach sowas sehnt sich doch die ganze Welt!

Und ich?

Ich frage mich, was dieses Haus gekostet haben mag. Unwillkürlich tasten meine Finger nach dem Collier um meinen Hals.

Clarences Augen glänzen. „Freust du dich?“

In mir regt sich jemand von der Größe eines Schulmädchens. Ich sollte jetzt *ja* sagen.

„Du müsstest jetzt mal dein Gesicht sehen.“ Er lacht und streichelt meine Wange. „Für dich ist da kein Haken dabei, keine Sorge. Immer, wenn du Zeit hast, wann immer du es einrichten kannst, dann können wir dort ganz in Ruhe zusammen sein. Wir können dort unser ganz eigenes Leben führen, nur wir zwei.“ Er sagt das mit einer Begeisterung. „Wirklich Frans, du bleibst frei! Ich weiß ja, dass du dich jetzt nicht von Carl trennen kannst, das erwarte ich gar nicht. Ryan ist noch viel zu klein.“

Clarence – nur er kann mich so ansehen.

Er weiß, wer ich bin und was ich getan habe und würde mich niemals dafür verurteilen. Bei ihm muss ich keine Hattie sein, die außer einer Familie und einem Hundesalon kein Leben vorzuweisen hat. Bei ihm muss Franny nicht für immer und ewig unter Verschluss gehalten werden wie tödlicher Atommüll in einem strahlungssicheren Sarkophag.

„Aber das muss doch ein irrsinniges Geld gekostet haben." Ich will sowas gar nicht sagen. „Das Collier, das Haus!" Aber ich kann es nicht zurückhalten.

Verdunkelt sich sein Gesichtsausdruck? Wird sein Blick scharf – vielleicht einen winzigen Augenblick lang? Nein, seine Augen schauen mich zärtlich an.

„Niemand kennt mich wie du, Frans. Lass das meine Sorge sein."

Ich küsse ihn auf den Mund, lege ihm die Arme um den Hals. Wie er riecht – dieser einzigartige Clarence-Duft.

„Danke, das Haus ist wirklich wunderschön."

Bei allem, was an Carl anstrengend sein kann, letztlich ist er ein offenes Buch. Nachdem ich vorhin von meinem Spaziergang mit Columbus wieder zurück war, hat er mich endlich zurückgerufen. Ryan und er kämen gut zurecht, ich müsse mir keine Gedanken machen. Und er entschuldigte sich dafür, dass er in der Nacht so kurz angebunden gewesen ist. Seine Wut auf mich scheint langsam nachzulassen.

Am Anfang unserer Beziehung war mir das Leben mit ihm so leicht erschienen. Wer weiß, vielleicht vor allem deshalb, weil ich überzeugt war, die alte Franny sei ein schlechter Mensch gewesen. Diese böse Vergangenheit – Schluss damit! Die nagelneue Hattie fühlte sich glücklich und erleichtert. All die Lügen, die für dieses neue Leben nötig waren, kamen mir unbedeutend vor. Vernachlässigbar.

Aber irgendwann ging es los, bedrängende Bilder tauchten auf in meinem Kopf. Sporadisch zunächst, kaum zu merken. Mit der Zeit dann häufiger. Ich verstand gar nicht, weshalb sie kamen, es ging mir doch gut. Mit Ryans Geburt nahmen sie schließlich ein heftiges Ausmaß an, quälten mich beinahe jeden Tag. In diesen Bildern sah ich Franny. Wie ein dämonischer Zwilling kam sie mir vor, ein Horror, der sich nicht durch nichts beseitigen lassen wollte. Im Wohnzimmer in unserem Bücherregal stand der Roman von Robert Louis Stevenson: Der seltsame Fall des Dr. Jekyll und Mr. Hyde. Ich fing an zu lesen, aber das machte mir noch mehr Angst, also stellte ich das Buch wieder zurück und fasste es nicht mehr an. Seit heute Nachmittag aber, als ich Charlotte gesehen habe mit diesem Jungen, erscheint die alte Franny mir in einem völlig anderen Licht.

Clarence schlingt seine Arme fester um mich. „Du wirst es lieben, unser Haus."

Ich fühle, wie meine Muskeln sich entspannen, wie mein Puls sich beruhigt.

„Das werde ich!"

24.

Malvern Close, Nr. 14.
Ein typisch südenglisches Kleinstadthaus ist es, das den Charme vergangener Jahrzehnte verströmt. Ich bin in Worthing. Genauer gesagt in East Worthing, darauf legt man hier Wert. Vom Schlafzimmer aus im ersten Stock schaut man auf die Häuser der Front Row direkt an der Küstenstraße, wo der hektische Verkehr in den Sommermonaten nur nachts nachlässt, wenn die Touristen schlafen. Über die Dächer hinweg kann man das Meer sehen. Je nach Wetter schimmert es grau, silbrig oder stahlblau, und darüber spannt sich die Unendlichkeit des Äthers bis hinter den Horizont.

Unsere erste gemeinsame Woche in diesem Haus war der

Himmel auf Erden. Wir strichen die Wände, liebten uns zwischen den Farbeimern im Treppenhaus. Das Schlafzimmer im ersten Stock war schnell eingerichtet, es bietet gerade genug Platz für ein Queen Size Bett und eine winzige Kommode. Danach nahmen wir uns die Küche vor. Wir wollten den altmodischen Stil erhalten, darum ersetzten wir nur die Arbeitsplatten. Die vorhandenen Einbauschränke lackierten wir einfach neu. Natürlich besorgten wir einen neuen Herd und einen Energiespar-Kühlschrank. Bis dahin hatte ich nicht gewusst, was für ein geschickter Handwerker in Clarence steckt. Die Küchenrenovierung verlangte eine Menge Zeit, aber das bedauerte ich nicht, denn draußen stürmte es ganz ordentlich.

Als ich im Juli wieder kam, hatte Clarence bereits das Bad renoviert und das Wohnzimmer gestrichen. Wir lagen am Strand und suchten im Internet Polstermöbel aus. Dann unternahmen wir eine kleine Tour durchs Hinterland der Kanalküste bis nach Chichester, In einem Antik Laden in Arundel erwarben wir eine gediegene Stehlampe, eine Bodenvase und noch ein paar andere Kleinigkeiten und gaben damit dem Wohnzimmer und der Küche den letzten Schliff. Die Woche ging herum, wie im Flug und ich weinte, als ich wieder nach Inverness zurückfuhr.

Jetzt lastet eine drückende Schwüle auf Worthing. Es ist August Ich sitze vor der geöffneten Küchentür auf dem Rasenstück in unserem kleinen Garten und schaue in den milchigen Sommerhimmel. Columbus hat sich auf den kühlen Fliesenboden der Küche zurückgezogen. Ganz Sussex schwitzt sich die Seele aus dem Leib.

In der Nachbarschaft spielt jemand Gitarre und singt

dazu. Einen ziemlich antiquierten Song. Der war schon alt, als ich noch ein Mädchen war. *Streets Of London.* Bei diesem Lied denke ich immer an meine Mutter. Wenn es im Radio lief, sang sie mit. Wie peinlich sie mir damals war. Es macht mich melancholisch, wenn ich heute daran denke. Als Teenager begreift man nicht, dass Mütter noch etwas anderes sind als nur Mütter. Sie haben ein Innenleben, sie sehnen sich nach Glück, nach Erfüllung, nach einem Zustand der Beseeltheit – ganz gleich, wovon. Mütter sind Menschen.

Ryan ist im Ferienlager der Boy-Scouts, darum habe ich in diesem Monat eine Woche länger Zeit. Columbus und ich sind allein zu Haus, Clarence ist unterwegs. Wo, weiß ich nicht. In mir hat sich eine merkwürdige Stimmung breitgemacht. Ich würde etwas drum geben, könnte ich diese aufdringlichen Gedanken wieder in das Loch zurückjagen, aus dem sie hervorgekrochen sind.

Ich frage mich, was ich eigentlich hier tue, ich meine, wozu bin ich da? Seitdem ich vor einer Woche hier ankam, ist Clarence bereits zweimal über Nacht fort gewesen und heute früh fuhr er noch einmal los. Kann es sein, dass ich vor allem einfach nur hier sein soll, präsent an diesem Ort, in diesem Haus vorhanden, für Clarence – zu seiner Beruhigung oder wie auch immer.

Anfangs hat es mich ja selbst beruhigt, vor allem der Umstand so weit weg zu sein von Inverness. Kilometermäßig. Aber habe ich möglicherweise nur ein verschlafenes Provinznest gegen ein anderes getauscht? Habe ich den einen Mann, der ständig unterwegs ist und nach Fisch riecht, wenn er heimkommt, nur gegen den anderen Mann getauscht, der ebenfalls ständig unterwegs ist, bloß ohne den Fischgeruch?

„Nur noch diesen Termin, dann war's das erstmal." Mit diesen Worten hat Clarence sich heute in aller Herrgottsfrühe verabschiedet. Zuerst hab ich mich darüber gewundert, dass ich diesen Satz alarmierend fand, aber jetzt weiß ich weshalb. Wenn wir früher unsere Einsatzplanung besprachen, benutzten Goy, Clarence und ich immer banale Standardformulierungen, damit niemand daraus konkrete Rückschlüsse hätte ziehen können. Kein Kunde, kein Passant und auch kein Ermittler von der Polizei. *Das war's erstmal* bedeutete, dass ein Job erledigt war.

Es hält mich nicht mehr in meinem Liegestuhl. Ich gehe ins Haus, laufe die Treppe hinauf ins Schlafzimmer und reiße die Türen des Kleiderschranks auf. Mit zitternden Händen untersuche ich die Taschen von Clarences Hosen, Hemden, Jacketts. Leer sind sie. Alle völlig leer. Ich laufe treppab zur Garderobe, fasse in seine Manteltaschen, die Taschen seiner Windjacke. Gar nichts ist da drin, nicht einmal ein Einkaufsbon oder ein vergessenes Taschentuch. Carls Manteltaschen sind vollgestopft mit Kleinkram, auch in meinen finden sich zumindest ein paar Münzen, ein Parkschein oder sonst etwas.

Ich schaue um mich herum. Wo ließe sich hier etwas verstecken?

Von der Küche führt eine Tür in die winzige Abstellkammer. Dort steht unser Staubsauger, Putzzeug und Kram aller Art ist da drinnen verstaut. Alles räume ich heraus. Auf dem eingezogenen Zwischenboden lagern Besteckschachteln, ein Lampenkarton, Packpapier und Luftpolsterfolie, das ganze Zeug habe ich selbst hier deponiert. Ich hole alles vom Regalboden herunter.

Mein Puls schnellt in die Höhe. In der hintersten Ecke steht ein schmaler Koffer, schwarz und schmucklos. Nie zuvor ist der mir aufgefallen. Ich nehme ihn in die Hand, er wiegt nicht besonders viel.

Lässt er sich öffnen?

In der Küche stelle ich ihn auf den Fußboden, meine Finger streichen über das Zahlenschloss.

Er hat diese gewisse Größe, der Koffer, die Übliche, die es millionenfach gibt, weil Leute ihre Akten in sowas durch die Gegend schleppen. Möglicherweise benutzt Clarence ihn für seinen Papierkram, vielleicht für Orga-Unterlagen, die er beim Cricket benötigt.

Ich lasse den Koffer wo er ist und gehe hinaus in den Garten. Im Liegestuhl starre ich auf den Sekundenzeiger meiner Armbanduhr. Stetig bewegt er sich, Sekunde um Sekunde, unaufhaltsam. Ich bleibe nicht lange sitzen, die Unruhe treibt mich hoch. An der Haustür nehme ich Columbuses Leine vom Haken. Der Hund hebt träge den Kopf und sieht mich an, als wolle er sagen *das ist jetzt nicht dein Ernst*!

„Ich weiß, es ist warm. Komm schon, Junge, eine kleine Runde nur."

In der Malvern Close steht die Hitze, aber schon an der Ecke zur Küstenstraße weht eine leichte Brise. Wir überqueren die Fahrbahn, steigen die Treppe hinunter zum Strand. Gerade ist Ebbe, das Wasser liegt weit draußen wie eine Fata Morgana. Einen halben Kilometer stapfen wir über Kiesel und Sand. Auf dem grauen Schlickboden scheinen in den brühwarmen Pfützen Miesmuscheln langsam vor sich hinzugaren. Um uns herum kreischen die Möwen, sie halten ein Festmahl. Zwischen den Holzbuhnen folgen Wasserläufer und Steinwälzer wie im Tanz geschickt den auf- und ablaufenden Wellen. Eifrig spüren sie kleine Schnecken und Würmer auf, zerren sie aus ihren Verstecken und verschlingen sie. In weiter Ferne glänzt silbrig der Horizont. Ich bestaune das magische Leuchten, dort, wo Himmel und Meer saumlos ineinanderfließen.

Dahinten, auf der anderen Seite des Ärmelkanals, da muss Frankreich liegen. Dort war ich noch nie. Eine Stimme in mir behauptet, ich müsse unbedingt hin – am besten jetzt gleich! Plötzlich bleibt Columbus wie angewurzelt stehen.

„Was hast du denn, Schatz?“

Er hechelt laut, seine Zunge hängt lang aus seinem Maul. Ich würde gerne noch bleiben, aber er hat genug und muss nach Haus.

Auf dem Heimweg statten wir dem Metzger einen kleinen Besuch ab. Für mich erwerbe ich einen Porkpie, für Columbus einen Fleischknochen. Wir biegen in unsere Straße ein, ich lasse den Hund von der Leine. Er läuft voraus und wartet im Schatten des Vordachs an der Haustür. Ich schließe ihm auf. In der Küche legt er sich sofort wieder auf die kühlen Bodenkacheln. Ich fülle seine Wasserschale und schiebe sie ihm direkt vors Maul. Dann nehme ich mir aus dem Kühlschrank einen Eistee, wickele den Pie aus dem Wachspapier und beiße hinein.

Ja, es geht mir besser.

Kauend starre ich den Koffer an. Wie eine Katze hockt er teilnahmslos bei der Kammertür. Ich werfe einen Blick auf sein Zahlenschloss: Alle Rädchen stehen auf null.

Mehrere Gründe sprächen dafür, ihn nicht zu öffnen. Zum Beispiel könnte ich mich auf den Standpunkt stellen, dass es mich nichts angeht, was da drin ist. Schließlich gehört es mir nicht. Ich könnte auch davon ausgehen, dass ich ihn nicht zu öffnen brauche, weil ich bereits ahne was ich darin finden werde – was mich wieder zu Grund Nummer eins zurückbringt, denn es ist nicht meins, das, was da drin ist, also geht es mich nichts an.

Überhaupt: Grundsätzlich muss ich gar keinen Koffer öffnen, den ich nicht öffnen will. Es gibt kein Gesetz, das mich dazu verpflichtet.

Der Eistee tut gut und auch die kühlenden Fliesen unter meinen nackten Füßen tragen zu meiner Erfrischung bei. Ich gehe auf die Knie und streichele Columbus den Rücken.

„Kluger Junge!“

Direkt neben ihm, da steht das Ding. Wenn alle Zahlenrädchen auf null stehen, dann bedeutet es doch, dass der Koffer verschlossen ist, nicht wahr?

Versuchsweise drücke ich auf die Schnappmechanismen rechts und links vom Tragegriff. Ich zucke zusammen, mit einem trockenen Geräusch klappen die Riegel auf. Die Finger meiner linken Hand vergraben sich im Nackenfell des Hundes. Das Ding öffnet sich, ein zehn Zentimeter breiter Spalt tut sich auf. Ich lehne den Kopf herüber, linse mit einem Auge hinein.

Zu wenig Licht, ich kann nicht richtig erkennen, was drin ist.

„Franny!“

Columbus schaut mich verwundert an, weil ich so laut mit mir selbst spreche. Meine Linke klopft ihm beruhigend die Flanke, meine Rechte zieht vorsichtig die Kofferdeckel auseinander.

Da ist nichts – nur zwei sorgfältig vorgeformte Mulden. Die eine passend für eine Beretta, die andere für einen

Schalldämpfer.

Hastig klappe ich den Koffer wieder zu.

Columbus sieht mir in die Augen.

In Notting Hill im Safe liegt das Brillantcollier. Dort liegt es, weil ich es unmöglich nach Inverness mitnehmen konnte. Spätestens, als Clarence es mir im Mai um den Hals legte, war doch klar, was los ist.

Ich stehe auf und schalte den Wasserkocher ein und muss lachen. Wer auf der Welt hat schon ein Original von Kandinsky an der Wand hängen? Im Vorraum zum Fahrstuhl!

Als ich damals aus London floh, beliefen sich meine Rücklagen auf vierzigtausend Pfund, das weiß ich genau. Unser Alter Mann entlohnte uns nicht sehr üppig, wir waren ja *seine Kinder*, seine Schöpfung. Was wir ihm an Gewinn einbrachten betrachtete er eher wie eine Rendite auf seine Investition. Außerdem hatte ich gerade erst das Haus in Enfield gekauft.

Ist es nicht verrückt, dass ich mir niemals darüber Gedanken gemacht habe, was wohl daraus geworden ist! Bis heute! Es war durchaus einiges Wert, Wenn die Jungs es verkauft haben sollten, hätten sie eine gute Summe dafür bekommen.

Gegenüber Carl deklarierte ich mein Geld als Erbschaft von meiner Tante, die es ja nie gegeben hat. Einen Teil dieses Geldes steuerte ich zu Carls Boot bei, einen weiteren steckte ich in unser Haus und mit dem Rest eröffnete ich später meinen Hundesalon.

Das Wasser kocht. Plötzlich fröstelt es mich auf dem kalten Fliesenboden. Ich suche meine Flip-Flops, entdecke sie vor der Gartentür.

Nachdem ich fort war und Qualfati tot, sind Clarence und Goy noch mindestens zwei weitere Jahre im Geschäft geblieben, das weiß ich sicher. Während dieser Zeit können sie mehr als ordentlich verdient haben. Und ich bin sicher, dass sie auch an Qualfatis Geld herangekommen sind, schließlich hat Goy jahrelang die Buchhaltung erledigt, und zwar nicht nur für uns, sondern auch für unseren Alten Mann. Er vertraute Goy zu einhundert Prozent.
Aber im Ernst: Kann das alles zusammen so viel gewesen sein, dass man dafür ein ganzes Haus in der Kensington Road hätte kaufen können?

Ich schlüpfe in die Pantinen, stelle nochmal das Wasser an, das inzwischen zu kochen aufgehört hat und nehme die Teekanne aus dem Regal.

Clarence ist ein zutiefst guter Mensch.

Aber das waren wir alle einmal.

Zumindest hatte jeder von uns sehr gute Gründe für seine Entscheidungen. Wir alle wollten immer nur das Beste. Mit seinem Geld und zusätzlich auch noch mit dem von Goy …

Mir läuft ein Schauer über den Rücken. Columbus ist aufgestanden. Wie eine Katze reibt er sich an mir mit seinem rauen Fell. Abwesend tätschle ich seinen Kopf.

Zutiefst gute Menschen töten nicht!

Zitternd beeile ich mich, Teeblätter in die Kanne zu löffeln, dann gieße ich das sprudelnde Wasser darüber.

Zutiefst gute Menschen lassen auch ihren kleinen Sohn nicht zurück. Sie belügen ihre Tochter nicht und tun ihrem Ehemann nicht den Schmerz einer Affäre an.

Columbus steckt seinen Kopf in meine Achselhöhle. Ich küsse seine Ohren.

Aber Clarence und ich – das ist keine Affäre!

Der Hund schnauft.

Ich seihe den Tee ab in die antike Minton Kanne. Auch sie ist ein Mitbringsel aus dem kleinen Shop in Arundel. Ich nehme mir eine Tasse aus dem Schrank, gieße Tee hinein, gebe ein wenig Milch hinzu. Schluckweise trinke ich die heiße Flüssigkeit, solange, bis winzige Schweißtröpfchen mein ganzes Gesicht bedecken.

Vielleicht ist dieser Koffer lediglich ein Überbleibsel aus Clarences Vergangenheit. Es sieht ihm nicht ähnlich, ein potentielles Beweisstück so aufzubewahren – an einem Ort, wo es ohne weiteres jedem in die Hände fallen könnte, der in diesem Haus etwas sucht. Das ist nicht seine Art. Rein äußerlich kommt er sehr locker rüber, aber in beruflichen Dingen war er immer super genau, schon als junger Mann.

Ich schaue in Columbus' goldbraune Augen. Wollte Clarence, dass ich diesen Koffer entdecke? Welchen Grund könnte er dafür haben?

Ich setze mich auf den abgewetzten Tritthocker – ein Stück aus dem alten Inventar des Hauses. Columbus bellt und legt den Kopf schief. Ich klimpere mit den Augenlidern, atme tief durch, schaue mich in dieser Küche um. Eine ganz gewöhnliche Küche ist es, ohne Schnickschnack, ohne teure Ausstattung. Eigentlich das ganze Gegenteil von Clarences Küche in Notting Hill.

„Ein Ort nur für dich und mich", so sagte er, „wo wir ganz in Ruhe leben können wie normale Leute. Nichts Überkandideltes, einfach nur wir zwei und der Hund."

Entschlossen stehe ich auf. Ich räume den Koffer zurück in die Abstellkammer, den Staubsauger, das Putzzeug, die Pappschachteln und den ganzen Kram, alles stelle ich zurück. Wer weiß, aus welchen sentimentalen Gründen er ein Relikt aus alten Zeiten aufbewahrt. Wer weiß, wie enorm die Summe gewesen ist, die Qualfati beiseite geschafft hatte. Jahrelang arbeiteten wir fleißig, es können Millionen zusammengekommen sein.

Im Garten lege ich mich wieder in den Liegestuhl, lasse in der Sonne langsam mein Hirn zergehen wie Butter in der Pfanne. Meine Gedanken wandern zu Carl. Im Geiste sehe ich ihn vor mir den Festungshügel hinaufwandern, an der einen Hand Ryan und in der anderen einen Picknickkorb.

Sandy würde übernehmen, das weiß ich.

Wenn ich es zuließe.

Bin ich gewillt, das zuzulassen? Eine unsinnige Frage, denn natürlich ist Carl derjenige, der es zulassen wollen müsste. Wenn es das ist, was er wirklich will, habe ich dem nichts entgegenzusetzen.

Wie konnte Carl mir über all die Jahre, die wir als Nachbarn zusammenklebten, verschweigen, dass er Sandy hatte heiraten wollen. Natürlich weiß ich, dass ich streng genommen die Letzte bin, die das Recht hat, ihrem Ehemann Unehrlichkeit vorzuwerfen. Aber ich finde, dass mein Verhalten mit seinem nicht vergleichbar ist. Carl und ich lebten schließlich nicht mit Clarence und Goy Tür an Tür. Ich hatte mit meinem alten Leben und mit meinem alten Umfeld gebrochen. Aber Carls Leben blieb doch irgendwie unverändert. Dieselbe Stadt, derselbe alte Freundeskreis.

Weder Carl noch Sandy noch Harold noch irgendein anderer von Carls alten Kumpels hat je ein einziges Wort darüber verloren, dass er und Sandy einmal *das* Liebespaar gewesen sind. Romeo und Julia von Inverness. Hatten sie sich alle abgesprochen? Hat Carl seine Freunde darauf eingeschworen, sich bloß nicht zu verquatschen. Vielleicht hielten sie ihr Schweigen über diesen Punkt für die berühmte schottische Diskretion – ein bloßer Euphemismus für das tiefe Misstrauen gegenüber allen Fremden, vor denen man private Angelegenheiten grundsätzlich nicht ausbreitet.

Als Sandy mir nach Harolds Tod davon erzählte, war ich schwanger mit Ryan. Am folgenden Tag sprach ich Carl darauf an.

„Ich weiß, du bist keine Klatschbase." Ich musste mich sehr bemühen, nicht die Beherrschung zu verlieren. „Aber findest du nicht, du hättest mir so etwas Wichtiges mitteilen müssen?" Er winkte nur müde ab. „Wozu denn? Das war alles lange bevor wir uns kennenlernten. Danach kräht doch kein Hahn mehr." Wir haben nie wieder darüber geredet.

Grade breitet eine hohe, dünne Wolke ihren milchigen Schleier über die Sonne. Aus der Küche höre ich Columbus. Er steht am Wassernapf und schlabbert die kühlende Flüssigkeit mit seiner großen Zunge in sich hinein.

Dieses Jahr im März, einige Tage nach unserem ernüchternden Gespräch in der Küche – ich hatte schon mehrere Nächte auf dem Sofa geschlafen – sagte Carl zu mir: „Finde heraus, was es ist! Was habe ich davon, wenn du dir nicht sicher bist." Das war seine ganze Reaktion auf mein Geständnis. Seine Distanziertheit fand ich verletzend, sie verstärkte meinen Eindruck, er und Sandy seien sich deutlich näher, als er mich glauben lassen wollte.

Vielleicht sogar schon jahrelang, wie soll ich das wissen.

Ich nahm meinen ganzen Mut zusammen. „Und was ist mit euch?“, fragte ich. „Mit *uns*?“ Sein Blick sprach Bände. „Wer: *uns*?“

„Sandy und du natürlich“, sagte ich trotzig.

„Du bildest dir was ein!“ Wieder winkte er ab.

Immer dieses Abwinken, es hängt mir so dermaßen zum Hals ‘raus!

„Ich bin weder blind noch taub.“, antwortete ich.

Er tat so, als wüsste er nicht, wovon ich sprach, aber seine steinerne Miene bekam Risse. Eigentlich hatte ich ihn fragen wollen, wie viel Zeit er mir zugestehen würde, um *es herauszufinden*. Ich setzte an, aber er unterbrach mich sofort. Derzeit sei er in keinem Zustand, in dem er über unsere Situation sprechen wolle. Das sollten wir besser verschieben. Vor zehn Tagen aber, ich hatte Ryan ins Ferienlager gefahren und kam abends nach Haus, räumte er gerade das Geschirr in die Spülmaschine. Ich musste noch die Buchhaltung für den Salon erledigen und breitete meine Unterlagen auf dem Esstisch aus.

„Kommst du nicht ins Bett?“, fragte er.

Ich war völlig überrascht – zu sehr, um gleich antworten zu können. Das provozierte ihn. „Ich hab auch ein Recht auf dich, oder nicht?“

Ich habe mich ihm nie verweigert, auch nicht, als ich anfing, mich heimlich mit Clarence zu treffen. Aber seit dem verunglückten Abend im Crown und seitdem ich ihn mit Sandy unten im Wohnzimmer lachen hören hatte, habe ich von mir aus keinen Annäherungsversuch mehr unternommen. Und auch er hatte es seitdem nicht.

„Hab ich doch, oder nicht?“, fragte er, und es klang angriffsbereit.

„Carl … “

Mir war klar, dass jede Erwiderung jetzt falsch sein würde, denn das Letzte was er wollte, war reden.

„Oder?“ Breitbeinig stand er mitten in unserer Küche, verletzt, wütend, alles andere als beherrscht. Plötzlich war da in ihm eine Kraft am Werke, die ich ewig nicht gespürt habe. Ich stand auf, bereit sofort mit ihm nach oben zu gehen. Das erkannte er genau. Mit einem boshaften Blick wandte er sich von mir ab und ließ mich stehen. Seine Schritte knarrten auf der Treppe, leise quietschte die Schlafzimmertür. Ich übernachtete wieder auf dem Sofa.

Columbus ist zu mir herausgekommen und legt seine tropfnasse Schnauze auf meinen Schoß. Aus treuen, braunen Augen schaut er mich an.

„Jede Liebe leidet an einer tödlichen Krankheit.“

Der Hund spitzt die Ohren und maunzt. Ein Weilchen betrachte ich sein schönes Gesicht, dann zieht es mich mit einem Ruck aus dem Liegestuhl. Ich gehe zurück in die Küche, krame aus der Abstellkammer den Koffer wieder hervor. Ich öffne ihn und starre die Aussparungen für die Waffenteile an. Ich hebe das ganze Ding an mein Gesicht und atme ein. Da ist kein Geruch nach Waffenöl, auch nicht nach Schwarzpulver. Unmöglich, dass Clarence diesem Koffer heute im Morgengrauen eine Waffe entnommen hat, die in Benutzung ist.

Und überhaupt ist das Ganze absurd, denn er würde die Waffe doch in diesem Koffer transportieren, wenn er damit unterwegs wäre.

Es sei denn, in seiner Kleidung gäbe es ein eingenähtes Futteral. Sowas fand sich vorhin aber nirgends, weder in einer der Jacken noch in seinem Mantel.

Bin ich paranoid? Ich stelle den Koffer auf den Boden und schlage die Hände vors Gesicht. Zischend strömt mein Atem durch meine Finger. Was soll ich denn jetzt tun?

Ich lasse die Hände sinken, meine Blicke irren über die Küchenzeile.

Zu glauben, er würde in diesem Koffer eine Waffe aufheben, die er jetzt mit sich herumträgt, um damit einen Job zu erledigen, das ist einfach unlogisch. Aber die Tatsache, dass er so einen Koffer besitzt, dass er ihn hierher gebracht hat – ich verstehe das nicht. Dies hier soll doch unsere Insel sein, der *eine* Ort nur für ihn und mich.

Falls …

Also wenn …

Wieder schlage ich die Hände vors Gesicht, setze mich auf den Tritthocker, stemme die Ellenbogen auf die Knie.

Falls er wirklich noch im Business ist und dieses Business mit in dieses Haus bringt, was habe ich davon zu halten?

Columbus kommt aus dem Garten zu mir herein und legt seinen Kopf in meine Arme.

Ich verstehe es nicht! Clarence wird doch nicht allen Ernstes erwarten, dass ich damit einverstanden bin.

Wieder sehe ich mich in der Küche um, klein kommt sie mir vor, winzig klein, eng, alt, hässlich. Ihm muss doch klar gewesen sein, dass ich ihn früher oder später finden werde, diesen Dreckskoffer.

Wollte er das? Weshalb sollte er das wollen?

Im Geiste sehe ich mich nach oben gehen, meine Sachen zusammenpacken und schrecke zusammen, weil das Telefon klingelt.

„Na du.“

Er ist es.

„Habt ihr es euch gemütlich gemacht?"

„Haben wir." Ich schlucke. Da ist ein reservierter Unterton in meiner Stimme. „Wir waren am Strand … ", heiterer bitte, „… und jetzt lassen wir uns gerade die Sonne auf den Pelz scheinen."

Mein Magen krampft sich zusammen.

„Schön", antwortet Clarence, „ich bin bald zu Haus. Fühl dich geküsst."

Den ganzen restlichen Nachmittag hatte ich grübelnd im Garten gehockt. Carl und die Kinder, Carl und ich, Carl und Sandy, Clarence und ich. Wie gelähmt starrte ich auf die bemoosten Zaunlatten. Irgendwie bekam das alles etwas Bedrohliches, wirklich alles, was Jahrzehnte lang mein Leben gewesen ist – sogar ohne mich. Ich war wild entschlossen, Clarence auf den Koffer anzusprechen, aber dann, als ich seinen Wagen auf der Garagenauffahrt hörte, wie er die Haustür aufschloss und meinen Namen rief …

Nachts liebten wir uns. Ich glaube, so schön war es noch nie. Anschließend schlief ich wie ein Baby. Jetzt hat er Tee für uns gemacht, ist pfeifend mit dem Tablet die Treppe heraufgekommen und wieder zu mir unter die Decke geschlüpft.

„Was ist das eigentlich für ein Koffer?" Ich wundere mich über meinen Mut. „Der in der Abstellkammer."

Er gießt mir eine Tasse Tee ein und reicht sie mir. „Hast du ihn geöffnet?"

„Natürlich." Ich sehe ihn an. Sein Blick ist ruhig und fest. Dem halte ich nicht lange stand und schaue an ihm vorbei hinaus aus dem Fenster.

„Eben!“

Wie er das sagt!

Columbus liegt bei mir auf dem Bett. Ich greife nach seiner Schnauze, ziehe ihn zu mir heran, beginne ihn zu kraulen. Clarence steht auf.

„Franny!“

Seine Augen sind jetzt groß und rund. Ist er genervt, oder ist er überrascht?

„Ich bin’s, hallo! Du kennst mich! Du hast doch gesehen, wie ich lebe. Ich dachte, das wäre alles klar!“

Er hat Recht. Oder nicht? Ich fühle mich beschämt.

„Ich denke, du liebst mich so, wie ich bin!“

„Das tue ich doch!“

Ich habe Angst, ihm in die Augen zu sehen. Nervös streichen meine Finger durch das Hundefell. Columbus zieht seinen Kopf weg.

Ich bin eine erwachsene Frau, aber in Momenten wie diesen fühle ich mich kein bisschen so. Mit dem Rücken ans Betthaupt gelehnt, ziehe ich die Beine an, lege die Arme um die Knie und presse die Lippen aufeinander. Wie ein trotziges Kind.

„Natürlich fand ich es bemerkenswert, wie du so lebst – dein Haus und all das.“ Das feine Baumwollbettzeug ist mit gelben Blumen bestickt. Meine Finger bekommen einen losen Faden zu fassen, fummeln solange daran herum, bis er sich herausziehen lässt. „Aber irgendwie dachte ich – ich dachte, ich weiß doch gar nicht, was so ein Sportkoordinator verdient.“

„Frans!“ Ich höre ihn schnaufen. „Kein Sportkoordinator der Welt kann einfach mal so solche Geschenke machen.“ Er legt seine Hand auf meine Schulter. „Das wissen wir doch, wir sind doch Profis!"

Ich zucke zusammen. *Wir* sind Profis?

Draußen ist der blaue Himmel von gestern einer dunklen Sturmfront gewichen, stahlblaue Wolken laden ihren Regen über der Küste ab.

„Nicht mal ein Auftragskiller kann das", fährt Clarence fort. Er klingt so sachlich wie ein Krankenpfleger, der dir sagt, es gäbe nur einen kleinen Piks. „Schon gar nicht heutzutage, wo irgendwelche kleinen Ganoven solche Jobs für Kleingeld erledigen, und das nicht mal schlecht. Das läuft heute alles völlig anders, Franny."

Columbus gähnt, dann legt er den Kopf zwischen die Vorderläufe und schließt die Augen. Clarence hockt sich neben ihn.

„Offenbar ist dir nicht bewusst, wie wenig ein Menschenleben heute wert ist – und wie billig der Tod."

Die letzten Worte murmelt er so leise, dass ich ihm das Gesicht zuwende.

Ist es wegen der Art, wie das Licht schräg ins Zimmer fällt? Keine Ahnung, aber seine Augen wirken hohl, und zum ersten Mal kommt seine Statur mir ein wenig gebeugt vor. Obwohl er mit seiner dunklen Haut und dem ebenmäßigen Gesicht nicht das Geringste gemeinsam hat mit unserem blassen, hageren stoppelbartgesichtigen Alten Mann, plötzlich sieht er ihm sehr ähnlich.

„Aber wir sind Menschen, Frans." Er wischt sich mit der linken Hand über die Augen und setzt sich zu mir an den Bettrand. „Ich kann dich ja verstehen. Vielleicht habe ich die Situation falsch eingeschätzt. Vielleicht hätte ich es mir denken können müssen."

Er streckt den Arm nach Columbus aus. Der Hund

reagiert sofort, schwanzwedelnd kommt er zu ihm.

„Aber du wirst mich nicht verraten, oder?“.

Sein Blick ist auf den Hund geheftet. Der jugendliche Glanz kehrt in seine Augen zurück, als er das graue Fell krault.

„Das könntest du gar nicht.“

Ich sitze da, stumm wie ein Fisch. Dieses rätselhafte Lächeln huscht über seine Züge – Mona Lisa.

An der Stuhllehne hängt sein Jackett. Jetzt steht er auf, er greift hinein.

„Lebensversicherung.“

Mit festem Blick schaut er mir in die Augen. Er legt eine Waffe auf den Kaminsims, ganz vorn am Lauf klebt ein stumpfer dunkelroter Fleck.

Es ist seine alte Beretta.

25.

Bring es zu Ende! Aber wie, das frage ich mich.
Und: Ist es denn zu Ende? Warum sollte es denn zu Ende sein? Ich atme noch und Clarence auch. Alle atmen wir, nicht nur Clarence und ich, sondern auch Carl und die Kinder. Solange man atmet, so lange gibt es Möglichkeiten, solange geht alles irgendwie weiter. Nichts ist zu Ende, rein gar nichts.
Aber ich kann die Tränen nicht zurückhalten.

„Mein Liebling … “

Ich höre mich flehen und bin selbst überrascht von der Wucht der Verzweiflung, die mich jetzt überkommt.

„Mein Liebling, bitte. Ich glaube nicht, dass ich damit leben kann. Ich meine – du weißt doch, was ich meine.“

Clarence sitzt am Steuer und hört sich mein Gestammel an. Den Blick hält er starr auf den Verkehr gerichtet. Wir sind so gut wie in London. Um zwölf Uhr geht mein Zug nach Haus. Ich hatte mir fest vorgenommen dieses Thema erst anzusprechen, wenn ich wieder in Inverness bin. Ich wollte erst ein bisschen Abstand haben, in Ruhe ein oder zwei Nächte darüber schlafen. Und nur, falls mein Gefühl dann immer noch dasselbe wäre wie in den vergangenen Tagen, dann wollte ich mit Clarence darüber reden.

Jetzt sitze ich hier und weine wie ein Wasserfall und die Worte sprudeln ungebremst aus mir heraus.

Was gewesen ist, das ist gewesen. Niemand kann es rückgängig machen. Ich mache Clarence keinen Vorwurf, auch an meinen Händen klebt Blut. Aber für mich ist das die Vergangenheit, und Vergangenheit soll es bleiben.

Wird er das verstehen können?

„Ich liebe dich so sehr, aber ich kann das nicht!"

Vermutlich kann er meine Worte gar nicht richtig hören, weil ich hemmungslos schluchze.

Irgendwie hat sich in mir eine Wandlung vollzogen, scheibchenweise, verteilt über all die Jahre. Offenbar habe ich das vor lauter Mühe, meine Vergangenheit vor Carl und aller Welt geheim zu halten, selbst überhaupt nicht mitbekommen.

Ich warte auf eine Reaktion von Clarence, auf eine Antwort. Aber er sagt kein Wort.

„Kannst du das verstehen?"

Ich weine. Ist das die Angst einer Tochter, die fürchtet verstoßen zu werden? Ich vergrabe mein Gesicht in meinen Händen. Da ist dieses leere schwarze Nichts vor meinen Augen. Ich lasse mich hineinfallen, es beruhigt mich. Dabei komme ich mir vor wie einer dieser Jagdfalken, deren Augen man mit einer Lederkappe bedeckt hält, damit sie nicht einfach davonfliegen.

Endlich spüre ich Clarences Hand auf meinem Nacken.

„Is' doch alles gut."

Er ist noch da, er hört mich. Wieder schluchze ich los wie ein Kind.

„Alles gut“, wiederholt er.

Er lässt mich Weinen.

Allmählich fasse ich mich, richte mich auf, atme tief, stöbere im Handschuhfach nach der Box mit den Papiertaschentüchern.

„Ja, wirklich?“

„Definitiv!“

Eine schräge Antwort. Ich schaue ihn an. Meint er das ironisch? Seiner Miene ist nichts anzumerken. In diesem Moment klingt für mich sowieso alles merkwürdig, das weiß ich, ich fühle mich völlig daneben. Clarence hingegen wirkt ruhig.

Ich klappe die Sonnenblende herunter. Vor dem kleinen Spiegel wische ich mir die Tränenspuren von den Wangen. Draußen knallt die Augustsonne vom Himmel. Es ist Vormittag, noch nicht einmal halb zehn, aber das Thermometer am Armaturenbrett ist bereits auf siebenundzwanzig Grad geklettert.

Zwölf Uhr ab Kings Cross. Reiß dich zusammen!

Erst einmal nach Haus zu fahren, eigentlich war das mein Plan. Ganz normal, so wie abgesprochen und ohne Drama. Ich wollte uns die Süße der Tage im Haus in Worthing nicht bitter machen.

Ohne Drama – das hat schon mal nicht geklappt!

Allein dieser Gedanke facht erneut meine Panik an. Wieder bricht mir der Schweiß aus. Meine Finger kneten das Papiertaschentuch in meinem Schoß zu einem feuchten Klumpen. Am liebsten würde ich jetzt die Tür aufreißen und aus dem Wagen springen, gleich hier mitten auf der Autobahn. Mein Hirn funkt auf Hochtouren, wie der doppelreihige Newsticker auf BBC World. Wenn ich hier ausstiege, könnte ich vom Bahnhof in Croydon einen Zug nach Victoria Station nehmen, dann einfach mit der U-Bahn weiter zum Bahnhof Kings Cross. Meine wenigen Kleidungsstücke, die bei Clarence zu Haus im Schrank hängen, das bisschen Schminkzeug, all das hätte ich sowieso bei ihm gelassen. Schon allein als Zeichen dafür, dass alles in Ordnung ist zwischen uns! Nicht nur zu seiner Beruhigung, sondern auch zu meiner eigenen.

Jetzt liegt Clarences Hand auf meinem Oberschenkel.

„Wir sind bald zu Haus."

Ich kapiere seine Gefasstheit nicht. Nein – gerade macht sie mich wütend. Habe ich denn gar nichts Schreckliches gesagt? Wäre es möglich, dass ich mich nicht klar genug ausgedrückt habe?

Komm runter! Es ist doch ein Glück, dass er so ruhig bleibt. Wahrscheinlich sieht er alles in einem ganz anderen Licht. Vielleicht sogar realistischer als du. Wir sind gleich zu Haus, mehr sagt er doch gar nicht.

Okay.

Aber nein, nicht okay!

Noch bin ich doch in Inverness zu Hause. Zumindest steht es so in meinem Ausweis. Ich sehe unser Haus vor mir, Carls und meines, die grauen Steine, das Schieferdach. Wie eine Tigerin lauert sie, die verdammte Panik, verharrt regungslos, aber ihr Schwanz zuckt schon. Sie macht sich zum Sprung bereit.

„Ich liebe dich", höre ich mich sagen.

Ja, richtig. Ich liebe Clarence.

„Ich weiß", antwortet er.

Aber ich liebe Carl, das stimmt doch auch.

Natürlich müsste Clarence das wissen, denn als das mit

uns im Herbst seinen Anfang nahm, an dem Abend im Pub, da hab ich es ihm doch gesagt – bestimmt hab ich das. Jetzt würde ich das nicht mehr einfach so tun, ich will nicht, dass er sich verletzt fühlt. Aber damals war alles noch ganz anders, damals ahnte ich nicht, dass ich Hattie mag. Sie ist keine Schlechte, das verstehe ich jetzt. Sie ist gewachsen, ist nicht nur mehr ein Notbehelf, ein Kostüm, eine Rolle. Und ihr zu Hause ist in Inverness bei Carl.

„Wenn ich hier bei dir bliebe…"

Was ist nur mit mir los? Kann ich denn heute gar nicht meinen Mund halten? *…, dann müsstest du mit einem Fünftel von mir vorliebnehmen*! Wenigstens hab ich diese Worte nicht laut gesagt. Ich hab es geschafft, sie nur zu denken. Sie hängen in meinem Hirn wie klatschnasse Wäsche auf der Leine im November. Schwer. Kalt.

Mit einem Fünftel!

Clarence sieht mich stirnrunzelnd an, ich schüttele den Kopf.

„Nichts."

„Dein Zug geht um Punkt zwölf, Frans. Das schaffen wir locker."

Wie verlasse ich ihn?

Und wie soll ich ohne ihn leben?

Sandy fällt mir ein. Damals sagte sie, sie wisse nicht, wie sie ohne Harold leben solle. Schmerz vergeht, so lautet eine Binsenweisheit. Mit der Zeit wird er sich mehr und mehr auflösen und eines Tages dann ist er ganz verschwunden.

Hab ich das wirklich jemals so erlebt?

Clarence sitzt mir gegenüber auf seiner Dachterrasse, hinter seinem Haarschopf schwanken die Baumkronen im warmen Wind. Sein Blick ist matt, er schaut auf das Diamantcollier in seiner Hand. Columbus steht bei ihm, lehnt den Kopf an seine Schulter. Clarence beachtet ihn nicht, stier starrt er auf das Glitzern zwischen seinen Fingern. Jetzt nickt er mit dem Kopf – ein feines, ein kleines elastisches Nicken.

„So." Er atmet ein. „So. Okay." Behutsam legt er das Collier zurück auf den Tisch, er bedeckt es mit dem Sportteil des Observer. „Dann soll es so sein."

Er nickt noch einmal, diesmal entschlossen.

„Es ist gut, dass du dich ausgesprochen hast."

Der Hund maunzt, endlich streicht ihm Clarence über den Kopf.

„Jeder verändert sich, meine liebe Franny. Jeder tut das, nicht nur du."

In unseren vielen gemeinsamen Wochen seit Februar ist er der wundervollste Liebhaber gewesen, der beste Freund. Ich kämpfe mit den Tränen. „Niemanden auf der Welt könnte ich lieben, wie ich dich liebe. Keinen Mann, auch Carl nicht."

Wieder nickt Clarence, aber er erwidert nichts. *Mag sein*, das denkt er bestimmt. *Mag sein*. Ich kenne ihn.

Mein Blick geht zur Uhr. Wir müssen aufbrechen. Clarence besteht darauf, mich zum Zug zu bringen.

„Bitte," sage ich, küsse ihn auf die Stirn, „bitte lass uns als Freunde auseinandergehen. Du wirst immer in meinem Herzen sein. Ich bin einfach nicht mehr Franny, das ist der einzige Grund."

Ob das wirklich die Wahrheit ist, muss sich erst noch herausstellen, aber für den Moment fühlt es sich richtig an, das zu sagen.

Es sind nicht meine Worte. *Holly Golightly* sagt das in *Frühstück bei Tiffany*. Ich hoffe, es lindert Clarences Schmerz, darum ist es richtig das zu sagen. Und auch mein eigenes Herz schlägt etwas ruhiger.

Und ganz tief drinnen, ganz weit hinten, hinten unten, da freue ich mich auf das alte, doofe Haus, auf die kleine blöde, doofe, langweilige, piefige, provinzielle Stadt am ewig kalten grauen Meer, auf meinen Salon, auf die Kundschaft – auf Ryan und auf Carl. Noch sind wir schließlich ein Ehepaar und gerade finde ich die Vorstellung gut, die nächsten vierzig Jahre mit ihm in unserem ganz gewöhnlichen alten Ehebett zu schlafen bis wir das Zeitliche segnen.

Ich schaue Clarence an, umarme ihn. Er küsst meinen Hals. „Das werden wir, Franny. Wir werden Freunde bleiben. Für immer."

Vorm Bahnhof Kings Cross herrscht das übliche Chaos. Clarence parkt auf einem Behinderten-Parkplatz, springt aus dem Wagen und öffnet mir die Tür. Es ist sieben Minuten vor zwölf. Wir nehmen die Beine in die Hand. Am Automaten löst er eine Bahnsteigkarte. Der Zug steht bereits am Gleis. An der Waggontür küssen wir uns zum Abschied. Ich atme seinen Duft. Zum letzten Mal? Tränen steigen mir in die Augen.

„Sie sind nicht die Einzigen, die einsteigen möchten!", herrscht uns eine heisere Stimme an.

Clarence und ich drehen uns um. Hinter uns tritt ein älterer Herr ungeduldig von einem Fuß auf den anderen. Das dünne Haar klebt an seinen schweißnassen Schläfen.

Clarence und ich sehen uns in die Augen. „Hier, Franny!" Er hat mir ein Lunchpaket zurecht gemacht und eine

Thermoskanne. „Sandwiches und Tee."

Ich nehme den Baumwollbeutel an mich. Ein Kuss noch, dann steige ich ein. Vom Bahnsteig aus schaut er zu, wie ich mich auf meinen Platz setze. Er winkt mir, wendet sich um und geht, und ich fühle mich wie ein gesunkenes Schiff.

Mit einem hydraulischen Zischen schließen sich die Türen. Der Zug setzt sich in Bewegung. Er rollt hinaus aus der Halle, eilt unaufhaltsam zwischen Häusern, Parks und Straßen Richtung Norden. Ich schaue alles aufmerksam an. So bald komme ich nicht mehr her.

Keine Ahnung, wann ich Hunger bekam und Durst. In der nähe von Peterborough, glaube ich. Ich trank einen Becher Tee und aß die Hälfte von einem Thunfisch-Sandwich. Wieder weinte ich. Danach blätterte ich in der Illustrierten, die jemand im Abteil liegenlassen hatte und muss schließlich eingenickt sein. Bei Birmingham wachte ich wieder auf.

Gerade habe ich noch etwas von dem Tee getrunken, dazu verspeiste ich die zweite Hälfte vom Tunfischbrot und auch das Käsesandwich und noch den kleinen Obstsalat, den Clarence mir eingepackt hat. Jetzt bin ich satt und fühle mich besser – ein bisschen erschöpft zwar, aber das ist ja nicht verwunderlich. Immerhin habe ich mit den letzten Tagen eine Achterbahn der Gefühle hinter mir.

Der Zug rollt durch Durham. Ich wähle Carls Nummer, aber er geht nicht dran. Vermutlich ist er irgendwo auf dem Meer, wo es keinen Empfang gibt. Ich versuche es noch einmal, das einsame Freizeichen macht mich traurig. Gerade will ich auflegen, aber nun knackt es in der Leitung.

„Hallo Carl!"

Das Freizeichen tutet weiter, es war einfach nur ein Knacken in der Leitung. Ich lege auf, gieße mir noch einen Tee ein und schaue aus dem Fenster über die abgeernteten Getreideäcker. Noch eine gute Stunde bis Edinburgh, dann umsteigen und nochmal dreieinhalb weitere bis nach Haus. Mir ist ein bisschen warm. Ich öffne das Fenster, atme die frische Luft tief ein. Sie duftet nach Kräutern, nach Nadelbäumen, nach Landwirtschaft.

„Edinburgh, Waverley Station!“, schallt es aus dem Lautsprecher.

Ich muss wieder eingeschlafen sein. Hektisch greife ich nach meinen Koffer, steige aus dem Zug. Ich muss das Gleis wechseln, schleppe mich den Bahnsteig hinunter. Eine bleierne Müdigkeit steckt in meinen Knochen, am liebsten würde ich mich hier auf den Boden legen und einfach weiterschlafen. Mit wackeligen Knien schleppe ich mich zur anderen Seite des Bahnhofs. Ich zeige dem Kontrolleur mein Ticket, er lässt mich die Schleuse zum Bahnsteig passieren. Ich hieve mich die drei Stufen hinauf in den Intercity Express, der abfahrbereit wartet. Mit einer letzten Anstrengung schaffe ich es zu meinem Sitzplatz. Völlig erschöpft lasse ich mich aufs Polster fallen. Unfassbar müde – so, als bekäme ich eine fette Grippe. Ich ziehe den Mantel um mich und dämmere schon fast weg. Gerade noch nehme ich aus halb geöffneten Augen wahr, wie jemand meinen Koffer vom Gang nimmt und zwischen die Sitze schiebt. Es ist ein Mann, er setzt sich auf den gegenüberliegenden Platz und stellt eine schwarze Umhängetasche neben sich.

„Hallo.“

„Hallo“, antworte ich, das Sprechen fällt mir schwer.

„Nun sind wir endlich in deinem Schottland.“ Wie durch eine dicke Glaswand höre ich seine Stimme. „Du und ich, Franny!“

26.

Tage sind vergangen. Oder sind es Stunden?
Mein Mund ist ausgedörrt, meine Handgelenke schmerzen und mein Schädel brummt! Irgendetwas reibt sich an … Woran? Ist es Holz? Ich höre dieses dumpfe Reiben, es dröhnt in meinem Kopf. Davon bin ich wach geworden.

Mit Mühe gelingt es mir, die Augen zu öffnen. Das dumpfe Reiben stoppt, dann ein Schnauben – ein Schnüffeln? Ich liege auf der Seite, unter meiner linken Wange spüre ich etwas Weiches. Ich versuche den Kopf zu heben, erkenne eine grob gezimmerte Bretterwand, durch die Ritzen dringt gleißend helles Licht. Ich strenge mich an, sehe mich um.

Ja, eine Bretterbude: Ich liege in einer Bretterbude! Unter mir eine dieser Goldfolien, wie man sie im Erste-Hilfe-Kasten im Auto dabeihat. Der Boden darunter besteht aus einfach gestampfter Erde, knochenhart, im Gegensatz zu dem Kissen unter meinem Kopf. An der Wand lehnt ein prall gefüllter Rucksack. Mir gehört er nicht. Daneben auf der Erde eine Isomatte, darauf ein Schlafsack. Seidig schimmert das dunkelgrüne Gewebe, aus dem er gemacht ist.

Ich bin allein.

Mit Kraft versuche ich mich auf die Arme zu stemmen, meinen Oberkörper aufzurichten. Jetzt spüre ich, dass auch meine Füße gefesselt sind. Da draußen ist wieder das Schnaufen, das dumpfe Reiben am Holz. Nun ein Rupfen, ein malendes Kauen. Ist das ein Schaf? Ich schließe die Augen, bedecke die geschlossenen Lider mit meinen Händen. Die Dunkelheit macht den Kopfschmerz gleich erträglicher.

Carl! Ich habe ihn nicht erreicht, aber auf seinem Display muss er doch sehen, dass ich versucht habe, ihn anzurufen.

Wo ist mein Telefon?

Ich bin so verdammt erschöpft.

Und wo ist er – Clarence? Was soll das hier werden? Zumindest eine Nacht muss vergangen sein, denn es war Abend, als ich in Edinburgh den Zug wechselte und plötzlich Clarence vor mir saß. Carl wusste, dass ich nach Hause kommen wollte, ich wollte da sein, wenn Ryan aus dem Ferienlager zurückkommt. Was wird er denken, wenn er mich nicht zu Hause antrifft? Wird er nicht versuchen, mich zurückzurufen? Nein – nicht, wenn er glaubt, ich hätte ihn verlassen, ihn und unseren Sohn. Aber Ryan wird doch wissen wollen, wo seine Mutter ist, das wird er doch? Und Charlotte …

Vielleicht denken sie alle, ich hätte mich sang- und klanglos davongemacht, ohne Nachricht, ohne Abschied, einfach so. Vielleicht hat Charlotte mich damals doch gesehen, als ich ihr und ihrem Freund in Notting Hill gefolgt bin? Und Sandy wird da sein – für Carl und für Ryan, und überhaupt.

Schritte. Draußen. Eindeutig.

Ich hole tief Luft, will um Hilfe rufen, aber ich unterdrücke den Schrei. Hört sich an wie Gummistiefel im Gras. Jemand macht sich am Riegel zu schaffen, schließt die Tür auf. Ich lege mich wieder so hin, wie ich eben lag. Die Scharniere quietschen, blendendes Sonnenlicht fällt mir direkt ins Gesicht, fährt mir wie ein Stich mitten in die Augen.

„Da bin ich wieder." Clarence spricht in sanftem Ton, beugt sich zu mir herunter. „Wie geht es dir? Bist du durstig?"

Durch den schmalen Schlitz meiner Wimpern beobachte ich, wie er aus der Manteltasche ein braunes Lederetui zieht, eines von diesen altmodischen Reisenecessaires, wie man sie früher hatte. Er legt es auf seinen Schlafsack. Jetzt öffnet er den Rucksack.

„Gleich geht's dir besser", sagt er und dreht den Kopf, um mich anzuschauen.

Ich schließe schnell die Augen, höre, wie er Dinge auspackt. Ein Schrauben, es klingt dumpf, und ein feines Zischen. Jetzt klappert Geschirr. Ich blinzele vorsichtig. Clarence hockt vor einem kleinen Campingkocher. Aus einer großen Plastikflasche gießt er Wasser in einen Topf. Er stellt ihn über die blaue Flamme und sieht zu mir herüber.

„Nur Beuteltee heute, fürchte ich, aber besser als nichts, oder?"

Er hat gesehen, dass ich wach bin.

„Warte!"

Als könnte ich aufstehen und hinausgehen.

Seine Arme verschwinden bis zu den Schultern in dem

großen, tarnfabenen Sack. Mit einem triumphalen Lächeln bringt Clarence eine Pintflasche Milch zum Vorschein.

„An alles gedacht!"

Ich spüre meine Beine kaum, reibe sie aneinander.

„Clarence." Meine Stimme krächzt eingerostet.

„Das Wasser kocht gleich", antwortet er, „nur einen Moment Geduld."

Er sieht nicht mal irre aus – ganz im Gegenteil, er wirkt völlig klar und gelassen.

„Clarence", versuche ich es nochmal.

„Gleich fertig, Frans!"

Was kann ich nur tun? Wieder schließe ich die Augen.

Unser Gehirn ist bemerkenswert. In Ausnahmezuständen tut es erstaunliche Dinge. Es zeigt mir Bilder von Clarence und mir auf dem kleinen Kirchhof an der Putney Bridge, die Sonne scheint, ich spüre den warmen Wind auf meiner Haut, rieche den Duft der blühenden Linden. Und mein Körper reagiert darauf, er entspannt sich – und plötzlich merke ich, wie dringend ich muss.

„Ich muss – unbedingt."

„Ich mache doch gerade Tee."

Wie eine Mutter, die nur noch schnell eine Hausarbeit zu Ende bringen will, bevor sie sich um ihr ungeduldiges Kind kümmert, so redet er – so, wie ich manchmal mit Ryan rede. „Nur einen Augenblick noch."

Ich muss dringend, will ihn noch einmal bitten, aber eine strenge innere Stimme verbietet es.

Beiß die Zähne zusammen, noch tut die Blase nicht weh!

Als Teenager war ich gut im Durchhalten. Extrem gut! Wer will sich schon am helllichten Tag schutzlos in eine Grünanlage hocken? Als Mädchen lernt man zu warten.

Ich muss mich nur ablenken.

Woran soll ich denken?

Mein Sohn – wie er mit seinen allerliebsten gelben Gummistiefeln vor mir einen Spazierweg entlangstromert.

Aber an ihn zu denken, erweist sich als keine gute Idee, mein Herzschlag beschleunigt sich enorm. Ich denke an ihn, ganz normal, so als ob klar wäre, dass ich ihn wiedersehe. Dabei liege ich gefesselt hier, in der Gewalt eines Mannes, der offenbar zu vielem fähig ist. Wie weit wird er gehen?

Mein Sohn hat keine Ahnung, wo seine Mutter ist, keine Ahnung, dass sie in einer gefährlichen Lage steckt und nicht den Schatten einer Ahnung davon, was für ein Mensch sie ist – geschweige denn davon, wer sie war.

Die Gedanken kommen, ganz von allein drängen sie sich zwischen Ryans Gesicht und mein Herz. Ungebeten. Ich kann sie nicht abwehren, Panik ergreift Besitz von meinem Körper. Mein Gesicht fühlt sich ekelhaft an, ledrig, tot – so, als sei es von einer luftundurchlässigen Maske bedeckt.

Wieder sehe ich den Jagdfalken vor mir, mit seiner Haube über den Augen, nur der Schnabel schaut heraus.

War das Gestern?

Gestern Morgen auf der Autobahn. Schwindel. Hitze. Schweiß.

Und nun Eiseskälte.

Selbst schuld! Wer eine Auftragskillerin war, braucht nicht mit etwas anderem zu rechnen. Böses zu Bösem.

Eines Tages, wenn Ryan erwachsen sein wird – quatsch, auch schon mit zehn oder zwölf Jahren – jedenfalls, wenn er erfährt, wer ich wirklich war, wird er mich abstoßend finden. Und es wird ihm mehr als peinlich sein, dass ich seine Mutter bin. Geheim halten wird er es.

„Endlich!"

Clarences Stimme klingt zufrieden, das Wasser kocht. Er hantiert mit Geschirr. Ich öffne die Augen, sehe zu, wie er Becher aus dem Rucksack nimmt, in jeden einen PG-Tipps Beutel legt und mit dem heißen Wasser übergießt. Der Teeduft riecht nach gewohntem Alltag, mein Puls beruhigt sich ein wenig.

„So, wie machen wir das jetzt? Am besten, du legst deinen Kopf auf meinen Schoss, dann kannst du besser trinken."

Er gießt je einen Schluck Milch in die Tassen, stellt sie neben mich auf den Boden, hebt nun mit beiden Händen meinen Kopf und meine Schultern an.

„Schweres Mädel", keucht er, setzt sich im Schneidersitz hinter mich und lehnt meinen Oberkörper an seine Brust. Nun greift er sich eine Tasse, pustet, probiert.

„Ist noch sehr heiß. Du pustest besser nochmal, bevor du trinkst."

Irgendwann habe ich mal eine Skulptur gesehen, in einem Museum, wo, weiß ich nicht mehr. Maria mit dem verletzten Jesus – oder war es Lazarus? Jedenfalls Leute aus der Bibel. Jesus war an ihre Brust gelehnt, halb sitzend, halb liegend.

Mein Hirn produziert diese Bilder. Jede Menge. Ich sehe Clarence und mich von der Seite, sehe, wie er mir die Tasse an die Lippen führt.

Ich bin verrückt.

Wie die Gottesmutter hält er mich im Arm. Ich puste, nehme vorsichtig einen Schluck. Gut ist er, der Beuteltee. Ich bin Jesus. Und wenn Maria mir die Fesseln lösen würde, dann könnte ich besser trinken.

„Mach mir die Hände los. Bitte!“

„Nicht schlecht, oder!“ Clarence ignoriert meine Bitte. „Und rate mal, was ich für dich zu Essen hab!“

Wären meine Hände frei, dann könnte ich entkommen. Aber selbst, wenn sie frei wären, könnte ich in diesem Moment nicht aufstehen und gehen, denn dazu bräuchte ich Kraft. Und außerdem eine Gelegenheit.

„Mince-Pies!“, ruft er. „Nette, kleine Mince-Pies habe ich für dich!“

Und die Fußfesseln? Ich könnte nicht fliehen.

Clarence beugt sich zur Seite. Mein Kopf auf seiner Brust verrutscht. Mit einer Hand wühlt er im Rucksack, holt ein Wachspapier Päckchen heraus. Der Duft von frischen Fleischkuchen steigt mir in die Nase, mein Magen antwortet mit einem Knurren.

„Siehst du, du hast Hunger! Dann wollen wir mal … “

Mit zwei Fingern bricht er ein Stück Pie ab, hält es mir behutsam an den Mund.

Plötzlich ist da eine enorme Wut in mir, flammend und heiß. Ich will die Lippen zusammenpressen, will nicht essen.

Aber mein Mund öffnet sich und meine Kiefer kauen.

Ich schließe die Augen, lasse mich füttern. Könnte ich ihm vergeben, wenn er mir jetzt die Fesseln abnähme, mir sagte, es sei alles nur ein Spaß gewesen, eine kleine Revanche, aber jetzt sei ich frei?

Er riecht wie immer, riecht wie der Clarence, den ich liebe. Das ist die Biochemie! Mein Körper sagt unverändert *ja*, sobald er mir nah ist.

Aber er ist gefährlich, Guter Gott, wer wüsste das besser als ich. Ein sehr gefährlicher Mann ist er. Nicht einmal im Traum wäre ich darauf gekommen, dass er auch für mich gefährlich werden könnte.

Ich bin zornig. Richtig. Ich habe große Angst. Ebenso richtig. Aber vor allem fühle ich mich grauenvoll konfus. Mein vertrautes Ich, ein Bild von einem geplatzten Beutel, aus dem der Inhalt herausrinnt. Ein Bild von einem aufgeschlitzten Tierkadaver mit herausquellenden Gedärmen. Alles haltlos. Formen, die ihren Sinn verloren haben.

Obsolet.

Einen solchen Zustand kenne ich nicht von mir. Ein Zustand, in dem man nicht mehr Herr über seine Gedanken ist, in dem die Logik nicht den Hut aufhat. Bilder sind in mir – und nur Bilder – überall dort, wo Worte sein sollten! Oder zumindest sind sonst dort die Worte, wo jetzt in rasendem Tempo die Bilder wechseln, in Bruchteilen von Sekunden. Eine Diavorführung in Überschallgeschwindigkeit. Völlig unzusammenhängende Bilder, deren Inhalt ich manchmal zuordnen kann, manchmal aber auch nicht. Kein roter Faden da, keine erkennbare Entwicklung.

Er hat mir Drogen eingeflößt, davon gehe ich aus. Und er hat es eben wieder getan. Mit dem Tee.

Ich versuche, locker zu lassen, mich zu entspannen, bewusst in den Bauch zu atmen. Ich fange an zu zählen, ganz langsam. Plötzlich bin ich bei vier, keine Ahnung, wie ich dahin gekommen bin, eben war ich noch bei eins. Er steckt mir ein weiteres Stück Pie in den Mund.

„Das wird dir guttun."

Ich höre ihn sprechen, irgendwo da oben über meinem Kopf.

Ich kaue, atme langsam durch die Nase, zähle. Diesmal

bekomme ich sie mit, die Zwei und die Drei. Wieder bin ich bei vier. Fünf. Die Dias wechseln wie Herzrasen, aber das Zählen gibt mir Halt.

„Komm", sagt er, „noch einen Happen. Brav."

So spricht er mit Columbus – so redet man mit seinem Hund.

Ich fühle, wie er den Arm bewegt, um noch ein Stück Pie abzubrechen. Plötzlich hält er inne. Draußen nähern sich Schritte. Ohne nachzudenken, rufe ich laut.

„Hilfe!"

Im selben Moment presst Clarence seine Hand auf meinen Mund.

Eindeutig, da draußen geht jemand. Keine Tierhufe, menschliche Schritte sind es, gleichmäßig und kräftig. Ich winde mich hin und her, aber Clarence hält mich fest gepackt, seine Hand erstickt meine Schreie. Die Schritte kommen näher. Ich versuche zu strampeln, aber die Kraft in meinen Beinen versagt. Die Schritte werden leiser, entfernen sich, weiter und weiter fort.

„So nicht, meine Liebe!" Leise ist er in seinem Zorn.

Ein dumpfer Schlag trifft mich am Kopf. Ich bin wie gelähmt, er zwingt mir eine Flüssigkeit in den Mund und die Welt sackt ins Dunkel.

27.

Als ich die Augen wieder aufschlug, lag ein gespenstisch blaues Leuchten um mich. Unweigerlich kamen mir Macbeth‘s Hexen in den Sinn. Ein rohes Ohnmachtsgefühl lähmte meinen Körper. Panisch blickte ich mich um, dann verstand ich. Dort saß Clarence gegen den Rucksack an der Wand gelehnt auf seiner Isomatte. Im kalten Licht seines Smartphones wirkte sein Gesicht matt und grau.

Er hatte also seines.

Meines zu finden, ja auch nur suchen zu können, schien mir utopisch.

Wenn ich er wäre, hätte ich es längst unbrauchbar gemacht und entsorgt. Genauso würde er gedacht haben. Aber vielleicht gäbe es eine Chance, an seines zu kommen, nur für eine unbeobachtete Minute, nur um Carl eine Nachricht zu schicken oder auch nur, um einen Notruf abzusetzen.

Clarence hörte meinen ängstlichen Atem, sah zu mir hin.

„Wie geht es dir?“, fragte er.

„Ich muss dringend pinkeln!“, antwortete ich. „Bitte!“

Er führte mich hinaus auf die nächtliche Heide. Ein zunehmender Mond warf unsere schwachen Schatten auf struppige Grasbüschel, borstige Besenheide und zwergwüchsige Heidelbeersträucher. Er hatte meine Fußfesseln gelöst, ließ mich mit vorgehaltener Waffe an einem Wachholderbusch in die Hocke gehen, um meine Notdurft zu verrichten. Anschließend hakte er mich unter, meine Hände nach wie vor gefesselt. „Ein kleiner Spaziergang wird uns guttun."

Mindestens zwei Tage sind seitdem vergangen. Clarence ist da – beinahe jede Minute, am Tag wie in der Nacht. Er hält mich gefangen in diesem Verschlag, und ich verstehe nicht, was er vorhat. Er ist verrückt geworden.

Möglicherweise kommt es mir nur so vor, möglicherweise weiß er genau, was er tut. Ich traue mir nicht mehr zu, das einzuschätzen, denn ich bin mittlerweile auf jeden Fall verrückt.

Ich zermartere mir das Hirn, wie ich freikommen könnte, wie fliehen, wie voraussehen, was er als Nächstes plant und wo die Schwachstellen sind, die ich nutzen könnte. Ich versuche zu Kräften zu kommen, aber immer wieder falle ich in eine Bewusstlosigkeit. Manchmal bin ich nicht sicher, ob ich fantasiere oder bei klarem Bewusstsein bin.

Nur im Dunkeln geht er mit mir hinaus.

Ich glaube nicht, dass ich mich im Delirium erleichtern könnte. Oder doch? Immer wieder kontrolliere ich meine Kleidung, aber sie weist keine Spuren von Urin oder Fäkalien auf, auch keinen stechenden Geruch.

Gegenwärtig ist es hell, Tageslicht dringt durch die Bretterwände. Ich bin wach und bei klarem Verstand. Und ich bin allein, liege gefesselt auf der Goldfolie – ohne Hunger, ohne Durst, ohne Körpergefühl. Nur mein Kopf ist lebendig. Draußen blöken Schafe. Wenn Clarence hier ist, dann sitzt er mir gegenüber. Dort an der Wand, den Rucksack im Rücken. Er sitzt dort, sieht mich an. Meistens schweigend.

In der vergangenen Nacht, nach dem er mich wieder hinter den Wachholderbusch geführt hatte, da kam er ins Reden. Und er redete ununterbrochen. Offenbar war ihm dabei nicht wichtig, ob ich klar war im Kopf oder nicht. Mit geschlossenen Augen lag ich erschöpft auf meinem Lager.

„Goy hat immer die Klappe aufgerissen, er war Qualfatis Prinz, der junge Herr, erinnerst du dich?"

Wütend war er.

„Ich musste immer für alle die Kohlen aus dem Feuer holen, aber die Klappe aufreißen, das stand nur ihm zu. Weißt du noch?"

Ich hätte ihm gern geantwortet, aber meine Zunge lag wie ein lebloses Stück Fleisch zwischen meinen Zähnen.

„Auf der Straße, unter der Brücke, Wind und Wetter. Und dann all den Gefahren ausgesetzt, die das Leben auf der Straße mit sich bringt – für Kinder. Waren wir was anderes als Kinder?"

Ich überlegte, ob er getrunken hatte. Zwei Tage lang hat er kaum etwas gesagt, und wenn, dann gab er mir nur irgendwelche Anweisungen, wie eine Krankenschwester.

„Echt, Frans! Wir waren Kinder! Scheiß auf Teenagertum und Fuck, wir waren einfach Kinder!"

Ich wusste genau, was er meint, das hätte ich ihm gerne gesagt.

„Und Goy war unerbittlich. Erinnerst du dich? Ein richtiges Arschloch. Er hat uns beschützt, ok, aber er war der schlimmste Drangsaleur."

Ja, das ist Goy gewesen: ein Drangsaleur. Das Wort hatte

ich noch nie gehört, aber es trifft ins Schwarze.

„Das hat uns oft den Arsch gerettet, zugegeben, aber dafür hat er uns auch geschickt, dich und mich! Weißt du noch – anschaffen gehen und so? Und der billige Klebstoff, den wir geschnüffelt haben, um diese ganze Scheiße durchzustehen. Nichts davon war leicht, Frans. Gar nichts! Und dann kam Qualfati und ruck zuck war Goy sein Prinz und alles lief genauso weiter, wie vorher, nur, dass wir nicht mehr unsere Ärsche hinhalten mussten, wir beide. Du wurdest sowas wie Miss Granger und ich war der Knecht fürs Grobe. Aber Goy war der Prinz."

Einen Augenblick herrschte Stille. Zwar war ich benebelt, aber ich spürte den Abgrund, in den Clarence blickte. Er war mir so verdammt vertraut.

„Aber er hat nicht gelitten."

Leise sagte er das.

„Weißt du noch?"

Sein Zorn schien verebbt.

„Weißt du noch, dieser Mensch? Dieser Mensch, der seine Frau hat töten lassen wollen? Es war *dein* Auftrag. Ich weiß es noch wie heute, die Wohnungstür öffnete sich und er sah mich an. In seinen Augen erkannte ich, dass er genau wusste, was ihn erwartet. Und seine Augen sagten, dass es ihm recht war. Dass ihm recht war, dass die ganze Scheiße jetzt endlich aufhören würde, dass endlich jemand kommt, der seinem Wahnsinn ein Ende macht, dass ich ihn erlöse von seinem unsinnigen Leben."

Wenn Clarence mich töten wollte, könnte er es jederzeit tun – hätte es längst getan. Er muss gute Gründe dafür haben, mich vorerst am Leben zu lassen.

Meine Hände sind eiskalt, die Fesseln klemmen die Blutzufuhr ab. Ich bewege die Finger, versuche mich ein wenig aufzurichten, drücke mich mit den tauben Fäusten vom Boden hoch, robbe zur Wand und lehne mich an. Vor Anstrengung röchele ich wie jemand mit Schwindsucht im finalen Stadium.

Ich denke an Ryan, denke an Carl, an Charlotte.

Wo ist mein gottverdammtes Telefon? Aber Unsinn, Clarence hat es weggeworfen, wenn er halbwegs bei Verstand ist.

Carl müsste sich doch Gedanken machen, weil ich mich seit Tagen nicht melde! Aber nein – vielleicht müsste er das nicht. Vielleicht denkt er, ich hätte ihn nur davon in Kenntnis setzen wollen, dass ich mich in ein neues Leben verabschiede. Ohne ihn, ohne die Kinder. Dass ich mich für Clarence entschieden habe. Unwiderruflich.

Ich muss in diesen beschissenen Rucksack gucken, dort lehnt er an der Wand. Ich robbe los, schaffe es bis zu Clarences Isomatte. Einen Moment ausruhen, einen Augenblick Atem schöpfen. Dieser fuck Drogendreck schwächt mich furchtbar, mein Herz pumpt verzweifelt. Ich bleibe liegen, warte, bis mein Puls sich etwas beruhigt hat. Wieder stemme ich mich auf die Fäuste, ziehe meinen Körper weiter bis zum Rucksack an der Wand, ruhe wieder aus.

Clarence hat sich nicht die Mühe gemacht, ihn zuzuschnallen. So gut ich kann, richte ich mich auf und schaue hinein. Auf den ersten Blick erkenne ich Unterhosen, nicht nur seine, sondern auch welche von mir. Eine Packung Cracker, Teebeutel, eine extra Gaskartusche für den Campingkocher. Ich schiebe die Arme in die

Öffnung. Meine Finger tasten. Was liegt darunter? Wolle spüre ich, vermutlich ein Pullover, außerdem etwas, was sich wie ein Rasierer anfühlt. Und dann ein Etui. Mit klammen Fingern ziehe ich es hervor, es ist das braune Necessaire. Ich klemme es zwischen meine Knie und öffne den Reißverschluss. Zwei Spritzbestecke, mehrere Reservekanülen.

Was mache ich jetzt damit?

Verstecken kann ich sie hier nirgends.

Aber ich kann sie unbrauchbar machen. Ich fummele die Nadeln aus dem Glasröhrchen, knicke jede Einzelne, werfe sie lose zurück, verschließe das Necessaire wieder und wühle es zurück unter den Pullover. Wenn Clarence das entdeckt, wird er sicher wütend, aber ich bin auch wütend! Ein Drecksspiel spielt er! Er soll mich kennenlernen, verflucht, und wenn es das Letzte ist, was ich in diesem Leben tue!

Ich muss hier raus!

Zornig, das bin ich, und traurig. Eine Stimme in mir weint. Sie versteht nicht, sagt sie, warum Clarence mir das antut.

Wenn ich Clarence diese Frage stellte, würde er mich auslachen. Und mit Recht würde er lachen! Ist es nicht sonnenklar, warum er mich hier festhält?

„Aber da täuschst du dich, Freundchen!“, höre ich meine Stimme bellen.

Ein Fingerzeig für mich soll es sein, dieses dämliche Necessaire, aber ich durchschaue ihn. Er beherrscht sie nicht gut genug, diese Methode. Der Tee, die Sandwiches – netter Versuch! Ich wette, er dachte, er könne mir damit beweisen, dass er besser ist, als ich – fähig, mich auf meinem eigenen Terrain zu übertreffen.

Weil er es sich schwer macht, mit Absicht!

Er will mir nicht einfach eine tödliche Dosis verabreichen, nein! Mich in einem Schwächezustand zu halten, in dem ich ihm willenlos ausgeliefert bin, das hat er sich vorgenommen.

„Du Idiot! Kriegst es nicht hin ohne Injektionen!“

Und dann auch noch in den Arm, statt unter den Haaransatz. Unprofessionell ist das!

„Du Arsch! Du hast es von ihm erfahren, nicht wahr? Von Goy! Dass ich es war, die ihn ausgeführt hat, unseren gemeinsam Plan.“

Wow, wie ich schreie! Laut! Richtig laut!

„Wenn wir auf dich gewartet hätten, auf dein okay dafür, unseren Alten Mann zu neutralisieren, dann säßen wir heute alle im Gefängnis!“

Es tut gut zu brüllen. Aber es ist wirklich verdammt laut. Ich kann förmlich sehen, wie die Schallwellen durch die Ritzen zwischen den Brettern quellen, hinaus auf die Heide. Er ist sicher nicht weit weg. Bestimmt hört er mich, ist ganz in der Nähe und versteht jedes Wort. Ich presse die Lippen aufeinander. So schnell mein Körper es hergibt, schleppe ich mich zurück auf meine Goldfolie. Gerade eben liege ich wieder, als ich ihn herankommen höre. Höre, wie er die Tür unseres Verschlags öffnet.

Ich stelle mich schlafend.

Wortlos tritt er ein, setzt etwas Schweres auf dem Boden ab, macht sich am Campingkocher zu schaffen. Flammenzischen, Wasserplempern, Topfaufsetzen. Tassen klappern aneinander, Papierrascheln, das dumpfe Sägen eines Brotmessers. Ein Schraubglas wird geöffnet. Ich höre, wie das Wasser im Topf zu sprudeln beginnt, wie Clarence

Teebeutel aus dem Rucksack kramt, wie er den Tee aufgießt. Dann das Schraubgeräusch von der Plastikflasche mit der Milch.

„Willst du heute mal Zucker in deinen Tee?“

Er fragt, als ob nichts wäre.

„Ich hab welchen besorgt. Heute ist Sonntag, weißt du?“

Ich unterdrücke ein Seufzen.

„Warum nicht“, antworte ich leise.

Ich nehme nie Zucker, das weiß er ganz genau.

„Ich hab dir ein Brot gemacht. Mit Marmite, das magst du doch.“

Er liebt Marmite, mochte es schon immer. Wenn es manchmal unter unserer Brücke mit dem Essen auch super knapp wurde, ein Glas von dieser salzigen Hefepaste hatte er immer bei sich.

Ich konnte es nie ausstehen, auch das weiß er.

Ich öffne die Augen, sehe, wie er mit dem Brotmesser zu mir kommt.

„Clarence …!“

Mein Herz rast.

„Was?“, fragt er und funkelt mich an.

28.

„Jetzt trinken wir erstmal Tee.“ Clarence löst mir die Fußfesseln. „Setz dich auf.“

Ich gehorche.

Muss ich ihn hassen? Er ist ein Mensch, und Menschen machen seltsame Dinge, wenn sie verletzt sind, das weiß ich aus eigener Erfahrung. Eigentlich geht es mir gut. Keine Schmerzen, kein Hunger, kein Durst. Sogar die Handfesseln nimmt er mir ab.

„Sonst verplemperst du noch deinen Tee.“

Ich denke an Carl.

Augenblicklich schiebe ich den Gedanken wieder weg. Ich darf nicht an ihn denken. Nicht an ihn und nicht an die Kinder – dort gähnt der Abgrund.

Clarence ist wahnsinnig geworden - vielleicht gibt es also eine Chance hier lebendig wieder herauszukommen. Meine Zähne kauen das Marmite Sandwich, es schmeckt nach rohen Brühwürfeln. Clarence zieht seine Isomatte zu mir heran.

„Ich lege mich ein bisschen hin. Und irgendwann, wenn du halbwegs soweit bist, dann ziehen wir los.“

Losziehen? Wohin will er mit mir losziehen?

Er legt sich hin, breitet die Goldfolie über sich aus, hebt sie wieder an, hält sie hoch wie eine Bettdecke.

„Komm, leg dich zu mir!"

Ich gehorche.

Er hüllt uns beide ein. Leicht ist die Folie, leicht und warm. Wir liegen wie immer, Löffelchenstellung, sein rechter Arm auf meiner Hüfte.

„Ach Franny."

Ich spüre seinen Atem an meinem Hals.

„Du musst es akzeptieren. Wir zwei, wir sind wie die letzten Mohikaner, wir gehören zusammen. Niemand sonst gehört zu uns, nur ich zu dir und du zu mir."

Noch vor wenigen Tagen habe ich exakt dasselbe geglaubt. Aber ich habe zwei Kinder geboren, ich habe zwanzig Jahre meines Lebens mit Carl geteilt. Das zählt, und das weiß ich jetzt. Ich kapiere nicht, was Clarence mit der ganzen Zeit angefangen hat, nachdem ich fort war. Bedeutet ihm das gar nichts?

Er gähnt leise.

„Seitdem wir fünfzehn waren tun wir das, das weißt du ganz genau! Und Goy", er murmelt, „und unser Alter Mann."

Seine leise Stimme, diese Vertrautheit. Die Wärme seiner Umarmung lullt meinen erschöpften Körper ein. Meine Glieder liegen still, halb dösend empfangen meine Ohren die Schallwellen, die sein Mund erzeugt.

Aber mein Hirn ist wach. Was hat er mit mir vor?

Schon in Brighton habe ich es für möglich gehalten, dass er Goy getötet hat. Jetzt bin ich einhundert Prozent sicher. Es war eine Schutzbehauptung, Goy sei ertrunken.

Vielleicht hat er sie gewählt, weil er ihn ertränkt hat? Alle geschickten Lügner bleiben erstaunlich nah an der Wahrheit.

Will er mich ertränken?

Es ist überhaupt nicht leicht, jemanden auf diese Weise zu töten, nicht einmal ein Tier, geschweige denn einen erwachsenen Menschen. Wie gut könnte ich mich wehren in meinem jetzigen Zustand?

Ich spüre seinen Schoß an meinem Hintern. Warm ist er, sein Schoß. Rührt sich da etwas? Wird er sich gleich an mich heran pressen? Hoffe ich darauf, wünsche ich es mir? Sein Körper ...

Aber nein, das wäre das Letzte! Liege ich nicht hier auf dem blanken Boden mitten im Nirgendwo? Hat er mich entführt, oder nicht? Will er mir etwas Böses antun?

Ja, ja und ja!

Ich begreife nicht, wie mein Unterleib sich mit ihm verbünden kann!

Clarence ist ein Profi. Was wäre für ihn leichter gewesen, als mich in Edinburgh bewusstlos auf die Schienen zu legen, einen Selbstmord zu inszenieren, einen Unfall? Wenn sich jemand damit auskennt, dann Clarence. Es wäre simpel gewesen, zu simpel vielleicht.

Hinter mir geht sein Atmen ruhig und gleichmäßig. Ich verhalte mich still, tue so, als ob ich schlafe, bin froh, für eine Weile die Fesseln loszusein. Meine Glieder sind wieder besser durchblutet, auch mein Gesicht fühlt sich nicht mehr so ledrig an. Ich muss nur warten, bis er tatsächlich eingeschlafen ist. Draußen hinter diesen Bretterwänden liegt die Heide. Letzte Nacht, im Mondlicht, erkannte ich die Hügel. Sie sind nicht weit entfernt. Und all die Schafe –

irgendwo muss es doch eine Farm geben. Drei, vier Meilen laufen, das schaffe ich vielleicht, wenn mein Körper sich ein wenig erholt hat. Noch ist es hell, wenn er bald einschläft, habe ich eine Chance.

Ein Kribbeln durchströmt mich. Zugunruhe – so nennen die Ornithologen den Zustand, von dem die Vögel im Frühling und im Herbst erfasst werden. Sie beginnen hin und her zu flattern, machen sich warm für den langen Flug. Es ist nur vernünftig, noch eine Weile liegen zu bleiben, um Kräfte zu sammeln. Ich lausche auf Clarences Atem. Er ist kein Dummkopf, hat mit Sicherheit nicht vergessen, dass ich ungefesselt bin. Wenn ich es schaffe, bis zu einer Farm zu kommen … Da gibt es sicher ein Telefon, dann rufe ich sofort Carl an. Er macht sich sicher furchtbare Sorgen.

Aber nein – mein Magen krampft sich zusammen – gut möglich, dass er sich gar keine Sorgen um mich macht, vielleicht das ganze Gegenteil. Vielleicht ist er froh, dass ich endlich fort bin, froh, dass dieses quälende Spiel endlich ein Ende hat, dass er endlich frei ist von seiner treulosen Frau. Frei, ein neues Leben anzufangen.

Ich schlucke. Mein Kehlkopf schmerzt.

Wenn es so wäre, dann wäre es eben so. Ich müsste es akzeptieren. Aber auch in diesem Fall dürfte ich hier nicht tatenlos liegenbleiben und aufgeben. Selbst wenn Carl unsere Ehe in den Wind schriebe, selbst wenn Sandy meinen Platz einnähme. Ich darf nicht erlauben, dass Clarence mit mir umgeht, wie es ihm passt. Er hat mich nicht geschlagen, hat mich in keiner Weise misshandelt.

Okay, ganz so ist es nicht! Und dann die Fesseln! Und die Drogen natürlich! Aber ansonsten …

Vielleicht hat er das Gefühl, er müsste mich retten. Vor

mir selbst, davor, dass ich ins Gefängnis müsste, wenn Carl die ganze Wahrheit über mich erführe.

Vermutlich würde ich genau das tun, würde Carl alles erzählen, wenn ich ihn wiedersähe.

Vielleicht will Clarence auch nur sich selbst retten?

Natürlich, das will er sicher!

Alles was ich von ihm weiß, reicht aus, um ihn für den Rest seines Lebens hinter Gitter zu bringen. Niemals würde ich ihn verraten, ich weiß das, aber vermutlich ist er sich dessen nicht sicher. Warum sprach er vorhin von Harterekter? Weil er ihn für mich getötet hat? Weil dieser Mensch seine Frau hat töten lassen wollen? Weil er genau das jetzt mit mir vorhat?

Aber so ein schlichtes Gemüt ist Clarence nicht. Weshalb also? Wir haben so viele Leute ins Jenseits befördert, ich und er und auch Goy. Was ist an Harterekter so wichtig, dass er ihn erwähnt hat?

Ist es nicht verrückt, wie genau mir dieses Gesicht vor Augen steht, das Gesicht von Paul Harterekter? Ein Weichei war er, ein Schaf im Wolfspelz, das wusste ich gleich bei unserer ersten Begegnung. Aber die meisten Menschen, die sich jemanden suchen, der die Drecksarbeit für sie machen soll, sind exakt das: Schafe im Wolfspelz. Nicht zu vergleichen mit Arschloch McPhie!

Himmel!

Ich höre mein lautes Seufzen, klappe den Mund zu und lausche bange auf Clarences Atem. Unverändert ruhig geht er, vielleicht ist er wirklich eingeschlafen.

Mein Körper liegt steif da, starr vor Furcht.

McPhie – ein Haifisch mit Zähnen im Gesicht war er. Und ganz genau so einen Typen hatte ich gewollt, damals als junge Frau. Ich dachte, wenn so ein harter Kerl mein Mann ist, dann kann mir nichts Böses mehr passieren. Mir kam überhaupt nicht in den Sinn, dass er mich genauso fressen würde, wie er alle anderen fraß. Und wie ungläubig ich es geschehen ließ, als er mich zum ersten Mal verhöhnte, mich zum ersten Mal zusammentrat. Es müsse ein Versehen sein, das dachte ich, er hatte doch gesagt, wie sehr er mich liebt, beteuert hatte er es, mir auf Knien den Heiratsantrag gemacht, mit Ring und Rosen. Irgendwann kam der Tag, an dem Qualfati sich das Elend nicht mehr länger mit ansehen wollte.

Wie war das?

„Ich habe dich nicht von der Straße geholt, damit du mir jetzt in Stücke gehst!"

Das hat er damals gesagt, mir auf die Seele gebunden, McPhie sofort zu verlassen. Aber ich schaffte es nicht. Eines Tages, ich kam von einem Job in Dublin zurück, da war er spurlos verschwunden, und mit ihm alles, was ihm gehörte, seine Kleidung, sein Schmuck. Nicht mal ein Schnürsenkel von ihm war mehr in der Wohnung zu finden.

Vielleicht hat der Alte Mann es selbst erledigt, vielleicht ist es Clarence gewesen, oder es war Goy. Ich habe nie gefragt, zog einfach um nach Enfield in das Haus, das Qualfati für mich aufgetrieben hatte.

Ein Scharren, leichte Hufe draußen auf der anderen Seite der Bretterwand. Vielleicht Rehe, vielleicht die Schafe. Clarence scheint tatsächlich eingeschlafen zu sein, er regt sich nicht. Mein Puls flattert aufgeregt – sag ich doch: Zugunruhe.

Schläft er wirklich? Clarence ist kein Schnarcher, kein Röchler, nein, er ist ein stummer Schläfer, ein stiller Schläfer ist er. Andere Menschen drehen sich nachts von einer Seite auf die andere oder wachen am Morgen mit dem Kopf am Fußende ihres Bettes auf. Er aber gehört zu den Wenigen, die genauso liegen bleiben, wie sie sich hingelegt haben. Eigentlich schläft er auf dem Rücken. Dabei ist sein Gesicht völlig entspannt. Wie ein afrikanischer König sieht er aus, ein Abbild majestätischer Würde und Macht. Ich hingegen schlafe unruhig, wache häufig auf und brauche normalerweise lange, um wieder einzuschlafen. Wenn ich nachts wach neben ihm lag, habe ich ihn oft betrachtet. Sein Anblick beruhigte mich.

Du musst dich sammeln, Frans! Nicht abschweifen, nicht an diese Seiten von ihm denken! Er hält dich gefangen! Kapier das endlich, Hirn!

Mein Herz schlägt so aufgeregt, dass ich fürchte, er könnte es hören. Sein Arm liegt noch immer über meiner Hüfte. Soll ich ihn vorsichtig am Handgelenk fassen, es anheben und mich darunter fortwinden? Ich lausche. Er atmet unverändert. Ohne den Kopf zu drehen, sehe ich mich um. Was könnte ich ihm anstelle meiner Hüfte unterschieben?
Den Rucksack!
Komme ich dran? Geräuschlos und ohne Ruckellei?

Meine Muskeln spannen sich an, ich habe Angst, dass er meine Gedanken spürt. Es ist verrückt, ich weiß, aber nein – das ist es nicht! Telepathie! Wenn einer dazu fähig ist, dann er.

Frans! Jetzt drehst du durch!

Ja, vermutlich, aber ich habe nur diesen einen Versuch, nur diese eine Chance zur Flucht. Ganz langsam strecke ich meinen rechten Arm aus, bekomme einen der beiden Schulterriemen des Rucksacks zu fassen. Behutsam ziehe ich ihn zu mir heran, Zentimeter für Zentimeter, lege immer wieder Pausen ein, lausche gespannt auf Clarences Atem und versuche meinen dabei ruhig zu halten.

Geduld!

Geduld und Spucke.

Einfach Zentimeter für Zentimeter weitermachen. Noch ist ja nichts passiert, noch liege ich hier harmlos unter seinem Arm. Wachte er jetzt auf, wäre nichts verloren.

Bleib ruhig, bleib dran, zieh weiter.

Endlich habe ich es vollbracht, der Rucksack steht direkt vor mir.

Bleib cool, nimm sein Handgelenk.

Ich greife es sanft, warte ab, wie Clarence darauf reagiert. Alles unverändert. Vorsichtig hebe ich seinen Arm an, lausche, hebe ihn höher. Er ist schwer, zu schwer, ich schaffe es nicht, meinen Atem ruhig zu halten, fange an zu keuchen, lege seinen Arm wieder auf meiner Hüfte ab.

Mir ist zum Weinen – Schreien möchte ich vor Anspannung, aber ich muss es schaffen!

Beruhig dich! Geduld!

Einen Moment liege ich verzweifelt da, dann beginne ich wieder, meine Atemzüge zu zählen.

Runterkommen! Noch ist nichts geschehen – keine Gefahr!

Okay!

Statt zu versuchen, seinen schweren Arm zu bewegen, könnte ich probieren, meine Hüften anzuheben, den Rucksack unter mir in Position zu bringen, um dann meinen Hintern auf die andere Seite zu schieben. Mit der

Linken halte ich Clarences Arm fest, damit er nicht von meiner Hüfte heruntergleitet, hebe meine Körpermitte, ziehe mit Rechts den Rucksack langsam unter mich – und erstarre. Clarence hebt die Hand, murmelt etwas, dreht sich auf den Rücken. Ich versteinere, starre mit aufgerissenen Augen an das grob gezimmerte Bretterdach und lausche.

Er liegt still da, atmet seinen Schlaf-Atem.

Warte ab!

Regungslos verharre ich, die Dehnung im Rücken ist gar nicht unangenehm. Ich habe Zeit. Ich kann warten, gehe wieder dazu über, meinen Atem zu zählen, betrachte das Licht, das durch die Ritzen dringt. Noch ist es Tag, noch ist Zeit.

Nach einer Weile wird der Rucksack unter mir doch unbequem. Vorsichtig rolle ich meinen Körper zur Seite. Es ist einfach, weiter rollen, fort von Clarence.

Ich richte mich halb auf, schaue ihn an. Da ist es wieder, sein Schlafgesicht, ruhig und erhaben. Kein Zweifel: er schläft. So geräuschlos wie möglich setze ich mich neben ihn. Ich stehe auf. Bis zur Tür unseres Verschlags sind es nur zwei Schritte. Ich sammele Speichel im Mund, gebe mit den Fingern etwas auf die Scharniere und auf den Riegel. Nahezu lautlos lässt er sich anheben. Wenn nur die Scharniere jetzt nicht quietschen.

Ich schließe die Augen, halte den Atem an. Langsam beginne ich die Tür aufzuziehen. Kaum hörbar reibt Metall auf Metall. Zentimeter für Zentimeter öffnet sich der Türspalt. Endlich ist er breit genug. Ich schlüpfe hindurch, schließe die Tür so leise ich kann.

Schreien könnte ich – vor Erleichterung, vor Stress, vor Triumph, aber ich halte meinen Mund fest geschlossen.

Angespannt lausche ich. Nichts zu hören. Ich schleiche zur Rückseite der Hütte. In geduckter Haltung entferne ich mich. Schritt für Schritt für Schritt – erst langsam, dann schneller hinein in die Landschaft aus blühender Heide und dunkelgrünen Niederungen.

Ich beginne zu laufen. Überall ragen die schwarzen Fruchtstände von Binsen auf, sie schlagen klatschend auf meine Hosenbeine. Ich schaue zurück zur Hütte. Nichts zu sehen. Rennend halte ich auf ein Wacholdergestrüpp zu, höchstens fünfzig Meter sind es bis dahin. Hierher muss er mich nachts immer zum Pinkeln geführt haben. Im hellen Tageslicht hätte ich den Ort beinahe nicht wieder erkannt.

Immer wieder sehe ich mich um, aber es kommt kein Clarence aus der Hütte gestürmt, um mich zu verfolgen. Ich renne trotzdem noch schneller. Hinter den Büschen nehme ich Deckung, mein Herz schlägt mir vor Aufregung bis zum Hals. Ängstlich suchen meine Blicke die Landschaft ab. In der Ferne am Hang ist ein Haus zu sehen. Ich laufe los, direkt darauf zu und so schnell ich kann. Wie ein Pferd rase ich. Ich weiß, ich muss auf den Boden achtgeben, da könnten Kaninchenlöcher sein, ich könnte mir den Hals brechen. Aber ich will nicht langsamer laufen. Ganz im Gegenteil, ich will schneller laufen, sehr viel schneller noch, nur weg, nur zur Farm, nur Hilfe, nur Rettung, nur zu Carl! Über mir am Himmel türmen sich wattige Wolken, vor mir fliegt ein Schwarm Stieglitze dicht über den Boden. Ich spüre meine Beine, sie werden schwer und immer schwerer. Mein Atem stampft wie eine Lokomotive.

Zähne zusammenbeißen jetzt!

Ich will nicht anhalten, darf nicht anhalten!

Im Rennen drehe ich mich nach der Hütte um.

Auf keinen Fall anhalten!

Die Hütte lässt sich nur schwer ausmachen, das grau verwitterte Holz verschmilzt beinahe mit der Landschaft und beim Rennen wackelt das Bild. Sehe ich da eine dunkle Gestalt, dort an dem Wacholdergebüsch, von wo ich gerade losgelaufen bin? Ich müsste stoppen, um besser sehen zu können. Die Wolken über mir öffnen sich, Regen setzt ein.

Scheiß drauf!

Scheiß auf alles! Auf Clarence, auf den Regen, nur zur Farm. Die Farm fest im Blick behalten! Schau dich nicht um, renn einfach weiter!

Ich renne, wie ein Hase, wie eine Hirschkuh, immer weiter. Die Farm kommt näher. Vorbei an Schafen, die unter den Heidesträuchern das zähe Gras abrupfen, fliege ich über den unebenen Grund, springe über ein schmales Rinnsal mit torfig braunem Wasser. Weiter vorne taucht aus einer Senke ein graues Straßenband auf. Ein Auto fährt dort, ein weißes Auto. Wenn ich jetzt schneller laufe, dann erreiche ich es vielleicht, bevor es vorbeigefahren sein wird, dann kann ich es stoppen. Ich kann mich mitnehmen lassen in den nächsten Ort, in Sicherheit.

Ich renne, was meine Beine hergeben, erreiche den Straßenrand, gerade als das Auto herankommt. Mit ausgebreiteten Armen stelle ich mich auf die Fahrbahn und winke wie wild. Die Dämmerung hat eingesetzt. Leuchtend kommen die Scheinwerfer auf mich zu.

„Halt!“

Ich rufe, fuchtele wie verrückt mit den Armen in der Luft, bereit mich zur Not vor das Fahrzeug zu werfen, damit es nicht vorbeifahren kann, mich nicht hier zurücklassen kann.

„Stopp! Bitte!“

Kaum zwei Meter vor mir kommt der Wagen zum Stehen. Das Licht blendet mich, ich kann kaum etwas sehen, aber ich erkenne, dass die Beifahrertür sich öffnet.

Jemand steigt aus.

„Kann ich helfen, Frans?“

29.

Meine Handgelenke brennen. Mein Stöhnen klingt dumpf und hart. Stockfinster ist es, meine Schultern schmerzen höllisch.

Er hat mir die Hände gefesselt und die Füße und beides hinter meinem Rücken so fest zusammengebunden, dass bei jedem Versuch die unerträgliche Spannung in meinen Beinen durch Bewegung ein wenig zu lindern, meine Schultern noch mehr überdehnt werden. Wie ein Stück Wild liege ich da, fest verzurrt in einem Kofferraum – auf dem Weg zur Schlachtung.

Der Wagen rumpelt über holprigen Untergrund.

Ich schreie: „Arschloch! Lass mich raus!"

Unbeeindruckt rumpelt er weiter, der Wagen. Jede Bodenwelle ist eine Qual für meinen Körper. Mein Herz schlägt wild, das Blut rauscht in meinen Ohren. Ich schreie, ich kreische.

„Ich bring dich um, du Schwein!"

Meine schrillen Flüche gellen mir in den Ohren und ich weiß, dass er mich ganz sicher hört, da vorne an seinem Lenkrad. Ich kreische, quieke, brülle wie ein Tier.

Zunehmend beginnen einzelne Gedanken sich von meinem Körper zu entfernen. Die panische Angst und die Schmerzen sind unerträglich. Ich kann nichts tun, außer meinen eigenen Schreien zuzuhören, meinem Weinen und den wilden Verwünschungen.

Aber das macht mich traurig – viel zu traurig.

Mein Verstand entfernt sich mehr und mehr, überlässt meinen Körper dem Rütteln und dem Gerumpel, dem stampfenden Herzschlag, den viehischen Schmerzen. Mein Verstand wendet sich ab davon. Er wendet sich der Frage zu, warum Clarence mich nicht geknebelt hat.

Warum hat er mich nicht geknebelt?

Mittlerweile dürfte es dunkel sein da draußen. Ich nehme an, er fährt mit mir auf irgendwelchen schmalen Feldwegen, weil die Wahrscheinlichkeit gering ist, dass zu dieser Tageszeit dort Menschen unterwegs sind, die mich hören könnten. Das könnte ein Grund sein.

Vielleicht tut es ihm gut, meinen verzweifelten Angstschreien zuzuhören. Erregt es ihn? Weidet er sich an meiner Panik?

Aber warum?

Was habe ich ihm angetan, dass er mich so hasst, mich leiden sehen will in hilfloser Agonie?

Will er mich foltern? Er war doch nie ein Sadist, nein, das war er nicht. Wäre es möglich, dass er einfach vergessen hat, mich zu knebeln? Dass er jetzt da vorne sitzt und sich nach Kräften bemüht, meine Schreie zu überhören.

Ich verstumme, lausche.

Spielt da Musik?

Nein, er ist es: Er singt!

Die Panik bemächtigt sich wieder meines Körpers.

Gnadenlos reißt sie mich hinab in ihren Strudel.

„Clarence!“, brülle ich aus vollem Hals, „Clarence! Bitte!“

Ich habe nicht verstanden, welchen Song er da singt, versuche, meine Stimme wieder einzufangen, damit ich ihn besser hören kann. Aber ich kriege mich nicht in den Griff. Ich kreische noch lauter.

Atmen, Franny, atmen!

„Clarence!“

Atmen, Frans!

„Clarence“, rufe ich, leiser jetzt. Ich atme tief durch, fange an zu weinen.

Mein Körper schluchzt, weint herzzerreißend.

Verloren. Das bin ich: verloren! Sterben werde ich jetzt, oder noch etwas Schlimmeres.

Er hasst mich.

Mein Körper wimmert.

Warum hasst er mich so?

Ich habe es verdient, oder? Ich hab ihn im Stich gelassen, nicht wahr? Ich habe ihm seinen Alten Mann genommen. Goy und ich, wir hatten Respekt vor Qualfati, aber Clarence hat ihn geliebt.

Ich habe seinen Vater getötet, so muss man es wohl betrachten. Und dann hab ich ihm, ohne mit der Wimper zu zucken, ins Gesicht gelogen. Direkt in sein trauerndes Gesicht! Ich hab überrascht getan und geschockt, als ich vorgab ihn zu trösten. Und habe ich mir nicht seine Freundschaft zunutze gemacht, seine Liebe zu mir, seine Schwäche für mich? Ich ließ ihn Harterekter aus dem Weg räumen.

Das war mein einziger, echter Mord. Das eine und einzige Mal, dass ich aus persönlicher Abneigung jemanden tot sehen wollte. Ich fand, er habe es nicht besser verdient, weil er ein gewissenloses Arschloch war. Gewissenlose Arschlöcher sind eine wahre Pest, die Geißel der Menschheit! Ich hatte nicht die Guts, um ihn selbst abzuknallen, dafür musste Clarence herhalten – mein süßer Clarence.

Mein Körper liegt weinend da, schluchzend in der Dunkelheit des Kofferraumes, mit schmerzenden Schultern, Händen, Beinen. Das Rütteln und Schütteln lullt ihn ein – wie das monotone Rütteln und Schütteln aller Kinderwagen dieser Welt, dass Millionen von Babys täglich in den Schlaf lullt.

Aber mein Hirn ist wach, es erinnert sich genau.

„Franny! Wie schön, dich zu sehen."

Eluisa taucht in meinem Geist auf, Harterekters Ehefrau. Sie war meine Zielperson, sie sollte mein Opfer sein. In einem Spa, das sie regelmäßig aufsuchte, hatte ich ihr Tage zuvor aufgelauert. Qualfati hatte mir Ort und Uhrzeit genannt, mir ein Foto von ihr gegeben. Aber seine zunehmende Demenz machte Probleme. Seine Angaben stimmten nicht, ich war zu spät dran. Sie wollte gerade gehen, als ich zur Tür hereinkam. Ich war völlig perplex, weil sie mich mit meinem Namen ansprach.

Nur ein knappes Jahr sind wir in dieselbe Klasse gegangen, nie hätte ich mich an sie erinnert, auf dem Foto, das der Alte Mann mir gab, war sie mir nicht bekannt vorgekommen.

„Ich bin's, Eluisa. Weißt du noch?"

Es gelang mir, mich schnell zu sammeln – Planänderung. Ich ging auf sie ein, gab vor keine Zeit zu haben und verabredete mich mit ihr. Einige Tage drauf trafen wir uns in einem Café in St. Giles. Wir hatten gerade bestellt, als Clarence mich anrief. Sein Weinen ging mir durch und durch. Ich verlor die Kontrolle, konnte die Tränen nicht zurückhalten. Ich brach den Job ab, verabschiedete mich von Eluisa. Sie fragte mich, was geschehen sei und ich antwortete ihr tatsächlich wahrheitsgemäß, einem Freund ginge es furchtbar, er habe einen unserer Freunde tot im Bett gefunden. Eluisa umarmte mich.

„Ich habe mir Sorgen gemacht“, sagte sie später am Telefon. „Du hast mir so leidgetan, aber ich wollte dir nicht auf die Nerven gehen, deshalb melde ich mich erst jetzt. Ich dachte, du hast wahrscheinlich genug um die Ohren.“

Arglos war sie, völlig arglos, hatte nicht den blassesten Dunst, aus welchem Grund ich unsere alte Schulbekanntschaft aufleben ließ. Keinen Schimmer hatte sie.

„War es noch sehr schlimm?“

Ihr freundschaftlicher Ton tat mir gut.

„Ach – ja, das war es.“

Ich kam ins Erzählen, obwohl ich mir fest vorgenommen hatte, nicht mehr Nähe zuzulassen als für den Job notwendig.

„Oh Gott. Wie leid es mir tut, dass du so etwas erleben musst.“, sagte sie. Ihre Worte trafen mich ins Herz. Ich konnte mich nicht entsinnen, diesen Satz je zuvor von irgendjemandem gehört zu haben – nicht von meiner Mutter, nicht von Goy und auch nicht von Clarence oder sonst einem Menschen. „Kanntest du ihn lange, den Freund, der gestorben ist?“, fragte sie. „Und wie geht es dem anderen, der ihn gefunden hat?“

Dann fragte sie, ob ich Zeit hätte, Lust auf einen Drink

oder einen Tee. Ich sagte ja.

Sie ahnte nicht, dass es für mich ein Arbeitstermin war, dass ihr Ehemann mich auf sie angesetzt hatte. Ich ging an meinen Kleiderschrank, um mich für den Job umzuziehen. Unauffälligster Durchschnitt – Qualfatis Maßgabe.

Aber mir war nach Farbe, nach viel Farbe. Ein grünes Hemdblusenkleid wählte ich aus, daran erinnere ich mich genau. Qualfati war tot und ich wollte das Grüne.

Ich nahm den Bus in die Stadt. Hübsch zurechtgemacht saß ich auf dem Oberdeck und suchte mein Spiegelbild in dem beschlagenen Fenster. Mit dem Mantelärmel wischte ich die Scheibe frei, sah hinaus in die Dunkelheit.

Ich sehe die Bilder vor mir von zahllosen erleuchteten Fenstern. Menschen standen in ihren Küchen und bereiteten sich Tee zu oder ein frühes Abendessen, verstauen Einkäufe in Kühlschränken, nahmen einen ersten Drink und schalteten den Fernseher ein.

Weiter vorn im Bus saßen vier kichernde Girls, stark geschminkt und bereit zu Abenteuern – zu dem, was sie sich darunter vorstellen mochten. Mädels im Ringen ums Erwachsensein, irgendwie anstrengend und irgendwie süß. Eluisa und ich waren in ihrem Alter gewesen, als wir in dieselbe Klasse gingen.

Wäre dieser Auftrag nicht gekommen, dann hätte ich im Leben nicht wieder an sie gedacht. Die Welten, in denen wir lebten, waren zu verschieden. Ich war gerade weggelaufen von zu Haus, hatte gerade Clarence und Goy kennengelernt. Bald danach brach ich die Schule ab.

Plötzlich kamen mir die Tränen – vielleicht wegen der Mädchen da vorne, vielleicht wegen meiner Mutter oder wegen Qualfati, vielleicht war es auch alles zusammen.

Behutsam wischte ich mit den Fingern unter den Unterlidern entlang, um die verlaufene Wimperntusche zu entfernen. Dann stieg ich aus und blieb vor dem Schaufenster von Fortnum & Mason's stehen. Mir war danach hineinzugehen und für Eluisa ein wenig von dem teuren Tee zu kaufen, den ich damals besonders gerne trank. Aber am nächsten Morgen würde sie tot sein, sie war mein Ziel, nicht meine Freundin. Also ließ ich es.

Ich betrat das Café. Zwei Tische waren frei, einer direkt am Durchgang zu den Toiletten, der andere neben dem Kuchenbuffet. Es war zehn vor sechs, noch genügend Zeit, die notwendigen Vorkehrungen zu treffen.

Um kurz nach sechs traf Eluisa ein. Sie strahlte übers ganze Gesicht, machte mir Komplimente für mein Outfit und umarmte mich. Sobald sie aufstehen würde, sich Kuchen aussuchen oder zur Toilette gehen, wollte ich das Gift in ihr Getränk mischen, mehr hatte ich nicht im Sinn. Aber ihre Warmherzigkeit und ihr Interesse an mir brachten alles durcheinander.

„Dein Freund – ich meine, alle deine Freunde können froh sein, dass sie dich zur Freundin haben. Du kriegst das hin, Franny." Schon in der Schule sei ich so patent gewesen, das habe sie immer an mir bewundert.

„Wirklich?"

„Natürlich! Weißt du nicht, wie viele von uns dich damals heimlich toll fanden?"

Ich war überwältigt. Ich hatte immer geglaubt, sie und ihre Freundinnen hätten mich verachtet. In der Schule wurde über mich hergezogen, manche Mädchen gaben mir schlimme Namen. Eluisa erzählte mir, wie furchtbar sie das fand. Aber ihr habe der Mut gefehlt, gegen die anderen anzugehen.

„Und dabei mochte ich dich so gern! Die andern waren einfach nur unglaublich neidisch auf dich. Darauf, wie cool du warst und unabhängig.“ Sie sah mir in die Augen. „Aber letztlich ist Neid auch nur eine Form der Bewunderung, findest du nicht?“

Die Kellnerin kam, wir bestellten Tee und Sandwiches und Shortcakes.

„Ist doch irre, oder, dass wir uns nach all den Jahren wiedergefunden haben!“ Sie sagte das mit einer solch ansteckenden Begeisterung – ich hing an ihren Lippen. Gleichzeitig war ich alarmiert, denn ich wußte, ich musste diesen Job endlich hinter mich bringen. „Liebe Franny“, fuhr sie fort, „darf ich dir etwas erzählen?“

Ich dachte, es wäre gut, mir ihre Geschichte anzuhören. Eine Geschichte von einem normalen Menschen, der nicht täglich von Tod und Verderben umgeben ist. Und ich bedauerte sie, weil sie nicht wusste, dass sie es eben doch war, denn ich würde sie töten. Ich fand, wenigstens einmal müsste sich jemand wirklich für sie interessieren, bevor es mit ihr zu Ende ging. Wenigstens das hatte sie verdient. Der Tee war exzellent – warum sollte ich ihr nicht noch ein bisschen zuhören.

„Ich bin mit einem Menschen verheiratet, seit zehn Jahren, und zusammen sind wir noch zwei Jahre länger. Und es war oft alles andere als einfach“, vertraute sie mir an. „Vielmehr war es in den letzten Jahren ausgenommen schwierig, richtig scheußlich. Ich habe versucht durchzuhalten, aber dann hatte er eine Affaire mit unserer Haushälterin. Es war ein Drama, denn sie wurde schwanger und er wollte sie zu einer Abtreibung zwingen. Ich wusste, dass ich nicht mehr stillhalten darf und bin Knall auf Fall ausgezogen. Ich war sicher, dass diese Ehe endgültig für mich passé war. Und was glaubst du?“ Sie sah so glücklich aus. „Irgendwie hat ihn das aufgeweckt, zumindest scheint es so. Plötzlich interessiert Paul sich wieder für mich. Ich glaube, der Schock bringt ihn zur Besinnung.“

Ich biss in ein Gurkensandwich – bei dem Gedanken daran läuft mir jetzt das Wasser im Mund zusammen.

Gurke schmeckt so klar, rein, unschuldig.

Gurke ist das Gegenteil von diesem Grauen hier. Mein ganzer Körper ist taub vor Schmerz. Geht das überhaupt?

Denk an Eluisa, denk an ihr Gesicht!

Was hat sie gesagt?

Harterekter sei eigentlich ein künstlerischer Mensch gewesen, das sagte sie, ein wirklich tiefgründiger junger Mann. Aber plötzlich sei alles ins Gegenteil umgeschlagen mit ihm, ohne ersichtlichen Grund. Zwar habe er ihr keine körperliche Gewalt angetan, aber an Beschimpfungen und Herabwürdigungen habe er nichts ausgelassen.

„Ich fühlte mich unfähig, hässlich, wertlos – wie ein lästiger Klotz an seinem Bein.“ Sie sah mich eindringlich an. „Ist Dir das auch mal passiert?“

Erst in diesem Moment spürte ich, wie wütend ihre Geschichte mich gemacht hatte. „Nein“, log ich, aber mein Widerstand war geweckt. Widerstand dagegen, immer wieder für solche egomanen Schwächlinge wie ihren Ehemann die Drecksarbeit zu machen.

Während sie mir erzählte, dachte ich pausenlos an McPhie. Verhöhnt hat er mich und sich daran ergötzt mir brühwarm zu erzählen, wie sexy und cool seine jeweils aktuellen Gespielinnen waren, dass ich mir von denen dringend eine

Scheibe abschneiden müsse, damit er an mir noch irgendwas finden könne. Immer wieder hat er mich dazu gebracht, mit ihm und seinen Frauen ins Bett zu steigen. In unser Ehebett. Zusehen musste ich, wie er sie liebkoste, sie küsste, sie vögelte. Er befahl mir, dabei seinen Arsch zu massieren oder den Frauen die Fotzen zu lecken und hatte hinterher einen Heidenspaß daran mir zu sagen, dass ich es offenbar nicht anders haben wolle, sonst hätte ich ihn ja bereits verlassen.

„Franny?" Entgeistert sah Eluisa mich an. „Sei ehrlich: Dir ist sowas auch passiert!"

30.

Das Ruckeln, das Poltern, das Rütteln, jede Erschütterung läuft durch meinen tauben Körper.

Ja, taub ist er.

Die viehischen Schmerzen in den Schultern, den Händen, den Beinen – sie finden irgendwo ganz weit draußen statt, unendlich weit entfernt, irgendwo an der Peripherie des Universums. Ich bin hier – geborgen in der Dunkelheit der Gegenwart meiner Gedanken, geborgen in meinem einzigen wahren Ich. *Ich* ist zu präzise für einen schnöden Namen – ganz gleich, ob Franny oder Hattie. *Ich* ist *überall-zur-gleichen-Zeit*, kein Name könnte *Ich* gültig erfassen, benennen oder eine Gestalt geben.

Clarence hat aufgehört zu singen.

Warum hat er aufgehört?

Ist er überhaupt noch da?

Er muss da sein, der Wagen rollt. Er steuert ihn doch, bedient das Gaspedal, die Bremse, die Kupplung. Einen Augenblick lang bin ich unsicher – aber nein, der Wagen fährt wirklich, das ist eindeutig wahrnehmbar.

Ich lausche. Nein, er singt nicht mehr, ich höre nur

Rappeln und Vibrieren und dumpfes Poltern.

Auch keine Schreie mehr von mir.

Vielleicht hat er deshalb aufgehört zu singen. Vielleicht lauscht auch er in diesem Moment.

Etwas Feierliches hat sie, diese Stille. Und ich weiß, dass er da vorne am Lenkrad sitzt und an mich denkt und sein Herz dabei klopft und dass er Angst hat.

Ich weiß es einfach!

Hatte ich nicht irgendwann – es kann doch höchstens ein, zwei Stunden her sein, aber es kommt mir vor, wie in einem anderen Leben – jedenfalls lag ich neben ihm, fasste den Plan, den Rucksack zu mir heranzuziehen und hatte solche Angst er könne ahnen, spüren, hören, wie schnell mein Herz schlug, befürchtete, er könne meine Gedanken lesen. Offenbar konnte er das, sonst hätte er nicht gewusst, dass ich zur Straße rennen werde, dass er mich dort nur abzupassen braucht – mit dem Wagen.

Wer weiß, woher er den hat und wo er ihn in dieser Landschaft verstecken konnte. Vielleicht stand er sogar geparkt neben der Hütte, nur auf seinen Einsatz wartend. In meiner Panik hätte ich ihn tatsächlich übersehen können, ich bin ja nicht ein einziges Mal um den ganzen Verschlag herumgegangen. Clarence muss alles von langer Hand geplant haben.

In jenem anderen Leben, es kann ja nur wenige Stunden her sein, da sprang ich hektisch winkend auf die schmale Straße, wie ein Reh geblendet vom Licht der Scheinwerfer, und ich schrie: *Anhalten! Stopp! Bitte*! Ich weiß nicht – vielleicht hat er mich absichtlich ungefesselt gelassen, um mich zur Flucht zu verführen. Nur damit er sein grausames Spiel mit mir treiben kann wie Katzen es mit Mäusen machen.

Ich verachte Katzen!

Als er meine Hände gepackt hat, sie mit Kabelbinder gefesselt, da war er bestens vorbereitet, er war die Ruhe selbst. Im Schock war ich unfähig zu sprechen. Er drückte mich zu Boden, ich wehrte mich nicht. Er fesselte mich an den Füßen, drehte mich auf die Seite und schnürte mir Hände und Füße im Rücken zusammen, zog die Fesseln fest an.

Erst dieser Schmerz riss mich aus meiner Lähmung. Erst in diesem Moment fing ich zu kreischen an, zu brüllen, erst in diesem Moment wollte ich nach ihm schlagen und treten, aber es war zu spät. Er hat mich in den Kofferraum gehievt, die Klappe geschlossen und ist mit mir losgefahren – alles, ohne ein einziges Wort.

Ich weiß genau, dass er da vorne sitzt und an mich denkt. Und er fühlt, dass ich an ihn denke, darauf wette ich mein Leben.

Wir belauern einander – das ist die Stille.

Ich habe ihn so sehr geliebt, diesen erstaunlichen jungen Mann, der mich bezaubert hat mit seinem Charme, beeindruckt mit seiner Gelassenheit, dessen Menschenfreundlichkeit ich so tröstlich fand. Ich war so oft zornig, so oft ungeduldig, er war immer gefasst, immer zugewandt, friedfertig.

Ein Mörder ist er – so wie ich es war, so wie Goy – aber eben anders.

Erst jetzt kapiere ich, dass Goy und ich … Wir waren einander so ähnlich in unserem Temperament.

Wir waren die mit der kurzen Zündschnur, wir waren schnell sauer, schnell beleidigt, wir waren die

Kurzentschlossenen, diejenigen, die – den Blick fest auf unsere Befürchtungen geheftet – grundsätzlich sofort zu Präventivmaßnahmen griffen.

Clarence machte das nicht.

Vielleicht sind seine Nerven einfach nur besser als unsere, besser als meine. Vielleicht hat er mehr Abenteuergeist, mehr Neugierde, mehr echtes Selbstvertrauen, ich weiß es nicht. Irgendwie ist er immer locker geblieben, war immer ein Freund davon, Entscheidungen noch einmal zu überschlafen, und trotzdem lief bei ihm immer alles glatt.

Vielleicht, weil er weniger Angst hat. Deshalb kann er es sich auch leisten, mich weglaufen zu lassen. Weil er wenig Angst hat, fällt es ihm leicht, mich zu durchschauen, und nur deshalb liege ich hier fest verschnürt in pechschwarzer Dunkelheit.

Was hast du vor, Clarence?

Der Wagen fährt jetzt langsamer, das gleichmäßige Rumpeln hört auf, stattdessen wackelt es jetzt manchmal sehr heftig, es geht offenbar durch Schlaglöcher und ich höre in der Nähe Wasser rauschen. Diese Änderung der Gegebenheiten ruft meine eingelullte Panik wieder voll auf den Plan. Ich höre mich stöhnen. Das Tempo verringert sich weiter, ein heftiger Abwärtsschwung, die Stoßdämpfer sind überfordert, mehrfach setzt der Wagen kurz auf. Vielleicht reißt das ein Loch in den Boden, vielleicht werde ich dadurch verletzt oder der Auspuff reißt ab und ich ersticke elendig an den Abgasen.

Es gibt gute Gründe für die Erfindung des fucking Range Rovers! Clarence hat offenbar nicht bedacht, dass man in Scheiß Schottland off-road so ein drecks hochbeiniges Fahrzeug braucht!

„Mann!“, brülle ich, „Idiot!“

Abrupt stoppt der Wagen.

Mir schlägt das Herz bis zum Hals. Kommt nun das Ende?

Der Motor wird abgestellt. Ich höre Clarence aussteigen, die Tür zuwerfen, höre seine Schritte da draußen. Sie entfernen sich.

Will er mich jetzt hier zurücklassen, mich hier verrecken lassen in diesem beschissenen Kofferraum? Ich könnte platzen vor Zorn. Was denkt er sich, der Idiot, dieses Arschloch.

Abgrundtief feige ist das!

Wann ist er zu einem feigen Wicht mutiert? Zu so einem wie Harterekter? Genau wie all die anderen nichtswürdigen Schwachköpfe, für die ich die Menschen aus dem Weg geräumt habe, die sie ihre Unfähigkeit haben spüren lassen.

Das war ihnen unangenehm, den Wichten. Herrgott nochmal! So unangenehm war es ihnen, dass sie diese Leute einfach weghaben wollten. So verdammt unangenehm, mit ihrer eigenen Schwäche konfrontiert zu sein, dass sie bereit waren einen Haufen Kohle dafür zu bezahlen, dass jemand ihnen diese Last von den Schultern nimmt und sie befreit vom Anblick ihrer eigenen Schande.

Ich schreie, schreie aus vollem Halse!

„Du Arsch, du feiges Schwein, du Rattengesicht!“

Mein Herz schlägt so hart vor Wut – vielleicht wird es gleich versagen. Vielleicht werde ich jeden Moment explodieren und mein Körper wird auseinanderfliegen wie ein Sprengsatz – der Zeitzünder ist ausgelöst, nur eine Frage von Sekunden bis zur Detonation.

In mein Hirn schieben sich Bilder von Charlotte, von Carl

und von Ryan. Ich weiß, meine letzten Gedanken sollten ihnen gelten. Voller Liebe sollten sie sein, voller Abschiedsschmerz.

Aber ich fühle nichts dergleichen Ich fühle flammenden Zorn und brülle inbrünstige Flüche.

Mein Herz hast du gebrochen, Clarence! Endgültig!

Es ist mir egal, dass ich sterbe, dass ich jetzt vor Zorn einen Herzinfarkt bekomme.

„Arschloch! Schwein!“

Meine Augen sind geschlossen, ich brülle wie ein Tier.

Darum habe es nicht gesehen, habe vor Schreien nicht gehört, dass Clarence den Kofferraum geöffnet hat.

„Frans!“

Ich höre ihn meinen Namen sagen, reiße die Augen auf. Da steht er, hinter ihm ein kristallklarer Sternenhimmel. Erhaben wie ein Gott steht er da, wie ein Engel, wie ein Dämon.

Ich weine, schreie nicht mehr, wimmere nur, während er meinen Körper aus dem Wagen hebt, mich ein paar Schritte trägt.

Er legt mich ab.

Es ist ein Boot, in dem er mich ablegt. Er schleift es vom Ufer hinein ins Wasser. Jetzt steigt er selbst ein, nimmt ein Ruder zur Hand und stößt uns vom Ufer ab. Ich höre das Plätschern des Wassers und gleichmäßige Ruderschläge.

Mein Körper weint weiter, es ist mir gleichgültig. Ich sehe zu ihm auf, die Sterne am Himmel strahlen wie Diamanten. Sein Körper beugt sich vor, beugt sich zurück, beugt sich wieder vor und wieder zurück, in regelmäßigem Takt. Mein Atem nimmt seinen Rhythmus auf. Jeder Atemzug kann mein Letzter sein. Ich will jeden einzelnen genießen, den klaren Duft des Wassers, den Geruch der geteerten Bootsplanken. In meinem Kopf wechseln sich Bilder ab von Ringelblumen und Montbretien im Garten, leuchtend gelb, leuchtend orange. Ich sehe Carls schwarzes Haar, wie es sich in Locken an seinen Nacken schmiegt. Meine Augen schauen sich um. Friedlich liegt der See zwischen hohen Hügeln, der Mond schiebt sich über den Horizont.

Die Ruderschläge, das Wasserplätschern, Clarences kräftige Atemzüge, mein Herzschlag. Mein Leib entspannt sich, Bilder kommen und gehen, ich bin einverstanden. Könnte man an einem schöneren Ort sterben? Ich werde ihm nicht böse sein, wenn er mich gleich aus dem Boot stößt. Das ist es, was er vorhat, kein Zweifel.

Er beugt sich zurück, atmet aus, beugt sich vor, zieht dabei die Ruder zu sich heran und atmet ein, ruhig und gemessen, geübt, wie es scheint. Ich schließe die Augen.

Ich will nichts mehr denken, kann mich sowieso nicht wehren, wenn er gleich die Ruder loslässt, mich über die Kante wuchtet, kann nicht kämpfen. Ich werde mich ergeben, mich auf den Seeboden sinken lassen wie ein Stein. So wird es leichter sein, weniger qualvoll.

Ich bin einverstanden. Wir alle müssen sterben, früher oder später. Das ist der Lauf der Welt.

Noch rudert Clarence, noch atmet er, aber auch er wird sterben, eines Tages irgendwann, und er tut mir leid, denn ich weiß, dass er doch nur leben will.

Wie jeder Mensch.

So vieles ist schiefgelaufen, als wir jung waren. Wir schlugen eine Richtung ein, die sich nicht lohnt, die furchtbar ist und grausam, aber wir taten es dennoch, und es ist nicht schade darum, dass dieser Weg nun ein Ende hat.

Ich bin nicht religiös, glaube an keinen Gott, an keine Heiligen, die für einen ein gutes Wort einlegen, wenn man zwischen Himmel und Hölle steht. Ich dachte deshalb immer, dass ich an gar nichts glaube, aber das stimmt nicht. Ich habe keinen Namen dafür, aber jetzt lässt das, was ich da spüre, mein Herz friedlich sein. Ich wünschte, ich hätte es früher wahrgenommen, ich glaube, es hätte mir viel Kummer erspart – und allen Leuten, mit denen ich im Laufe meines Lebens zu tun hatte,

Clarence atmet, ich höre die Ruderschläge. Kalt sollte mir sein, aber mein Körper ist warm.

31.

Er hat den Arm um mich gelegt, stützt mich, während ich mir alle Mühe gebe, auf einem Bein zu humpeln. Halb trägt er mich, mein Fuß schmerzt furchtbar.

„Ich will nicht mehr“, jammere ich. „Ich kann nicht mehr!“

„Komm weiter“, höre ich ihn antworten, „nur bis da vorn.“

Es hilft nichts, einfach weiterhumpeln, weiterhüpfen, weiterhopsen, ganz egal ob es wehtut oder nicht, irgendwie. Jetzt fängt er an zu singen.

„Row, row, row your boat … Sing mit Franny, sing! “

Es ist kein guter Witz, aber ich muss trotzdem lachen. Ich gebe mir Mühe, versuche zu singen. Meine Füße waren noch taub, weil die Fesseln so eng gesessen hatten, deshalb bin ich umgeknickt, als ich aus dem Boot sprang. Clarence führt mich zu dem Baumstumpf, der am Ufer liegt. Er breitet seinen Sweater darüber, stützt mich, damit ich mich setzen kann.

„Alles wollte ich dir antun."

Er setzt sich neben mich. Ich registriere, dass mir Tränen die Wangen herunterlaufen, betrachte Clarences Profil, wende meinen Blick wieder ab. Wir schweigen eine Weile.

„Wirklich, alles!", wiederholt er.

„Und warum tust du es nicht?" Ohnmächtig erschöpft fühle ich mich. „Es wäre doch leicht, hier wo wir sind. Niemand auf Meilen um uns herum – du kannst es immer noch tun."

Er dreht mir sein Gesicht zu, ich spüre seinen Blick.

„Du kennst die Antwort."

„Ja."

Da draußen auf dem Wasser glitzert das Mondlicht. Der Wind bläst kalt, ich zittere. Clarence legt die Arme um mich.

„Was kann man schon gegen die Wirklichkeit ausrichten?" Seine Stimme klingt spröde. „Man kann versuchen, gegen sie anzugehen. Man kann Himmel und Hölle in Bewegung setzen, um sie abzublocken, sie umzukehren, auf den Kopf zu stellen, aber am Ende verliert man immer."

Ich nehme seine Hand, kalt ist sie. Ich weiß genau, was er meint.

„Einfach rudern, hab ich mir gesagt, einfach nur rudern. Ein Ruderschlag und noch ein Ruderschlag, nur noch ein paar Schläge weiter, dann werfe ich sie ins Wasser. Und dann ging es immer noch einen Schlag weiter und noch einen. Okay dachte ich, dann eben noch ein Stückchen, aber dann werfe ich sie hinein. Zuerst hast du geweint und dann hörtest du plötzlich auf. Ich ruderte weiter, dachte: Okay, aber gleich, gleich tue ich es, gleich schmeiße ich sie

aus dem Boot. Du lagst da, sagtest nichts, und ich war so aufgeregt. Und du hast mich immerzu nur angeschaut. Die Art, wie du mich angesehen hast, Frans … “ Jetzt bricht seine Stimme, er weint. „Du hast mich so angesehen. Und dann hast du die Augen geschlossen, als würde ich uns sonntags nachmittags über den verdammten Ententeich im Hyde Park rudern. Ich war irritiert. Sie verarscht mich, dachte ich, sie pokert. Sie hat es verdient zu sterben, gleich packe ich sie und werfe sie in das Scheiß Wasser. Aber meine Arme ruderten einfach immer weiter, wie eine Maschine. Und du sagtest nichts und ich dachte, vielleicht bist du schon tot. Ich hielt die Ruder still, hörte, dass du noch atmest, wusste, dass du noch lebst, fragte mich, was du da treibst, ob du abwartest, ob du lauerst, darauf, ob ich es fertigbringe oder nicht. Plötzlich bekam ich Angst, dass du nur versuchst den richtigen Augenblick abzupassen, um mich aus dem Boot zu stoßen.
Lächerlich! Wie hättest du das denn tun sollen, gefesselt wie du warst, aber ich hatte so eine Scheiß Angst! Drecksspiel, dachte ich, so ein kotzgrauenhaftes Scheiß Drecksspiel.
Frag mich nicht, warum, ich weiß es nicht warum, aber plötzlich war da was, das machte etwas mit mir, es machte, dass ich aufhörte, mich zu schämen, dafür, dass ich es nicht fertigbringe.“

Clarence schluchzt laut auf. Er bringt mich zum Weinen.

„Ich kann es einfach nicht, Frans!“

Wir sehen uns an, umarmen einander, halten uns ganz fest.

„Ich hatte es fest vor, glaub mir, aber ich habe es nicht hingekriegt. Mit jedem Moment, den ich zögerte umso weniger, Franny.“

Wir küssen uns. Mit der Hand wische ich ihm die Tränen

vom Gesicht.

„Jedenfalls jetzt nicht!"

Etwas strafft sich in ihm.

„Du darfst dir nicht zu sicher sein, das darfst du nicht! Jetzt kann ich es nicht!"

Er lässt mich los, steht auf.

„Langsam wird es hell, siehst du? Da drüben."

Er hebt den Arm, weist nach Osten, wo die Sterne bereits verblassen.

„Was macht dein Fuß?"

„Geht schon."

Prüfend betaste ich mein rechtes Fußgelenk. Unter dem Knöchel ist eine ordentliche Schwellung zu fühlen.

„Es wird schon."

„Dann solltest du jetzt gehen, Frans!"

Hart klingt seine Stimme jetzt. Er kehrt mir den Rücken zu.

„Geh! Einfach nur hier den Weg dort entlang, da hinter den Tannen."

Ich stehe auf, probiere einige Schritte. Wundersamerweise ist der Schmerz im Gelenk erträglich.

„Dort gibt es einen Ort, ein Telefon. Da sind Leute, die dir helfen werden. Sag einfach, du hättest dich verlaufen."

Ich gehe auf ihn zu. Er hört meine Schritte auf dem Kies. Ohne sich umzudrehen, macht er eine abwehrende Handbewegung.

„Los, Frans, hau einfach ab."

Ich weiß, es ist ihm ernst.

Ich drehe mich um und humpele los. Ich habe Angst um ihn, habe solche Angst, dass er sich etwas antut. Immer wieder sehe ich mich nach ihm um, wieder und wieder.

Seine dunkle Silhouette hebt sich deutlich ab vom blasser werdenden Himmel. Regungslos steht er am Ufer. Ich zwinge mich, weiterzugehen, nach vorne zu schauen auf den Weg. Unter den Bäumen ist es noch sehr dunkel. Ein ums andere Mal muss ich anhalten, taste mich vor im Schneckentempo, fürchte, erneut umzuknicken.

Ich zittere. Ist es der Wind? Ist es die Trauer, der Nachhall der Todesangst?

Die Morgendämmerung nimmt zu. Wieder und wieder reibe ich mir die Hände, klopfe mir auf den Leib und die Beine. Er ist immer noch sehr taub, mein Körper. Die Dunkelheit der Nacht ist vorüber – wir sind noch da, mein Körper und ich.

Und Clarence ist da, immerzu sehe ich ihn vor mir. Meine Augen weinen. Was er da alles gesagt hat, es ist so wahr. Unter anderen Bedingungen hätten wir einfach ein unschuldiges Liebespaar sein können. Es wären keine Mörder aus uns geworden.

Glaube ich.

Neben dem abschüssigen Weg fließt ein torfiger Bach. Wo Steine im Bett ihn aufhalten, krönt heller Schaum das braune Wasser. Mein Fuß schmerzt. Clarence vor Augen, atme ich die würzige Luft tief ein.

Es muss gehen.

Es wird!

Der schmale Pfad schlängelt sich nun unter Erlen dahin. Ich folge ihm stur, wische wieder und wieder die Bilder fort, bis mein Kopf eine leere Blase ist. Ein stechender Schmerz im Fußgelenk, schon sind die Bilder zurück. Aber es wird gehen, es muss. Nach etwa einer Stunde verläuft der Weg steiler bergab, der Bach rauscht lauter. Ich muss aufpassen, um auf dem bemoosten Pfad nicht auszugleiten. Und immer wieder ist da Clarences Gesicht. Er lächelt mich an. Er lacht. Wir küssen uns.

Ich kann nicht glauben, dass es vorbei ist. Aber das ist es. Ich weine und bin dankbar für diesen ganz gewöhnlichen Weg, der mich immer weiter mitnimmt, fort von diesen merkwürdigen Tagen, fort von der Nacht und fort von ihm. Regelmäßig taucht der Wunsch auf, umzukehren, zurückzugehen, Clarence zu suchen. Aber ich weiß, ich würde ihn dort am See nicht mehr finden. Er wird fort sein, auf die eine oder die andere Art.

Wieder weine ich, erklimme eine Anhöhe, wandere durch einen Tannenforst, laufe auf einem gewundenen landwirtschaftlichen Fahrweg. Zu beiden Seiten strecken sich Hecken. Vögel segeln durch den Morgenhimmel. Jetzt steht hohes Gras rechts und links des Weges. Von einer Anhöhe aus sehe ich versprengte Farmen im Rannoch More. Hier wird der Weg zu einer geteerten Fahrstraße. Sie führt den Hügel hinunter zu einem ersten Hof. Zwanzig Minuten später erreiche ich die Toreinfahrt. Müde, abgerissen, durstig.

Kläffend springt mir ein Border Collie entgegen. Am Zaun taucht eine Frau auf. Ob ich telefonieren dürfe? Aber sicher dürfe ich das. Sie lehnt ihren Rechen neben der Eingangstür an die weiß getünchte Hauswand und führt mich in einen dunklen Korridor. Es riecht nach Kohleintopf.

„Hier steht der Apparat."

Mit der ausgestreckten Hand zeigt sie auf ein graues Telefon mit abgegriffenen Tasten. Sie lässt mich allein.

Ich nehme den Hörer ab, hebe ihn an meine Ohrmuschel. Das Freizeichen tutet. Mein Zeigefinger tippt die Vorwahl von Inverness. Ich zögere, lege auf.

Was soll ich ihm sagen – was sage ich Carl?

Bis eben habe ich nicht darüber nachgedacht. In meinem Kopf ist immer noch nur Clarence, wie er dort steht, an dem See, in dem er mich ertränken wollte. Clarence, der mich fortschickt. Clarence, von dem ich nicht weiß, ob er noch lebt.

Ich mache kehrt, gehe zurück durch den dunklen Flur und hinaus auf den Hof. Die Sonne steht am Himmel, Wind treibt weiße Wolken durch das Blau. Ich danke der Bäuerin, die Silagereste zusammenkehrt, biete ihr Geld an. Sie lehnt freundlich ab.

Zurück auf der schmalen Straße sehe ich mich um. Wohin soll ich gehen? Weit oben in der Luft ruft ein Rabe. Ein Stückchen die Straße hinauf erkenne ich eine Bushaltestelle mit einer Bank. Mein Fuß schmerzt jetzt ziemlich stark. Ich schleppe mich dorthin, setze mich und lege das Bein hoch.

Wohin von hier? Keine Ahnung.

Ich lasse den Blick über die kurzen Grasmatten schweifen. Hier in den Highlands wächst es sowieso nie besonders fett und die Schafe fressen erbarmungslos jeden Halm ab, der sich ins Licht reckt. Wie weiße Wollflocken verteilen sie sich überall in der Landschaft. Weit oben am Himmel kreist ein Adler. Zu dieser Jahreszeit löst seine Anwesenheit keine Unruhe mehr bei ihnen aus. Die Lämmer sind jetzt fast so groß wie ihre Mütter, damit sind sie keine Beute mehr für ihn. In weiten Kreisen driftet er fort, hinüber auf die andere Seite des Moores, wo die Hügel wieder ansteigen, hoch und höher. Der Gipfel von Ben Nevis überragt sie alle.

Wieder weine ich. Ich komme mir blöd vor und lache, lese die Kritzeleien, mit denen die Teenager der Gegend sich an den Wänden des Wartehäuschens verewigt haben. Sogar das gute alte Herz ist offenbar noch nicht aus der Mode gekommen.

Himmel, ich hatte so furchtbare Angst zu sterben!

Die Schmerzen, die Erschütterungen, die Geräusche in der Dunkelheit des Kofferraums – natürlich *weiß* ich, dass ich all das erlebt habe. Aber ich kann einfach nicht glauben, dass es wirklich geschehen sein soll. Zu absurd kommt es mir vor, zu abstrus, um wahr zu sein. Und statt an meine Kinder zu denken und an Carl, sitze ich hier und habe Angst um Clarence.

Als ich loshumpelte, weg von ihm und hinein in die Dunkelheit unter den Tannen, lauschte ich ohne Pause, fürchtete jede Sekunde einen Schuss zu hören. Dann aber wurde mir klar, dass er die Waffe vermutlich gar nicht bei sich trug. Er wird sie im Wagen zurückgelassen haben – weil er davon ausgegangen ist, dass er sie nicht mehr benötigt. Ich fände das logisch.

Aber ich bin mir längst nicht mehr sicher, was Clarence logisch fände und was nicht – und wozu er fähig wäre. Würde er in seinem Zustand auf die Idee kommen, sich selbst zu ertränken? Ich kann es mir nicht vorstellen. Der Wille eines Menschen kann nicht stark genug sein, um die Überlebensreflexe des eigenen Körpers zu bezwingen.

„Wir können für immer zusammen sein“, sagte er im Frühjahr, als wir in Brighton waren. „Ich habe genug für uns beide, ich setze mich zur Ruhe. Und die Vergangenheit lassen wir endgültig hinter uns.“

Aber sie holt einen ein, die Vergangenheit, früher oder später. Ich hatte es wohl registriert, das Wörtchen *endgültig*.

Die Wände der Bushaltestelle lassen mein Lachen hohl

klingen. Nicht mal ein halbes Jahr liegt es zurück, dass Clarence und ich in Brighton abgestiegen sind auf unserer Bäder Tour. Damals wollte ich es nicht wahrhaben, dass seine Vergangenheit in Wirklichkeit noch seine Gegenwart war.

Die Vergangenheit lassen wir hinter uns. Ich verstand nicht, dass dieser Satz zu verstehen war wie die Aussage eines Rauchers, der sich *vorgenommen* hat aufzuhören. *Nur dieses letzte Päckchen noch.*

Clarence hat es immer wieder getan, das, was er da mittlerweile tut. Keine Ahnung, was es ist. In Worthing hat er mir ja deutlich gesagt, dass sich mit Auftragsmorden nur noch die kleinen Ganoven über Wasser halten.

Vielleicht hat er in Worthing wirklich vorgehabt *es* nur noch dieses eine letzte Mal zu tun. Und dann kommt er nach Haus und ich verliere die Nerven und verlasse ihn.

Vielleicht war das alles nur schlechtes Timing.

Aus dem Augenwinkel nehme ich auf der Straße eine Bewegung wahr. Da läuft der Border Collie von der Farm. Mit federnden Schritten kommt er auf mich zu. Schon ist er bei mir, setzt sich vor mich hin. Er schaut mich an, das eine Ohr aufgestellt, dass andere hängt. Sein kluges Gesicht ist grau-weiß meliert. Ich streichele das weiche Fell.

„Na du?“

Ist es nicht so? Als ich aus London flüchtete, wusste ich gar nicht, was ich wollte. Es war eher ein Instinkt, dem ich folgte. Ich wollte meine Vergangenheit hinter mir lassen, okay. Aber welchen Teil denn davon genau? Selbst als Clarence und ich einander wieder gegenüberstanden, in der Mensa von Charlottes College, dachte ich, ich wüsste es nicht. Aber das stimmt nicht. Da wollte ich es nicht wissen!

Meine Hand gleitet in meine Manteltasche, auf der Suche nach einem Taschentuch. Ich habe Clarence nicht gefragt, wie und wo er Goy getötet hat.

„Er hat nicht gelitten.“, das sagte er in seiner redseligen Stunde im Bretterverschlag.

Erst jetzt kapiere ich, dass es ihm wichtig war, dass ich das weiß. Er hat ihn nicht ertränkt – vermutlich hätte er es ebenso wenig zustande gebracht, wie bei mir. Nein, er hat ihn sicher erschossen.

Mechanisch kraulen meine Finger das Hundefell und einen Moment lang könnte ich schwören, es ist Columbus, der hier vor mir sitzt. Das Brummen eines großen Fahrzeugs erregt meine Aufmerksamkeit, ich schaue mich um. Ein Bus kriecht langsam die Straße herauf. Der Hund steht auf. Erwartungsvoll schaut er mich an. Das laute Motorgeräusch kommt immer näher. Mein Magen knurrt. Der Hund bellt freundlich, es klingt wie eine Aufforderung. Schließlich bremst der Bus, er stoppt an unserer Haltestelle. Über der Windschutzscheibe lese ich die Leuchtschrift, *Fort Williams*. Zischend öffnet sich die Tür.

Der Border Collie sieht mich an, wendet sich um und springt hinein. Ich zögere – aber nur eine Sekunde lang, dann stehe ich auf und folge ihm.

„Wohin Liebchen?“

Der Fahrer lächelt freundlich.

„Zur Endstation.“

„Mit Hund vier sechzig.“

Ich wühle in meinen Taschen, wohl wissend, dass ich keinen Penny bei mir habe.

„Hören Sie.“ Verlegen streiche ich mir eine Haarsträhne hinters Ohr. Mit bedeutungsvollem Blick schaue ich an mir herunter. „Ich habe meinen Rucksack verloren beim Wandern. Samt Portemonnaie und Telefon. Er ist in den See gefallen." Meine Hand deutet in die Richtung, in der ich ihn vermute. „Ich hab versucht, ihn herauszuangeln, aber das Wasser war einfach zu tief. Können Sie uns nicht bitte trotzdem mitnehmen? Ich kenne hier niemanden."

Das eben noch freundliche Gesicht des Mannes versteinert. „Frau, wir sind kein Wohlfahrtsunternehmen! Wenn ich das tue, dann muss ich ihr Fahrgeld bezahlen."

„Ach bitte!" Ich setze mein flehentlichstes Lolita-Lächeln auf.

Er mustert mich von Kopf bis Fuß.

„Bitte, bitte!", flöte ich. „Ich mach es auch wieder gut."

Der Mann mustert mich.

„Sie sehen wirklich schlimm aus", sagt er schließlich. „Dann kommen sie rein, in Gottes Namen."

Zischend schließt die Tür sich hinter uns. Der Hund und ich laufen auf dem Gang zu den hinteren Bänken. Ich lasse mich auf einem Fensterplatz nieder, mein neuer Freund legt sich zwischen meinen Füßen ab. Endlich rollt der Bus. Langsam fährt er die Straße hinunter, vorbei an der Farm, wo ich Carl hatte anrufen wollen. Der Hund hebt kurz den Kopf, schnauft einmal und legt ihn dann wieder zwischen seine Pfoten.

Er weiß genau, was er will.

„Du … "

Verrückt. Ich streichele ihm über den Kopf. Sofort steht er auf, wedelt mit dem Schwanz, hüpft zu mir auf den Sitz und legt sich in meine Arme. Wirklich verrückt!

Ich schaue hinaus. Dort im Sonnenschein erkenne ich den Weg, auf dem ich vorhin vom See her zur Straße heruntergekommen bin.

Wandert da jemand?

Oh, ja. Selbst aus dieser Entfernung erkenne ich diese Haltung, diesen Gang.

Jetzt schwenkt die Straße in einer großen Schleife nach Westen. Der Bus folgt ihr und der Weg verschwindet aus meinem Blickfeld.

Entschlossen schiebe ich den Hund von meinem Schoß, setze mich an die gegenüberliegende Fensterseite, spähe hinaus. Der Bus taucht in eine Senke. Hier zieht sich die Straße in einer langgestreckten Kurve hin. Allmählich geht es wieder hinauf. So unvermittelt rollt der Bus durch einen Heckentunnel, dass ich zusammenzucke, und plötzlich ist die Sicht frei. Direkt parallel zur Straße verläuft jetzt der Weg, nur wenige Meter entfernt.

Und hier geht er. Er schaut auf, direkt in meine Richtung. Blitzschnell ducke ich mich, kauere für einen Moment mit dem Kopf zwischen den Knien. Ich spüre meinen Herzschlag, zähle langsam: einundzwanzig, zweiundzwanzig, dreiundzwanzig.

Drei Sekunden – wir müssten vorüber sein.

Vorsichtig richte ich mich auf, drehe mich um.

Dort steht Clarence. Er hat einen Arm in die Seite gestemmt und blickt dem Bus hinterher. Ich bin sicher: Er hat mich gesehen.

NACHWORT

Die Welt braucht Geschichten – Menschen brauchen Geschichten, und zwar solange sie Leben. Geschichten helfen dabei, sich selbst zu entdecken, zu ergründen und zu verstehen.
Warum tut Mensch, was Mensch tut?
Warum fühlt Mensch, was Mensch fühlt?
Warum will Mensch, was Mensch will?

Geschichten haben mir das Leben gerettet, mir Heimat geboten und Mut eingeflößt! Ich weiß, dass es Ihnen auch so geht.
Ja: Ihnen, verehrte Leserin, verehrter Leser!
Es freut mich, dass die Geschichte, die dieser Roman erzählt, uns verbindet.

ÜBER DIE AUTORIN

Als Schriftstellerin interessiert Apollonia Beck sich vor allem dafür, wie Menschen mit biografischen Brüchen umgehen, mit dunklen Geheimnissen und der Unmöglichkeit der Umstände. Das, was als Identität gelebt wird, ist häufig nur die Spitze des Eisberges. Stück für Stück, mit Fingerspitzengefühl und Empathie legt sie die Überlebensstrategien ihrer Protagonistinnen offen, die Verwicklungen, die Gefahren und die Erlösungsmomente.

Außerdem hat die Autorin auch ein Leben als Komponistin, Texterin und Performerin.
Sie ist verheiratet und lebt in Berlin.

www.apolloniabeck.com
www.yahoual.de

Besuchen Sie sie auf Instagram, Facebook und TikTok.

Printed in Poland
by Amazon Fulfillment
Poland Sp. z o.o., Wrocław

29833531R00170